JN125726

残陽の廓(さと)

あさのあつこ

闇医者おゑん秘録帖

中央公論新社

闇医者おゑん秘録帖　残陽の廓(さと)

一

女の肌に指を、ゆっくりと滑らせる。

指の腹に肌は吸いつき、僅(わず)かな湿り気を伝えてくる。

熱く、柔(やわ)く指先が呑(の)み込まれていく。

そんな惑いを覚えてしまう。そのくせ、どこまでも滑らかでしなやかで張り詰めてさえいるのだ。

むろん、白い。

盛りの花を思わせて底光りする白だ。

この色、この艶(つや)、この肌。たいていの男は抗(あらが)えないだろう。抗えないまま引きずり込まれる。溺れてしまう。いや、男でなくとも……。

おゑんは息を吐き出した。自分では密(ひそ)やかに漏らしたつもりだったが、女は聞き逃さなかった。裸の背中、貝殻骨のあたりがひくりと動き、うつ伏せになっていた身体(からだ)が僅かに上を向く。そして、女は「先生？」と呼んだ。

心持ち掠(かす)れて低い。なのに、どことなくあどけなさを感じさせる。そんな声だ。

「そんなに凝っておりましたか」

「え？　ああ、そうですね。確かによく凝っておいでですよ。いつも通りね」

「嘘。先生、嘘をついたでしょ」

女が笑む。ふっくらした頬が持ち上がり、目が細くなる。これもあどけない童を思わせる笑みだ。ただ、唇が裏切っていた。紅を引いてもいないのに紅い。艶とほどよい厚みがある。肌が花なら、こちらは熟れた実だろうか。甘く包み込むようでも、淫らに誘うようでもある。

大人の女しか持てない唇だ。

「あたしが嘘を？　どうして、あたしが嘘なんかつかなきゃいけないんです」

「さて、どうしてでしょう。教えてくださいな、先生」

女が起き上がった。あまりに唐突だったものだから、おゑんは思わずのけ反ってしまう。

湯文字一枚で横たわっていた女は障子窓から差し込む光に、二つの乳房を惜しげもなくさらす。年を越して一月あまり。凍てつきを緩ませ、拭い、日に日に明るみを増していく陽光が、丸く盛り上がった胸元を金色に縁どった。

女は新吉原江戸町一丁目美濃屋久五郎方の花魁、安芸。この吉原でただ一人、入山形に二つ星という最上級の合印をもらい、張見世をしない呼出し昼三の位を持つ遊女だ。

遠い享保の時代、高尾、薄雲など名高い名妓を生み全盛を極めた吉原も、宝暦のころ玉屋山三郎方の花紫を最後として松の位の太夫は絶えてしまう。やがて、揚屋、格子女郎も消えていった。

大名や高位の武士を主としていた吉原の遊客は、しだいに裕福な商人や小金のある町人たちへと移っていったのだ。それは、はからずも世を回す芯とも軸ともなるのが武士ではなく町人、刀ではなく金だとの現を明かすこととなった。

客たちは、意地と張りを誇る太夫の雲上の気品より、達者な芸や閨でのお繁りはむろんとして軽やかさや明るさ、華やぎを何よりも好み、求めるようになった。客の求めに応じ、姿を変えねば生き残れない。商いの揺るがぬ則であり、吉原も外れることはできなかった。

もっとも、そういう変遷はおゑんの生まれるはるか昔の話でしかない。二千人とも三千人とも言われる遊女を抱える二万七百六十坪の広大な花街は、足を踏み入れるたびに、今が盛りの豪奢を感じさせる。翳りなどどこにもない。

その新吉原で安芸は、遊女の最高位に上り詰めていた。

かつての名妓たちを知る人が生きているわけもないのに、「美濃屋の安芸には、太夫の風格が漂う。高尾の生まれ変わりではないか」と誉めそやす者がいる。七分は戯れに、しかし残り三分は本気で「安芸太夫」と呼ぶ者もいる。

当の本人、安芸は艶やかな笑みと所作で客の戯れ口を塞ぐ。

「高尾太夫は一夜千両の値がついたと言い伝えられてござりんすなあ。主さん、わちきのために一夜で千両、費やしておくんなんし」

笑んだ口元と冷めた眼差しを目の当たりにして、客はたいてい身を縮め、己の不躾を詫びた。吉原で安芸ほどの遊女に見切りをつけられれば、二度と大門は潜れなくなる。無粋者と呼ばれ、嘲りの的になる。江戸の粋人にとっては、この世が終わるに等しい恥辱だ。

もっとも、さる大商人が「それもよかろう」と座敷に千両箱を三つ並べ、三夜、安芸を侍らせたとの巷説も囁かれている。真偽のほどは定かではないが、あえて安芸に問うてみたいとは思わない。吉原で真か偽りかと探るほどの野暮はないし、おゑんにはおゑんの為すべき仕事が他にあった。

「ねえ、先生。ちゃんと教えてくださいったら。どうして嘘なんかつきました」

「だからね、お小夜さん、あたしは嘘なんか言ってやしませんよ」

お小夜は、安芸の本名だ。吉原に限らず花街、色里の女となったとき、〝本当のこと〟は捨てねばならない。名前も生い立ちも在所も全て捨て、遊女の名と生き方を受け入れねばならないのだ。それを百も承知の上で、安芸はおゐんに捨てたはずの名を告げた。二人きりのときは、その名で呼んで欲しいと望んだ。

「先生の前では遊女でいたくないんです」

上目遣いにおゐんを見上げ、安芸、いや、お小夜は小さくかぶりを振った。無粋な客を黙らせた威厳も冷ややかさもない。

上総の国の郷士の娘だったお小夜は、父の急死をきっかけに貧窮極まった家族のため、八つの年に身を売った。それから十年余りで吉原遊女の頂に立ち、江戸有数の大商人に一夜千両でも惜しくないと言わせるほどの傾城になったのだ。その商人が申し出た身請け話を袖にしたとの噂も、おゐんの耳には届いている。

遊女と花は同じ。盛りは美しいが寸の間に過ぎてしまう。盛りが過ぎれば、花は散ればいい。しかし、遊女は消えるわけにはいかない。吉原で位を極めたところで、見た目の美しさはいつかは枯れるし、実家に戻れる道もなかろう。年季が明け、晴れて好いた男と所帯を持てる。そんな好運に恵まれた女が、幾人いるだろうか。

乞われて、おゐんが美濃屋の女たちを診るようになってまだ二年に届かない。しかし、その間だけでも心身ともに衰え、傷つき、病んでいった女たちを数多知ってしまった。美濃屋のような大見世、惣籬の妓楼ならまだしも、一ト切五十文、百文の局見世となると、病を抱えた女郎を養生させるゆとりも心構えもない。回復が見込めなければ親許に引き取らせる。それが叶わぬ者は布団部屋に寝かされ、手当てどころか食べ物さえろくに与えられないまま放っておかれる。客を取れぬ女郎は、ただの厄介者。死んでもかまわない。それが律なのだ。その律の中にあって、大商人の身請け話を断る。確かに約束される安穏で贅沢な暮らしを拒む。

　今太夫と囃される安芸だからこそ、許された振る舞いだろう。

「お小夜さん」

　おゑんは袂を縛っていた襷を結び直す。

「あたしは嘘は言いませんよ。肩も首も腰も凝っていました。とりわけ首の凝りは酷かったですね。板のようでした。あれじゃお頭も相当、痛かったでしょ」

「ええ。頭の芯がずうっと疼いているようで……あら？」

　化粧もしていない。櫛も笄もつけていない。吉原随一の花魁安芸ではなく、お小夜という女は驚きを浮かべた顔でおゑんを見上げた。

「疼きが治ってますよ、先生」

「ええ、凝りをほぐしましたからね、血の通りがよくなったのでしょう。お小夜さんは若いから、凝りが固まりどうにも動かなくなるってことがないんです。根よく揉んでいれば融けて流れてくれるんですよ」

「ま、凝りって雪みたいなものなのですね」

「雪じゃなくて氷でしょうかね。かちかちに凍ってしまう前なら、なんとか融かしもできます。ですから、なるべく氷が厚くならないようにしなくちゃなりません」

「氷を厚くしない？　それって、どうすればいいんです」

「自然の理と同じですよ。冷やさないこと。身体を冷やしてしまうと身の内の流れが滞ります。滞ればそこに余計な物が溜まる。淀んだ川瀬に氷が張る道理と一緒です」

お小夜が瞬きした。口元が綻び、目尻が下がる。

「あら、では先生はお日さまということですよね」

「え？　なんのことです」

「だって、先生、わたしの凝りをほぐしてくれたでしょ。氷を融かしてくれたんですよね。それってお日さまの光、お日さまの温もりってことじゃないですか」

「まあ、おもしろい理屈じゃありますね。ただ、あたしはどうにも、お日さまには不向きかもしれませんがねえ」

口にして、おゑんはつい苦笑を浮かべていた。

自分と日の光は些かそりが合わぬだろうと、思ったのだ。

闇医者と呼ばれている。産んではならぬ子を身籠った女たちが人目を避け、闇に紛れておゑんの許を訪れてきた。無理に連れて来られる者もいた。腹の子の始末を乞うためにだ。その意に沿うときも、沿わないときも、沿えないときもあった。

子を孕む。孕んだ子を堕ろす。

男には一様にも見えようが、女たちにはそれぞれ、まったく別の事情がある。苦労がある。理由があり望みがある。一様どころか、似てさえいない。百人の女の抱えたものは百色、百様なのだ。

その百を千を万を丁寧に解きほぐし、分け入り、女が自分でさえ気づいていない本心や真実に近づく。その上で改めて問う。「ねえ、おまえさんは本当はどうしたいんです」と。子を産みたいのか、産めないのか、産みたくないのか。答えはやはり百様だ。正しい答えも誤った答えもない。おゑん自身、これこそが正しかったと言い切れる答えをついぞ出せぬまま生きてきた。だれよりも惑い、迷い、途方に暮れているのは己なのかと、唇を嚙み締める。それでも女たちはやってくる。おゑんに手を伸ばし、乞うてくる。たいていは夕暮れから宵、あるいは夜半にかけてだった。地をあまねく照らす光から逃れるように、闇に身を隠すように竹林を背にした仕舞屋の戸を潜る。

「先生はお日さまですよ。少なくとも、わたしにとってはそうです」

お小夜が言った。そのままおゑんの胸にしな垂れかかる。美しい身体の火照りがおゑんの胸にじんわりと伝わってきた。

「お小夜さん」

「先生といると、揉んでいただかなくても心身がほぐれていきます。お手が触れただけで柔らかくなるんです。先生だけがわたしのことをわかってくれる。何もかも赦してくれる」

「お小夜さんは、赦してもらいたい何かがあるんですか」

「たくさんあります。とてもたくさん。数えきれないぐらい」

「お小夜さん、でもね」

「黙って抱いていて」

お小夜がさらに身体を寄せてくる。おゑんに縋るように、腕を絡めてくる。

「黙っていてください。暫く黙っていて……。このまま抱いていて、お願い」

目を閉じ、お小夜は長い息を吐き出した。

「先生、わたし、ずっとこうしていたい。ずっと、先生に抱かれていたい」

女郎の手練手管ではない。おゐん相手に駆引きしても意味などないのだ。お小夜は心底から語っていた。吉原では決してさらしてはならない心内を呟いたのだ。

おゐんは僅かに眉を顰めた。

微かではあるが不穏な気配を感じてしまう。それを振り払うつもりで、いつもより明るく、やや早口で告げてみる。

「お小夜さん。横におなりなさいな。今度は胸元あたりの淀みを流して差し上げますよ」

もう一度、吐息を漏らし、お小夜は素直に身体を横たえた。鹿子の緋縮緬の襦袢を乳房の上まで引き上げる。蒸した手拭いで温めた手のひらに、香油をたっぷりと載せる。萌黄色のとろりとした油は仄かな芳香を放ち、温めることでさらに柔らかく香り立つ。

お小夜の首から腋にかけて滑らかに指を動かす。乳房の間、乳房そのものをゆっくりと撫で上げていく。人の身体を治療のために揉む。そのとき緩急、強弱、指の動きと力の兼ね合いが何より肝要となるのだ。

おゐんは指先に気を集める。若い女の乳房は挑むようにおゐんの指腹を押し返してきた。

異様なしこりも妙な硬さもない。一月前に揉んだときと同じ、美しく健やかだ。

首筋、耳を揉み、肩口から滑り込ませた手でもう一度貝殻骨のあたりをほぐしていく。それから両の腕、指一本一本を丁寧に手当てしていった。

半刻あまりが経ち、日差しが仄かに赤みを帯びてきた。

「終わりましたよ」

目を閉じている女の耳元におゑんは囁く。

もう暫くすれば、見世の軒にも、仲の町の通りにも灯が点る。お小夜は安芸となり、花魁道中を歩かねばならない。

「もう……そんな刻ですか」

「ええ。間もなく七つ時（午後四時ごろ）のはずでござんすよ」

お小夜は身を起こし、襦袢の前を合わせた。

「先生、今度はいつお逢いできますか」

「一月後、同じ刻に参ります。お小夜さんが半日、空いている日にね」

「空けておきます。できれば一日、先生と一緒にいたいのだけれど」

美濃屋の主がそれを許すわけもない。安芸は今を盛りと咲く花だ。散る前にどれほど稼いでくれるか、稼がせるか、胸算用はしっかりできているだろう。月に一度、おゑんの手当てを受けさせるのも、安芸の願いを聞き入れたというより、花の盛りを寸分でも延ばせるならとの思惑あってのことだ。

遊女屋の主は仁義礼智忠信孝悌の道を失った者として、亡八と呼ばれる。女の身体で男を遊ばせる。それを生業とすれば人の道に留まれるわけもない。そういう理屈だろうか。だからといって、主たちが人心を忘れた鬼、畜生とも言い切れない。主が亡八なら、娘を買い漁る女衒も遊客も間夫も、女に集る男たちはみな人道を外れている。けれど、そういう男たちがいなければ、遊女は生きていけない。吉原だけでなく色里のことごとくは、定めに溺れ、流されていく女たちを死の手前ですくい上げる網の役目も果たしている。ただ、その網はときに非情で冷酷で、女たちを苛み、虐げる笞にも刃にも変わるのだ。とても容易く変わる。

おゑんはため息を漏らす。

「先生」

お小夜がおゑんの膝に手を載せる。

「ね、お約束くださいな。一月後には必ず来てくださると。そうしたら……」

膝の上の手に力がこもる。温みと思いの外強い圧しが伝わってきた。

「それを頼みにこの一月、生きていける気がするのです」

おゑんはお小夜の手に自分のそれを重ねた。

「お約束、しますよ。美濃屋に出入りを差し止められない限り、一月後も参ります」

お小夜の顔つきが明るくなる。身の内に淡い光の源があるようだ。

「まあ、嬉しい。ほんとにほんとですよ、先生」

「花魁」

障子戸の向こうから、呼ぶ声がした。落ち着き具合からして番頭新造だろう。年季が明けても身の寄せ処がなく、かつ、才覚のある女は花魁の世話役、相談役として妓楼に残り、番頭新造、番新と呼ばれる。初会の客の品定め、酒宴の席の切り盛り、客の取り持ちや駆引きの指南までを役目として働く女たちだ。したたかで抜け目なく、頭の回りが速くなければ務まらない。今も、まさにこのときという時機を見計らっての声掛けだった。

「そろそろ、お支度にかかりませんと」

「あい。ちょいとお待ちなんし」

お小夜から安芸に変わった女は廓言葉で返事をする。おゑんは荷物をまとめ、薬籠に仕舞うと立ち上がった。

安芸が黙って頭を下げる。その眼の中には、さっきまでの縋りつく気配は微塵(みじん)もなかった。

妓楼の階段は広い。遊興の場は二階が主となるから、遊女も客も料理を運ぶ者も茶屋の亭主も若い者もみな上り下りする。広くなければ用をなさない。

昼見世(ひるみせ)の客がまだ残っているのか、このまま居続けて清掻(すががき)の音とともに始まる夜見世(よるみせ)まで居続けるのか、数人の男たちとすれ違う。

年も身体付きも形(なり)もそれぞれの男たちだが、一様に訝(いぶか)し気な目を向けてきた。

なんだ、この女は？　何者だ？

言葉以上に露骨に問うてくる目つきだ。

根結いの垂髪(すいはつ)、地味な薄鼠(うすねず)の無地小袖に藍の帯、黒羽織、手には籐(とう)の薬籠。妓楼で見るには些か奇異な姿だろう。熟れた色気とも誘い込む艶ともほど遠い。花の群れに交じった芒(すすき)に似て明らかな種違いだ。重々承知しているから、無遠慮で好奇な眼差しは気にならない。気になるのは別の視線だ。安芸の部屋を出たときから背中に刺さってくる。

帳場に座る番頭に軽く会釈し、おゑんは美濃屋の暖簾(のれん)をくぐる。

くぐる寸前、半歩ほど手前で振り向いた。

男と目が合った。

まだ十分に若いと言える男だ。ただ、若さに不釣り合いな凄(すご)みがあった。縞(しま)の小袖に細帯を締めた目立つところの一つもない出で立ちだが、男の全身から尋常ではない気配が揺らいでいた。殺気と呼ぶのか狂気と言うのか、おゑんには判じられないが、そうそう出くわす気配ではない。

男は両の手のひらを両膝に置き、低頭した。とたん、尋常でない気配は霧散する。長身で痩せ、すっきりとした男ぶりの若者が一人、立っているだけとなる。

一礼を返し、おゑんは足を踏み出した。惣籬の前を過ぎ、通りに出る。まだ夜見世には間があるので客はそう多くはない。灯が点り、縁起棚の鈴の音を合図に清掻が響き、花魁道中が始まり、吉原の夜の幕が開く。遊客たちが仲の町に溢れ、廓はいつ果てるとも知れないざわめきに包み込まれていくのだ。

「先生、お待ちを」

通りに出たところで呼び止められた。若い男の声で、だ。

おゑんは気息を正し、丹田に力を込めた。襲われるとも殺されるとも思わないが剣呑だとは感じる。

この男は危ない。

「お呼び止めして、あいすいやせん」

男は先刻同様に丁重な辞儀をした。おゑんも僅かに頭を下げる。

「あたしに何かご用でしょうか」

男は顔を上げ、束の間、おゑんを見詰めた。澄んだ眼だった。何もない。心も惑いも狡猾さも欲心も、悲哀も情念もない。何もないから澄んでいる。人の眼とは思えなかった。

首代だろうか。

おゑんは男を見詰め返す。首代はいわば吉原の飼っている用心棒だ。普段はこれといった役目も仕事も持たずぶらぶらしているだけだが、一旦、惣名主の命が下れば匕首や長どすを得物にして命を懸けて戦う。誰かを殺すことも己が殺されることも躊躇う者はいない。

流血や殺しの騒ぎを起こし咎を受けることになれば、首代の誰かがそれを負う。打ち首、獄門、磔、遠島。どんな処罰も引き受けるのだ。人の心の埒外に生きる者たちとしか言いようがない。目の前の男はその首代の一人なのだろうか。

「へえ、実は美濃屋の主がお話ししたいことがあるとかで、先生に少し刻を頂戴したいと申しておりやす」

「美濃屋さんが？　あたしに何用でしょうかね」

「そのあたりは、あっしではわかりかねやす。ただ、先生にお越しいただけるかどうか尋ねて来いと命じられただけなんで」

「おまえさん、お名はなんと仰るんです」

問うてみる。男は束の間、黙り込み、微かに笑った。

「名乗るほどの名は持ち合わせちゃあいやせんが、ここでは甲三郎と呼ばれておりやす」

「ここでは、ねえ。では他所ではまた別の名をお持ちってことでござんすかね」

「あっしはあっしなんで。名前などただの符丁に過ぎやせんよ。おゑん先生」

にやりと、甲三郎が笑った。おゑんは心持ち顎を上げる。

「美濃屋さんは内所におられるのですか」

「いえ、ちょいと別の場所におりやす。あっしが案内いたしますので」

男はおゑんの前に出ると、そのまま通りを歩き出した。振り返らない。おゑんがついてきているかどうか確かめる素振りは一切、見せなかった。速くも遅くもない足取りだ。一間ほど離れて同じ足取りで歩いた。

　初午を過ぎ、あちこちの見世前で太神楽の一行が芸を披露している。獅子舞、品玉、皿回し。格子越しに、遊女たちのある者は笑い、ある者は手を叩き、ある者は見入っていた。風はまだ冷たいけれど、陽光は柔らかく眩しい。三月になれば仲の町には桜並木が拵えられ、人の心をいやがうえにも昂らせる。もっとも、冬枯れであろうが炎天であろうが、吉原は常に人心を煽り、昂らせ、現の憂さを忘れさせてはいるのだが。

　三月朔日、植木屋の手で桜が植えられ、花が散り終わる月末にはきれいに片付けられる。美しい花を愛でるためだけに、人手を加え風景を創り出してしまうのだ。

　まさに吉原の豪儀であり驕りの証だった。

　甲三郎の足が止まる。そこで、初めて振り向きおゑんに顔を向けた。それから、すっと路地に入っていく。うなぎ屋と台の物屋（遊廓専門の仕出し屋）に挟まれた路だ。傾きかけた日差しは入り口あたりを淡く照らすばかりで、奥は薄暗い。

　路地奥でぶすり、なんてことはなかろうね。

　一瞬、用心が働いたけれど、おゑんは迷わなかった。変わらぬ足取りで路地に入る。

　仕舞屋が並んでいる。みな、軒の低い、粗末な造りだ。

「こちらで」

　一軒の戸を甲三郎は横に引いた。無造作な動きなのに腰高障子の戸は音もなく滑る。

「先生をお連れしやした」

　甲三郎の声に誘われるように、おゑんは路地の奥にある仕舞屋に足を入れた。外見より中は広いようで、三和土と上がり框、四畳ほどの板場の向こうに無地の白襖があった。その襖ががらりと開いて、半白の髷をきっちりと結った男の顔が覗く。目尻が下がり、頬の膨れた顔は布袋を思わせる円満の相だ。

「これはこれは、おゑん先生、わざわざお越しいただいて申し訳ありません」

「いえ、それは構いませんが。いったい何事ですか、美濃屋さん」

男、四代目美濃屋久五郎はさらに目尻を下げ「ささ、まずはこちらへ」と手招きする。

襖の向こうは座敷だった。坊主（縁なし）ながらまだ新しい畳が敷かれ、微かな青い香りが漂っている。ただ、火鉢と行灯の他に家具らしいものは見当たらない。その行灯には既に火が入っていた。行灯の横にもう一人、男が座っている。美濃屋久五郎よりもさらに白髪が目立つ。が、真っ直ぐに伸びた姿勢のせいなのか、生き生きとした光を宿す双眼のせいなのか、老いなど全く感じさせない佇まいの男だった。久五郎がやや声を低くした。

「こちらは、吉原の惣名主を務めておられる川口屋平左衛門さんでございます」

「川口屋亡八、平左衛門と申します。お初に、お目にかかります」

平左衛門が両手をつき、低頭する。おゑんは立ったまま、胸裏で舌打ちしていた。

これは、とんだまずい所に飛び込んじまったね。

のこのこ甲三郎について来てはならなかったのかもしれない。美濃屋の見世先できっぱりと拒み、背を向けて帰るべきだったのかもしれない。

何度でも舌打ちしたい。己を叱りつけたい気にもなる。しかし、おゑんにはわかっていた。どう転んでも、美濃屋からの呼び出しを拒み切れなかっただろうと。主を拒めば、美濃屋への出入りはおそらく無体になる。無体になれば、安芸との約束が反故になる。

一月の後、必ず来てください。必ず来ますとも。確かに交わした約束を破ってはならない。去るのなら「もう、ここには来られない」と我が口で告げてからだ。そうしなければ安芸はいつまでも、おゑんを待ち続ける。

それだけは避けたい。避けねばならない。

腹を括る。おゑんは心持ち胸を張った。

「これはこれは驚きました。吉原の惣名主さまともあろうお方が、町医者風情になんの用でござんすかねえ。とんと見当がつきませんが」

わざと屈託のない、軽やかな物言いをしてみる。

久五郎が頷き、上座を示す。そちらに座れと仕草で語っているのだ。

おゑんは襖の前から動かなかった。その場に腰を下ろす。吉原を束ねる男の上座に座る気はしない。臆したわけではなく、居心地の悪さのためだ。

「ここで、けっこうですよ。人には分というものがありますからね」

平左衛門がくすりと笑う。目元は緩んだけれど、気配は少しも和らがなかった。

「噂通りのお人柄のようですな、おゑん先生」

「あたしの為人について、どんな噂がありましょうかね。気にはなるところですが」

「お戯れを。他人の口など気にかけるご性分ではございますまいに。あ、いや、これは噂ではなく手前の勝手な見定めに過ぎませんがね。まあ、でも、今まで大きく外れたことは、そうございませんかなあ」

平左衛門が行灯の明かりの中で静かに笑んだ。

二

障子が音もなく横に滑り、男が入ってきた。おゐんをここまで案内した男、甲三郎と名乗った男だ。本名かどうかは至って疑わしい。もっとも、ここは吉原。本名だろうが異称だろうが、さしたる違いはない。先刻、甲三郎が口にした通り、名前などただの符丁に過ぎないのだ。何かしらの名がなければ勝手が悪い。それだけのことだった。

が、それは男の言い分だ。女は己の本当の名に拘る。口に出さずとも、胸の奥深くに隠し持とうとする。お小夜もそうだった。安芸と小夜の間に線引きをするのだ。密かに、自分だけの線を引く。意味もないことをと、男は嗤うだろう。嗤う男に身を売りながら、女は意味の有無などどうでもいい、名を守るのは生きるための方便なのだと呟く。

「お茶をお持ちしやした」

甲三郎が小振りの湯呑をおゐんの前に差し出す。微かな湯気と芳香が立ち上った。上質な茶のようだ。平左衛門と久五郎の湯呑は無釉のやや大振りの物だ。伊部だろうか。

平左衛門は茶を一口すると、姿勢を崩さないおゐんをちらりと見やった。

「毒など入っておりませぬよ。用心なさらなくてもよろしいかと思いますが」

「用心はしておりません。惣名主さまに毒を盛られるほどの大物ではございませんからね。ただ」

「ただ？」

平左衛門が心持ち、目を眇めた。

「刻が些か惜しゅうございましてね。まだ、仕事が残っておりますので」

これは嘘ではない。竹林を背にしたおゑんの住処には、今、二人の患者がいる。二人とも差し当たり落ち着いているし、助手のお春が付いているのでさほど心配はないが、やはり心は逸る。何が起こるかわからないのが世の習いであり、病者というものだ。

「お忙しいというわけですな」

「ええ、かなり。少なくとも、お茶をご馳走になりながら四方山話をする暇はありませんね」

久五郎の眉が吊り上がった。落ち着かなげに身動ぎする。

吉原を束ねる惣名主に、一介の町医者、それも子堕ろしを生業とする闇医者が意見を述べる。とんでもない身の程知らずだと、責める顔付だった。

他人の顔色を一々気にしていては、この稼業は成り立たない。

「ということで、若い衆を使ってまであたしを呼び出した、その理由を教えていただきましょうか。むろん、教えてもらわず、このまま放免してくださるなら何よりですが。さすがに、そう上手くはいかないでしょうかね」

平左衛門が笑う。くすくすと軽やかな、笑い声を漏らす。

「よろしいですなあ、先生は。度胸もあるし頭の回りも速い。向こう見ずではないが臆病でもない。さすがです。あの安芸が惚れるだけのことはありますな」

おゑんは心持ち、眉を顰めた。

安芸。そこに繋がる話か。

「惚れる？　なんのことです」

「ああ、いやいや、お惚けはなしにいたしましょう。なあ、美濃屋さん」

話を振られ、久五郎は少しばかり膝を進めた。

「ええ、そうですとも。安芸は、間違いなく先生に惚れておりますよ。本気でね。わたしも妓楼の主として長年生きてきましたからな、女の心内は手に取るようにわかります」

嗤いそうになる。何を思い上がっているのかと、相手の頬を叩きたくもあった。

女の心内がわかると豪語するのは、男の思い上がりでしかない。

わかるわけがないのだ。

幾層にも重なり合った情の奥に、女は想いを閉じ込める。そこまで届く視の力を持ち得る男が、さて、日の本に何人いることやら。一人もいないかもしれない。ましてや、女を商いの道具とする亡八が心内に分け入ることなどできようはずがないし、してはいけないのだ。分け入る心があると気付けば、道具は道具でなくなる。道具として扱えなくなる。

「憚りながら、お二人ともちょいと誤解をしておいでのようですが。今日の呼び出しは、花魁に関わることなんですか」

それなら、少しばかり剣呑かもしれない。遊女に間夫が付くことを見世側は嫌う。客色と呼ばれる遊客の誰かと懇ろになるのは、まだ大目にみるが、地色はいけない。同じ吉原内で働く男を情夫とするのは法度中の法度だった。おゑんは男ではないし、吉原で働いているわけでもない。安芸と情を交わした覚えもない。ただ、安芸ほどの花魁なら、浮名一つ流すにしても格に見合った相手でなければならない。久五郎がそう考え、安芸が本気でおゑんに惚れていると思い込んでいるのなら、ちと拙いかも……いや、確かに拙い。久五郎からすれば、おゑんは厄介者でしかないのだ。厄介者をさっさと取り除くのは、昔からの吉原の流儀だった。花魁の間夫となったばかりに、首代に始末された地色はかなりの数になるはずだ。

甲三郎はさっきから座敷の隅に畏まっていた。端座したまま些かも動かない。殺気も狂気も伝わってはこない。それが却って、不気味だった。

ただ、ここまできて慌てても遅いし、騒いでも意味はない。まずは見極める。

おゑんは襟を軽くしごいた。胸元の皺を帯の下に片付ける。

「花魁には気持ちを解く一時が入り用なんですよ。吉原遊女の頂に立つ人ですからね。並の女にも並の男にもわからない苦労がおありでしょうよ。あたしは、外の者です。客でもなければ、吉原内で生きているわけでもない。気を楽に向かい合える数少ない相手じゃないんでしょうかね。それだけのことですよ。なんでも色恋沙汰にすり替えて事を収めようとする。ご主人方の悪い癖ですねえ」

久五郎が眉を寄せた。気に障ったらしい。

構うものか。女の何もかもを訳知り顔に語られてはかなわない。

あはははと、平左衛門が笑う。いかにも楽し気な朗笑だ。

「これはまた、一本取られた。なるほどなるほど、先生の仰る通りだ。人の世は全て色恋沙汰で片が付くほど甘くはありませんからな。でもね、先生」

笑みを口元に残し、平左衛門は背筋を伸ばした。

「花魁は先生に惚れてます。そこは見誤ってはおりませんよ」

おゑんも姿勢を正す。真正面から、惣名主の視線を受け止める。少しも笑っていない眼だ。

「だったら、どうなんです。目障りだから、出入りを禁じるとでも言い渡しますか。それとも、余計な虫が付いたと始末するおつもりですかね」

「いやいや、まさか。少しばかりご冗談がきつすぎますな」

平左衛門は大仰な仕草で手を横に振った。

「そんなことをすれば、花魁がどれほど嘆くか。安芸は美濃屋さんだけでなく吉原の宝ですからな。この上なく丁重に扱いますよ。ご安心を。もちろん、先生の出入りを差し止めるなどと野暮な真似はいたしません。これからも好きにお越しください。ええ、意味は違えど、先生もまた、手前どもには大切なお方ですからな。決して、余計な虫などと考えてはおりません。そこのところ、どうかお取り違えなきように」

ぞくっ。悪寒がした。抜き差しならない羽目に陥った。逃げも、戻れもしない場所に追い込まれた。

おゑんはやっと気が付いた。気が付くのが遅すぎた。

あたしとしたことが、迂闊だったね。

安芸との関わりならきちんと申し開きをする。その腹積もりだったが、事はそう柔いものではないようだ。吉原を牛耳る男たちに、〝大切なお方〟だと言い切られた。その危うさに気分が悪くなる。

不意に、平左衛門が立ち上がった。

「先生、診てもらいたい者がおります」

「診る？　患者ですか」

見上げたおゑんと視線を絡ませ、平左衛門が首肯した。久五郎が奥の襖をゆっくりと開ける。無地の白襖の向こうに、薄い闇が溜まっていた。

おゑんは腰を上げ、促されるままに前に出る。

狭い部屋の隅に夜具が敷かれているが、それが薄く膨らんでいた。人が横たわっている。

「ちょいと、失礼しますよ」

久五郎を押しのけるようにして、中に入る。悪寒も悪心も消えてしまった。

横たわっているのは女だ。解いた髪を一括りにした横顔は青白く、血の気はほとんどなかった。病み衰えた姿だ。おゑんは首を傾げる。一見しただけだが、そうとう長く臥せっている様子だった。遊女が病に罹れば、全盛の花魁なら箕輪の寮などで養生もできるが、小見世の女郎だとそうはいかない。回復の見込みがたたなければ親許に引き取られるが、それも叶わない者は布団部屋に入れられ、治療はおろか食事すら満足に与えられないままになる。

この女がどういう格なのかわからないが、医者に診せようとするのだからそこそこの妓ではあるのだろう。

「うちの振袖新造です」

背後で平左衛門が告げた。振袖新造は表向きは客を取らず、姉女郎に付き従う若い遊女のことだ。振新とも呼ばれ、白歯で振袖を纏う。

「え……振新」

まさかと、思う。我知らず息を呑み込んでしまった。

振袖新造なら、まだ十五、六より上ではないはずだ。とても、そうは見えない。よほどの長患いで、窶れ切っているのだろうか。

憐憫の情はわかない。そういう湿った情はひとまず脇に押しやらねば、診療に差し障る。

おゑんは膝をつき、女の脈を取った。微かだ。弱く、辛うじて指先に伝わってくる程度だった。息も間遠い。思わず眉を寄せていた。

これは、拙い。

「ちょいと、甲三郎さん」

振り向き、甲三郎を呼ぶ。即座に返答があった。

「へい」

「あたしの薬籠をこちらに。それと、湯を沸かしてくださいな。きれいな水も汲んできてもらいましょうか。手拭いも五、六枚集めて来てくださいさい。新しい、汚れのない物じゃないと駄目ですよ。湯呑も新しい物を一つ、いえ、二つお願いします」

矢継ぎ早に指示を出す。甲三郎は薬籠をおゑんの傍らに置くと、滑らかな動きで外に出て行った。足音一つ、たてない。

「川口屋さん、この方はいつからこんな風なんです」

一月前か二月か。

「三日前です。それまでは、いたって元気でした」

「三日前……」

ここでも息を呑み込む。

それはないだろう。これは二日や三日の弱り方ではない。老人ならまだしも、振袖新造を務める若い女がわずか数日でここまで衰えるとは思えない。そういう進み方をする病があるのか。少なくともおゑんは、未だ知らない。もっとも、病はいつも見知らぬ、思いもしない形で現れる。得体が知れない。そもそも得体そのものがあるのかないのかも、わからない。幻のように摑めず、自在に変化し、人に襲い掛かる。

余計なことは考えなくていい。目の前の病人だけを診る。

「こちらの振新さん、お名はなんと仰います」

「春駒ですが」

「本名の方は」

「本名？　ああ……」

暫く思案し、平左衛門は「おもんです」と答えた。色里に一歩、足を踏み入れたとき、女が捨てねばならなかった名前を、平左衛門はそれでも、なんとか覚えていたようだ。

「おもんさんですね。元気だったというのは、ごく当たり前に動いていたってわけですか」

「ええ、春駒の姉女郎は梅山という、うちの昼三です。その者に付いて、よく働いておりましたよ。気の回る上に物覚えもよくて、梅山は殊の外かわいがっておりましたから」

「倒れたのはいつごろですか。その前は何をしていました」

「倒れたのは昼見世がひける少し前。春駒は廊下の掃除をした後、食事をして、昼見世で付いた客の相手をしていたそうです」

振袖新造が男の相手をしないというのは飽くまで建前のこと。客が望めばそれなりに色も売る。器量よく、華と才があれば最高の呼出し昼三として披露されるが、そういう者は振新のころから上客が付きもするのだ。

「その客が帰り、他の客も途切れたので、売卜者（占い師）に手相を見てもらったとか。その後、姿が見えなくなり梅山が心配しましてね。他の振新や禿を使って捜していたら、納戸で倒れていた。そういう顛末なのですよ、先生」

平左衛門の口調に淀みはない。おそらく、姉女郎や番頭新造から春駒の動きを細かく聞き出しているのだ。さすがに手抜かりはない。

平左衛門の話を聞きながら、おゑんは素早くおもんの身体を調べた。窶れ具合は身体にも表れていた。肌がかさついて、瑞々しさを失っている。ただ、痩せてはいなかった。ふっくらとした丸みが窺えるし、乳房にはまだ艶と張りが残っている。肌理が細かいのは持って生まれた質だけではなく、糠袋で丹念に磨いていたからだろう。振新、春駒はいずれ花魁として名を馳せるよう育てられた材なのだ。

痣はない。傷もない。苦し紛れに掻き毟った痕もない。不意に倒れたというなら、心の臓の病がまずは疑われる。しかし、それなら肌や瞼の裏が青紫に変わるはずだが、それもない。

目の前の女は徐々に病み衰えて、息を引き取る間際としか思えない。

甲三郎が湯気の上がる桶や手拭いを運んできた。瀬戸物の器には澄んだ水がなみなみと張られている。それなのに零れた跡は見当たらない。しかし、今は、男の身熟しに感心している場合ではなかった。

「川口屋さん、耳元で名前を呼んでください」

「え？」

「名前ですよ。廓名じゃなく本名を呼ぶんです。早く！　ぐずぐずしないで」

「ちょっ、ちょっと、先生。いくらなんでも」

久五郎が慌てた素振りで口を挟んでくる。いくらなんでも、惣名主に向かってなんて口の利きようだ。そう咎めるつもりだったらしい。が、久五郎が咎めるより先に平左衛門が動いた。身を屈め、おゑんの反対側からおもんを呼ぶ。

「おもん、おい、おもん。わしの声が聞こえるか。おもん」

おゑんは薬籠から取り出した薬を湯に溶く。久五郎が顎を引き、平左衛門でさえ僅かにだが、眉を顰めた。

気付け薬だ。末音が作った。末音は実に有能な助手で、おゑんが物心ついたときにはもう傍らにいた。長い長い年月を共に過ごしてきた老女だ。遥か昔、異国から流れ着いた末音は、薬草探しとその薬草をもとに様々な薬を生み出す才に長けていた。先刻、お小夜の身体に塗った香油も、末音が香草や草花の種から作り上げたものだ。香油は心身の凝りを取り除き、気持ちを緩める。今、おゑんが手にしている薬からは芳香とは言い難い臭いが立ち上っていた。異臭と呼んでも差し支えない。緩めるのではなく、刺衝を与える。

正直、診立てができない。治療の手立てがわからないのだ。わかっているのは、おもんが確かに死に向かっていることだけだった。

「川口屋さん、梅山という花魁に変わりはないんですか」

「ええ、春駒のことをひどく心配はしておりますが、変わりはありません」

「他の振新さんたちも？」

「いつも通りです」

ならば、人から人に伝播する病ではないらしい。そういうものなら、もっと何かしらの兆しがあるはずだ。急に倒れてそのまま、目覚めない。とすればやはり、心の臓か頭中の病を疑うべきだろうか。けれど、それにしては妙なところが幾つもある。何より暖かさが増すこの時季、十五、六の娘が罹る病とは考え難い。それに、この病み方、窶れ方はそういう突然の病とは全く異なる様ではないか。

ちりっ。焦りがおゑんの胸底を焼く。

わからない。摑めない。闇夜の道を歩くより、ずっと心許ない。だから、焦る。

間に合わない……。

「甲三郎さん、おもんさんを少し起こしてください。そっとですよ。川口屋さんはそのまま、呼び続けて。手をしっかり握りながらです」

男二人は言われるままに、動いた。

甲三郎がおもんを抱き起こす。丁寧な仕草だ。おゑんはおもんの口に匙で薬を流し入れた。

この薬は気付けと共に血の流れを促す効き目がある。大量に使うのはご法度だが、量さえ間違わなければ血の滞りを除いてくれる。

今、できる治療は何がある。他にどんな手を打てる。

おゑんは考える。考えて、直ぐには何も思いつかない。おもんの様子は変わらない。呻きさえしないのだ。指先に触れてみる。冷たい。薬籠から道具を取り出す。三寸ほどの筒の上下に小さな漏斗が付いている。こっちは、おゑんの手作りになる。腹の胎の鼓動を聴くために考案した。

漏斗の開いた一方をおもんの胸に、もう一方を自分の耳に当てる。直に耳で聴くより、確かに音を拾えるのだ。しかし、おもんの心の臓の音はほとんど聴き取れなくなっている。

間に合わないか。

背中を冷たい汗が伝った。

おもんの胸の上で手を重ね、手のひらの付け根で押す。肘を伸ばし身体の重さをかけて押し、戻し、また押す。

くっ、くっ、くっ。くっ、くっ、くっ。

一定の調子で繰り返す。心の臓に血を送ることで蘇生(そせい)を促す。祖父から習った。

お祖父(じい)さま、教えて。どうすればいい。どうしたらいい。

祖父に縋る。十(とお)にならぬ間に江戸に出てきた。そのときから今の年まで、現(うつつ)の誰かに縋った覚えはない。しかし、祖父は別だ。末音とは異なる、おそらく遥かに遠離の国から北の小藩に漂泊した祖父は、その地で医者として生き、父となり祖父となった。そして、無残な最期を遂げた。父は早くに、おゑんたちの前から去っていたから、幼いころの記憶に刻まれた男の家人は祖父だけだ。

祖父の傍らで医術を知り、医者のあり様(よう)を学んだ。

喜怒哀楽、どんな情にも惑わされず患者と向き合う。どのような患者であろうと、人であることを忘れない。

おゑん、どんな風に生きていたとしても、どのような死に方をしようとも、人は人だ。生きているときも死んでからも人なのだ。だから、見放してはいけない。諦めてはいけない。手立てが尽きても、見放しも諦めもしない。粘るのだぞ、おゑん。死と粘り強く戦うのだ。

柔らかな低い声で、どことなくたどたどしい物言いで、祖父は伝えてくれた。それゆえ、縋る。心の内で、土器色の髪と鳶色の眸の祖父に訴える。

お祖父さま、教えてください。この人を救うために何をすればいいのです。

汗が頬を伝う。次から次へと流れていく。おもんは全く変わらなかった。目を閉じ、口を薄く開け、されるがままだ。汗が滴る。さらに滴る。

「先生、もう結構です」

平左衛門が言った。静かな、抑揚のない声だった。ほぼ同時に、温かな指がおゑんの手首を摑んだ。生きている者だけが持つ温もりだ。

「もう死んでやすよ、先生」

甲三郎がやはり静かに告げる。それからそっと手を放し、退いた。

おゑんは脈と瞳子を確かめる。甲三郎の言う通り、おもんは死者になっていた。

「ご尽力をいただきました。まことに、ありがたく存じます」

平左衛門が、続いて久五郎が深く頭を下げる。

「……いえ、なんの役にも立ちませんでしたね」

「いや、先生に診ていただいたときには既に手遅れだったのです。重々、承知しております。先生はよく努めてくださいました。なぁ、美濃屋さん」

「はい。まことに、ありがたく存じます。これは心ばかりの御礼です。お納めください」

久五郎が方形の包みを差し出す。切餅、つまり二十五両を封じたものだ。

「心ばかりにしては、ちと多過ぎやしませんか。命を救えたのならまだしも、ほとんど用を成さなかったわけですからね。はい、そうですかといただくわけには参りませんよ」

包みを押し返す。

平左衛門の気配がほんの微かだが張り詰めた。

「どうぞ、薬礼としてお納めください。先生のお働きに見合った額だと思いますが」

「見合ってなんかいませんよ。もう一度、言いますが、あたしはおもんさんを助けられなかったんです。なんとかできたのなら大手を振って頂戴しますがね。残念ながらそうもいかないでしょう。見合った額を払うと言うのなら、二朱、用意してもらいましょうか」

おもんの亡骸に向かって手を合わせ、立ち上がる。息絶えた者に医者は無用だ。なんの役にも立たない。さっさと退散するしかない。

甲三郎がすっと前に回ってきた。異国の血が混ざるからなのか、おゑんは並の男より上背がある。しかし、甲三郎はおゑんよりさらに長身だった。ただ、おゑんが足を止めたのは、男の体軀ではなく気配のせいだった。壁とも矢来ともなって、行く手を阻む気配だ。

苛立つ。いつもなら、下手な抗いはしない。抗って無駄と踏んだら、大人しく引き下がり機を待つ。これまで、ずっとそうしてきた。

今日はできなかった。疲れと無念さが綯い交ぜになり、おゑんを苛立たせるのだ。

理由も告げず他人を呼び出し、息も絶え絶えの病人を診させる。その後、二十五両という大金を薬礼だと差し出す。断れば、首代らしき男が立ち塞がる。

金と力をちらつかせれば、大抵の女は意のままにできる。そう信じているわけか。

なんとも手前勝手な、こちらを見下したやり方ではないか。

苛立つ。ここにいる男たちにどうしようもなく苛立つ。

おゑんは湯呑を摑むと、中の薬を甲三郎めがけてぶちまけた。甲三郎は滑らかな動きで、避ける。

「うわっ」と叫んだのは久五郎だった。部屋に異臭が広がったのだ。襖や畳にべたりと付いた黒緑の塊から鼻を突く臭いが放たれる。時を置けば置くほど臭いがきつくなる。そういう質の薬だった。

「うわっ、臭い。こりゃ堪らんな」

久五郎が鼻を押さえ、団扇を扇ぐように手を振る。

「顔、洗った方がよござんすよ」

甲三郎に言う。頰に僅かだが、薬が散っているのだ。

「この薬、肌に付くとかぶれる人がごく稀にいるんですよ。早く、洗い流しておいでなさい」

「かまやしません」

手拭いで頰を拭い、甲三郎は襖の陰に退いた。おゑんの苛立ちはもう萎えて、疲れだけが染み出てくる。ため息を吐いて、平左衛門に顔を向けた。

「川口屋さん、軽はずみな真似をしちまいました。お恥ずかしい限りですが、ご寛恕くださいな。お詫びと言ってはなんですが、薬礼は結構ですから」

「薬礼だけではないのですよ、先生」

座ったままおゑんを見上げ、川口屋平左衛門は切餅に手を置いた。

「これには、口止めの分も含まれておるのです」

「口止め？　おもんさんのことを他言するなって意味ですか。それなら、どうぞご安心ください。医者が患者についてあれこれしゃべることは、まずありませんから。誰にもなんにも言いやしませんよ」

おゑんは軽く眉を寄せた。苛立ちが消え、落ち着いてきた心に何かが引っ掛かる。

腰を下ろす。改めて、吉原惣名主の顔を覗き込む。

「川口屋さん、どうしてです。どうして、あたしに二十五両もの口止め料を払うんです。そこまでして、おもんさんの死を隠さなきゃならないんですか」

平左衛門が、座り直す。

「三人目、なんですよ」

「え、三人目って？」

「春駒で三人目なのですよ。こういう亡くなり方をする女がね」

一瞬、絶句してしまった。平左衛門が続ける。

「姿がふっと見えなくなる。で、納戸なり蔵なりで倒れているのが見つかったときは、すでに虫の息で、結局、数日寝込んでそのまま亡くなってしまう。そういう女が春駒を入れて三人、なのです」

平左衛門が指を三本立てた。おゑんは黙って、その指先を見詰める。

よく似た事件に行き当たったことがある。人の心の臓を止める薬を自ら調合し、何人もを殺めた娘がいたのだ。娘は死に、真相が表に出ることはなかった。あれも初めは正体不明の病と騒がれたのだ。同じことがまた……。

いや、違う。おゑんはかぶりを振った。あれとは違う。あれは天から調合の才を与えられた者にしかできない悪行だ。いくら江戸とはいえ、そういう者がそうそういるとは思えない。それに、若い女を数日で病み衰えさせ死に導く薬となると、作り出すのはあまりに至難だ。心の臓を止める毒薬の比ではない。

「それで、先生に是非にお助け願いたいのです」

指を握り込み、平左衛門が頭を垂れた。

三

「まあ、そんなことが」

と言ったきり、お春は絶句した。

朝から冬並みの冷え込みに襲われ、火鉢の火を絶やすことができない。今の陽気は本当に気紛れだ。袷の襟を広げたいほど暖かい日の次が、冷えた風に身を竦ませる一日だったりする。おゑんの家は竹林を背負っているおかげで、夏は涼しく心地よく過ごせる。冬も日差しさえあれば、それなりに温もりを感じられるのだが、今日のように凍て風が吹けば周りに人家がない分、もろに凍えに見舞われてしまう。

お春は部屋部屋の火鉢に炭を足して回り、最後におゑんの居室にやってきた。熾を作り、五徳の上に鉄瓶をかける。十五の年に商家に奉公に上がったというお春は、炭の熾し方も茶の淹れ方も台所仕事もそつがない。何より医者の助手として、よく働き、よく学ぶ。患者への接し方、励まし方、支え方には天性の質がある。薬の調合や治療の技、知見はまだまだだが、まだまだがそれなりに、それなりがそこそこに、そこそこがかなりに、かなりが一人前になるときも、さほど遠くないはずだ。

そのお春が、「熱いお茶、淹れましょうか」「嬉しいこと。ぜひ、頼みますよ」、そんなやり取りの後、遠慮がちに問うてきたのだ。おそらく、ずっと気に掛けていたのだろう。

「おゑんさん、昨日、美濃屋で何かありましたか」

おゑんは読んでいた帳面から顔を上げ、心持ち片眉を上げた。

「何かあったとわかりますかね」

「ええ、なんとなく。いつもより思案顔をしていらっしゃるように見受けられましたから。あ、でも、余計なことをお尋ねしたでしょうか」

お春が湯呑に七分ほど茶を注ぎ、差し出してくれた。ほわりと湯気が上がり、仄かな香気が漂う。

おゑんはわざと大きく息を吐き出した。

「困ったもんですね。末音だけでも厄介なのに、お春さんにも隠し事ができないとあっちゃ、家でもかなりの用心がいりますねえ」

「隠し通さなくちゃならないものなら、おゑんさん、面に出したりなさらなかったでしょう。もっと用心して、あたしなんかに何も気付かせなかったと思いますよ」

「ふふ。言うじゃありませんか」

いつもより熱めの茶をすする。湯呑を置いて、今度は、我知らず吐息を漏らした。

「お春さん、悪いけど末音を呼んできてくれますか。二人に伝えたいことがあるので」

「かしこまりました」

お春が軽やかな動きで廊下に出て行く。おゑんはもう一口、熱い茶をすすった。香りと味を楽しむ。

吉原での一件を内緒にするつもりはなかった。お春も末音も大切な、そして、頼りがいのある仲間だ。信じるに足る者たちでもある。二人の力を借りなければ、前には進めない。

薬草の香りを漂わせ末音が、微かな炭の匂いをさせてお春がやってくる。障子の前に並んで座った老若の女たちに、おゐんは昨日の出来事をできる限り詳しく、けれど淡々と語った。

「まあ、そんなことが」

聞き終えて、お春が絶句する。末音は身動ぎもしない。おゐんの膝元、畳の縁(へり)をじっと見据えているだけだ。

「帰ってから、あたしなりに調べてはみたんですよ」

数冊の書や帳面を膝の上に載せる。末音が目を細めた。

「先生の物でございますね」

「ああ、そうだよ。おまえが命懸けで持ち出してくれた、お祖父さまの書だ」

もう何年前になるのだろう。江戸から遠く離れた北国の藩で祖父は命を絶たれた。海のかなたから運ばれてきた流行(はや)り病と闘い、人々を救い、救ったはずの人々によって殺された。祖父が悪疫の因(もと)だという蜚語(ひご)を信じた人々に襲われたのだ。襲撃者は祖父と祖母を惨殺し、屋敷を焼き払い、全てを打ち壊した。その騒乱の最中(さなか)、末音は母と共に、幼かったおゐんと祖父が託した医学の書や帳面を胸に抱き、逃げてくれた。逃げ切ってくれた。だから、今、おゐんはこうして生きていられるし、祖父の帳面を読むこともできる。

時折考える。祖父が異国の者でなければ、髪も眸(め)も肌の色も、物言いも身振りも異ならぬまま周りと溶け合っていたらどうだっただろうか、と。あんな無残な最期を迎えなくてすんだだろうか。安穏な一生を手に入れていただろうか、と。否めない。肯えない。祖父は異人だった。それゆえに襲われた。殺された。その一面は確かにある。けれど、その面だけではないはずだ。祖父を「先生」と呼び、治療に通い、病や怪我を治してくれたと心底から喜んでいた患者たちを、敬うような目付きで見ていた若者を、祖父の囲碁の相手だった老人を、おゑんは知っている。笑い、語り、ときに慰め合ったり、励まし合った人たちを襲撃者に変えたのは、祖父の髪や眸の色ではない。

震恐だ。

流行り病への恐れ。浜に流れ着き、間もなく亡くなった異国の男が持ってきた病に、見知らぬ、全く馴染みのない病に怯え、怯え、怯えた。行き場のない震恐は、自分たちとは異なる者、病をこの地に持ち込んだ男と同じ異国人である祖父に向けられた。凄まじい勢い、凄まじい殺意となって向けられた。

同じことになったりしないか。

北の小藩でのかつての出来事は、江戸吉原で今起きつつある〝何か〟と結び付きはしないだろうか。胸の内に波が立つ。鈍色の波が寄せてくる。おもんの死に顔が波の間に浮かんで、揺れる。

「おゑんさん」

お春に呼ばれた。大きくはないけれど、しっかりと強い現の声だ。

「おゑんさんは、その振新たちが得体の知れない病で亡くなったのではと、危ぶんでいるのですか。それとも、三人の女の方々が亡くなったのは、たまたまだとお考えなのですか」

お春の口調には震えも揺らぎもなかった。きちんと耳に届いてくる。

「たまたまとは考え難いけれど、女ばかりが罹り、しかも、急に衰えて亡くなる病があるなんて、それはそれで思案の埒外になっちまいますね」

　正直に告げる。お春や末音に見栄を張るのも、強がってみせるのも、無駄でしかない。

「詳しく知らなきゃいけませんね」

　お春が背筋を伸ばし、表情を引き締めた。

「その振新の他に二人、亡くなっているのなら、どういう所でどんな亡くなり方をしたのか、詳しく知らなきゃならないと思いますが」

「ええ、その通り。年や身体付き、食べ物の好き嫌い、普段の様子、持病の有無、亡くなった当日とその数日前までの振る舞いや動き。それに、亡くなった三人に繋がりや重なる何かがあるのかどうか。そんな諸々も調べなきゃなりませんね。ま、そのあたりは、もう手を打っているけれど」

「あら、さすがですね。おゑんさん、もう調べを始めているわけですか」

「まあね。とはいえ、餅は餅屋に任せるに限りますからね。あたしたち素人がどたばた動いても事ははかどらないでしょうから、その道の玄人に頼んでますよ。そろそろ、第一報を持ってくるころじゃないですかね」

「その道の玄人」

　お春がおゑんの言葉を繰り返し、思案するように首を傾げた。

「おゑんさま」

　それまで黙っていた末音が、もぞりと動く。この老女が何歳なのかおゑんも知らない。祖父と同じく異国の生まれながら、小柄で髪も眸の色もこの国の者と変わらず、異人と気付く者はそういないだろう。寡黙ではあるが陽気で強靭な気質で、おゑんは末音から愚痴や悲嘆に暮れた台詞を聞いた覚えがない。

　お春とは馬が合うのか、お春の才を見出したのか、このところ薬草の作付けや調合を教え、伝えているようだった。二人がときに真剣な面持ちで、ときに笑い合いながら、薬草を植え替えたり、薬研（やげん）で押し砕いたりしている様子は母娘（おやこ）のようにも、親密な仲間のようにも、師と弟子のようにも映る。

「おゑんさまはこの一件に、本気で関わるおつもりですかの」

　北国の訛（なまり）を微かに残した物言いで末音が問うてくる。江戸言葉のようにしゃきしゃきと歯切れよくない。その分柔らかで、温（ぬく）い。

「断ることは、できませんのかのう」

　ちらりと末音を窺う。皺深い小さな顔の中で黒い眸が瞬く。

「おまえは断った方がいいと思うのかい」

「断った方がよろしいでしょうの」

　おゑんは目を伏せ、手の中の湯呑を回した。末音が続ける。

「流行り病とわかっておるのなら、おゑんさまの出番でもありましょうが、それも確かではございませんしのう。何やら剣呑な気配もいたしますし、鼻を突っ込まれぬ方が利口ではございませぬかの」

　苦笑してしまう。

「ちょいと末音、鼻を突っ込むなんて、人を腹を空かせた犬みたいに言わないでほしいね。それに、流行り病ではないとも言い切れないじゃないか。吉原の中で既に三人、続けて亡くなってるんだ。しかも、よく似た亡くなり方でね」

「けども、おゑんさまは他の二人の死に様を目にしたわけではありますまいが。ただ、吉原の惣名主さまから話を伺ったというだけでございましょうが」

「川口屋さんや美濃屋さんがあたしを謀っているかもしれないと？」

「その恐れがないとも言えませぬのう」

「なんのために、そんなことを？」

末音は顎を引き、ゆっくりとかぶりを振った。

「わかりませぬ。ただ。おゑんさまが知っているのは、亡くなる間際の振新だけですからの。流行り病を疑うのは早計でございましょうかのう。後二人、同じような亡くなり方であったとしても、やはり、もう少し様子見するがよろしかろうの」

確かにと頷きそうになる。

末音の言うことは道理に適っている。しかし、平左衛門や久五郎が自分を謀るなどどう考えてもあり得ない。謀って、どんな益があるのだろう。吉原は江戸に咲く大輪の徒花だ。徒花だが、数千の男たち女たちが現に蠢き、夥しい金が動く。そういう場所を束ねる惣名主が、たかだか妓楼に出入りする医者一人を謀る用などどこにもないのだ。本来なら、歯牙にもかけぬはずだ。

「……と申し上げとうはございますが」

末音が上目遣いにおゑんを窺ってくる。口元がこころなしか窄んだようだ。

「もう遅い。そういうお顔でございますの」

おゑんはこれもほんの少しばかり、眉を顰めてみる。

「お見通しのくせに、もって回った言い方はよしておくれよ」

「ずばり尋ねた方がよろしかったですかの」

　そこで末音は不意に背筋を伸ばした。

「引き受けてしまわれたのですかの、おゑんさま」

「引き受けたさ」

　末音とお春が顔を見合わせる。末音はまた背を丸め、お春は瞬きを繰り返した。

「生きて帰りたかったからね。引き受けるしか手立てが浮かばなかったんだよ」

　放り出すように、言ってみる。

　嘘ではない。

　他に手立てが思いつかなかった。


「この先、何がどうなるかわかりませぬ。春駒を最後にして、この上、死人が出なければ何よりですが、こちらの望んだようにはいかぬのが現というもの。先生、これから先、どうか手前どもに力をお貸しいただきたい。この通り、お願いいたします」

　昨日、平左衛門はおゑんに頭を下げた。深々と。

　なぜ、あたしにと訊(き)くまでもなかった。

　これは決して表に出してはならない秘事なのだ。

　咲き誇る花は徒であろうと幻であろうと、絢爛(けんらん)でなければならない。僅かの染みも汚れもあってはならないのだ。だからこそ、客は寄ってくる。日々がどこか汚れ、痛み、苦味に満ちたものであるからこそ徒(いたずら)に酔い、幻に溺れるためにやってくるのだ。得体の知れない病が流行り始めたと噂が立てば、吉原の命脈は絶たれる。その見込みは十分にあった。

　おゑんは闇医者と呼ばれる。日の下にさらしてはならない女の身体と、身体の裏にある心を診る。上手くいくときも、いかないときもある。いかないときの方が多いかもしれない。どうであっても、おゑんは秘する。女たちの素性も抱えている諸々も全てを己の胸に留め、決して漏らさない。平左衛門はそのことを承知した上で、おゑんに頭を下げたのだ。なぜ、あたしにと訊けば、「これは決して表に出してはならぬ秘事となるやもしれません。先生なら外に漏れる危惧はございますまい。信用できるお方ですから」と、答えが返ってくるだろう。切餅一包み分の口止め料は、その信用の証というわけか。少し嗤える。

　吉原惣名主からの信用をありがたいと感じるほど、世間知らずではない。むしろ、背筋がうそ寒くなるではないか。

　このことが外に漏れたとき、我らの信用を裏切ったときは容赦しない。

　平左衛門の言葉にしない言葉が伝わってくる。背後で甲三郎が静かに息を吐いた。この男もまた、惣名主の声なき声を聞いたのだろう。聞いて呼応するように気息を整えた。

　なるほどね、あたし一人の始末などいつでもできるってわけか。

　おゑんは薬草の臭いを吸い込む。おもんのために処方し、情動のままにぶちまけた薬は、さらに臭みを増していた。が、不思議と気持ちを落ち着かせてくれる。

「川口屋さん」

「はい」

「尋ね事と頼み事が一つずつござんす」

「なんなりと」

平左衛門は居住まいを正し、久五郎は無言のまま口を歪めた。いらぬことを言うてはならぬと戒めるような目付きになっている。

「まずはお尋ねいたします。この件について、お心当たりがありますか」

平左衛門を見詰める。見詰められた者はおゑんの視線を平然と受け止めた。

「ありませんな」

「どんな些細なことでもよろしいのですが、思い当たる何か、気持ちに引っ掛かる何か、本当にござんせんか」

「先生、わたしも春駒が倒れたときからずっと思案しておるのです。三人の女が同じような病で亡くなった。しかも、名も知らぬ不明の病です。これはいったいなんだ、と考え続けておりました。考えざるを得なかったのですよ。しかし、思い当たる節など何一つ、ないのです」

心内を表すように、平左衛門が頭を左右に振る。

「病とは言い切れませんよ」

「ええ――」

物名主の顔に初めて惑いの色が現れた。もっともそれは瞬きの間、面を過ったにすぎないが。狼狽を露にしたのは久五郎の方だ。大きく目を剝き、腰を浮かした。

「え？　ええ？　せ、先生は病でないと言うんですか。病でなければなんなのです。まさか、毒を盛られたとかじゃないでしょうね」

「毒ねえ。それは思案の範疇に入っておりましたか、川口屋さん」

久五郎から平左衛門に目を移し、問うてみる。

「入っておりました。今でも疑ってはおります。ただ、手前どもは病はむろん、毒にしても薬にしてもずぶの素人。大工に縫箔(ぬいはく)をさせるようなもので、見当などつけようもありません。万が一、春駒たちが何者かに薬殺されたとして、使われた毒が砒石(ひせき)や黄燐(おうりん)でないことはわかるのですが、では、他のなんなのかとなると、まるで思いつかないのです」

そこで、平左衛門は三寸ほど膝を進めた。

「先生はいかがですかな。お心当たりはございますか」

「ありませんよ」

平左衛門が苦く笑った。

「ずい分とあっさりとしたお返事ですな。嘘でも考える振りなどしていただきたかったが」

「振りをしても、なんの益にもなりませんよ。刻(とき)の無駄というものです。あたしもそちらも、暇を持て余す身じゃござんせんからね」

「まさにまさに。仰る通りです。少々、焦っておりましたかな。正直に申し上げて、手前どもには見当がつかないがゆえに、先生にお縋りする心持ちになっておりました。もしやこういう毒が使われたのではあるまいか、こういう病ではあるまいかと何かしらの手掛かりをお示しいただけたら、少しは光明(こうみょう)が見えるかと……」

「当て外れでしたか。それは、申し訳ござんせんね」

「あ、いや、とんでもない。手前どもが勝手に先生にお縋りしただけのこと。今回、先生に落ち度は何一つございませんよ」

そこで平左衛門は短い吐息を漏らした。困り果てた者の弱気な弁ともとれるが、この台詞もこの仕草もそのまま素直に受け取るわけにはいくまい。〝今回〟落ち度はないとしても、〝次回〟はどうなのだ。おまえは我らを一度、失望させた。二度目はないぞ。平左衛門は暗にそう告げているのだ。

少し足掻いてみようか。

おゑんは膝の上に手を重ねる。

「川口屋さん、こういっちゃあなんですが、あたしのような半端な医者より、もそっと名高い、名医と呼ばれる方に相談してみちゃいかがです。そういう方々は総じて口が堅く、患者の秘密を漏らすことなんてありませんよ。あたしでなくても」

「先生がよろしいのです」

やんわりと、しかし、迷いなく言い切られた。

「安芸ではありませんが、先生でなければ駄目なのです」

おゑんは重ねた手に力を込める。安芸とのやりとりは全て筒抜けになっている。今さら驚きはしないが腹立たしくはある。安芸だとて隣室に番頭新造が控えているとは百も承知していたはずだ。承知した上で安芸ではなく、お小夜として心の内を吐露した。ならば、聞かぬ振り、知らぬ振りをするのが吉原の心得、人の弁えではないか。惣名主ともあろうものが、心得も弁えも捨ててなんとする。

「先生は異国の医術、病、薬草等にたいそうお詳しいそうですな。蘭方、和方、漢方。それら全てを修得し、薬の調合も格別なやり方をなさるとか」

胸に萌した怒りが萎えていく。代わりのように、用心が動いた。

どこまでかわからない。しかし、平左衛門がおゑんの来し方をある程度、摑んでいるのは確かだ。

その札をちらつかせ脅してくるのではなく、だから役に立つ、役に立てと命じてくる。用意周到、抜け道はない。

どのみち、逃げられないってわけか。なら、ま、腹を括るしかないね。

微かに笑んでみる。

腹を括った者がどれほど厄介か、教えてさしあげますよ、惣名主さま。

平左衛門が顎を引いた。おゑんがなぜ笑んだのか解せなかったらしい。

「わかりました。とはいえ、雲を摑むような話ですから何をどうしたらいいのか、今のところは手がありませんよ」

立ち上がり、吉原の男二人を見下ろして告げる。

「わかっております。ただ、もしこの不思議が続くようなら、先生には本腰を入れていただきとうございましてな」

「続かなくても、このまま済ませたくはありませんね。ああ、そうだ。それ、やはりいただいておきましょうか」

腰を落とし、切餅包みを摑み上げる。

「月料として、確かに受け取りました。よろしいですね」

「月料」

久五郎がまた、中腰になる。

「先生、月々二十五両を払えと言うんですか。それはちょっと阿漕ですよ」

「あら、美濃屋さん、あたしはこれでも、ずい分とお負けしたつもりですけどねえ。得体の知れない相手と闘えと言うのなら、それ相応の軍資金が入り用でしょう。正直、二十五両でも足りるかと些か心許ないぐらいですよ」

久五郎が何か言いかけたが、それより一息早く、平左衛門が口を挟んだ。

「五十両、お支払いいたしましょう」

久五郎が息を吸い込む。ひゅっと細い音が聞こえた。

「他に費えがいるようならお申し出ください。全て、こちらで支払います」

ただしと、おゑんを見上げた眼にはどんな情も浮かんでいなかった。

「その金子に見合っただけのお働きはお願いしますよ、先生」

情の読めない眼に笑いかける。

「お任せくださいと安請け合いはできませんねえ。まあ、ここまで見込んでいただいたのですから、やれるだけはやってみます。今のところ、あたしがお約束できるのはそこまでですが、よろしゅうござんすか」

「よろしいですとも。先生が引き受けてくださるなら、手前どもに異存は一つもございませんよ。ねえ、美濃屋さん」

「あ、はあ……。惣名主がお決めになったことなら頷くしかありませんな」

美濃屋の主は露骨な渋面を作る。

おゑんを吉原に引き入れたのは美濃屋久五郎だ。当時、身体の不調を訴えていた安芸を治療するために、おゑんは呼ばれた。

「医者に診せるのはむろん、鍼も灸も漢方薬も試しはしましたが捗々しい効き目はみられません。安芸は先々、全盛の花魁となる身を約束されている者。美濃屋としても、そのつもりで育てて参りました。なんとしても、元気になってもらわねば困るのです。先生のお噂は時折、耳にしておりまして、女の身体を診るのならこの方しかないと意を定め、こうしてお願いに上がった次第です。薬礼に糸目はつけませぬゆえ、なにとぞ、安芸を診ていただけませんか」

床に額を擦り付けんばかりにして、久五郎は治療を乞うたのだ。それほど必死だった。安芸に出逢い、その気性や芸事の資質、風格と愛嬌を併せ持った姿を目の当たりにすれば、久五郎の執着もすんなりと腑に落ちた。もっとも、糸目をつけぬと断言した薬礼を始め治療のための費えは全て女の支払いになる。安芸のように上り詰めれば借金に借金が重なる心配から隔てられはするが、それは一握りの女に過ぎない。下級女郎の中には借り金の鎖でがんじがらめとなり、死ぬまで働き続けねばならない者が大勢いた。まさに、苦界だ。

ともあれ、治療を進めるうちに安芸は健やかさを取り戻し、久五郎を大いに喜ばせた。その後も月に一、二度、おゑんは安芸の許に通い続けている。安芸が強く望んだからだ。昼三、最上級の花魁の本気の願いを無下にはできない。いや、無下にしなくても差し支えないと久五郎はふんだのだろう。おゑんのおかげで、安芸が健やかに働いてくれるのなら、美濃屋にとっても悪い話ではない。それぞれの願いやら損得勘定やらが絡まって、おゑんは今も吉原に出入りを許されている。おゑんがもし、吉原を損なうようなしくじりをすれば、責めは久五郎にも及ぶだろう。亡八として生きている久五郎が、吉原の冷徹さを知らぬはずがない。渋面の裏には、悟られてはならない怯えが張り付いている。

「というわけで、うんと頷いたからこそ大門をまた潜れたってわけさ」

話し終えて、おゑんは胸に手を置いた。やれやれと呟きもした。無事に帰ってこられた安堵をそれとなく仕草に込めたのだ。しかし、末音は誤魔化しきれなかった。

「つまり、引き受けてしまわれたということですの」

「そうだけど……。仕方なかったんだよ。おまえだってそう思うだろう」

「思いませんの。おゑんさまなら、もう少し上手く切り抜けられたはずですがの。切り抜ける気がなかったのでしょうな」

「あら」とお春が目を見張り、おゑんを見やった。それから、こくこくと二度、合点する。

「ああ、そういうことですか。おゑんさん、気を惹かれてしまったわけですね。吉原の不思議にちょいと魅入られた。断る気など端から起きなかった、ですね」

「その通りですの。病にしろ薬が使われたにしろ、わたしたちが知らぬものであるのは確か。おゑんさまの、知らぬものを知りたがる病はお小さいときからでしてのう。どんな危殆があっても、ともかく知ろうとなさる。知りたくて知りたくて胸がうずうずなさるのですよ。ええ、立派な病でございますの。このところ治まっておりましたのになあ」

末音が首を横に振る。おゑんは肩を竦めた。その通りだ。これはなんだと思い、なんなのかを知らねばと胸内が疼いた。知りたい。見極めたい。闇に隠れた得体を引きずり出したい。

風が吹き、障子がかたりと動いた。「先生、お邪魔いたしやす」。風に乗って忍びやかな声と気配が伝わってくる。

「ああ、お出でですか。ふふ、惣名主への頼み事の一つ、凄腕の助手が来ましたよ」

おゑんは立ち上がり、障子を開けた。風が垂髪をなぶる。

凍て風の中で、袷一枚の甲三郎がゆっくりと腰を屈めた。

四

「吉原の若い衆には、口に合わないかもしれませんがね」

一応、断りを入れて、大振りの湯呑を甲三郎の前に置く。置かれた方は、僅かに口元を綻ばせた。

湯呑を持ち上げ、立ち上る薄い湯気の香りを嗅ぐ。

「甘酒でやすね。大の好物なんで」

「おや、それはよかったこと。甘酒は暑気払いにかなりの効がありますが、今日みたいに寒い折に飲むのもよろしいんですよ。身体の芯から温まりますから。実は、あたしも好物でしてね。それに、うちの一夜酒は格別に美味しゅうござんすよ。ささ、どうぞ」

と勧め、おゑんは自分の湯呑を口に運んだ。甲三郎のものより一回り小さな唐津物だ。

お春と末音は座敷の隅に寄り添うようにして座っていた。さらりと、紹介はした。とはいえ、吉原の内を知らない女二人に甲三郎をどう紹介すればいいのか、少しばかり迷う。首代の一人には違いないだろうが、その言葉だけでは取り零してしまう面も多々あるような気もする。もっとも、お春も末音も人の纏う気配には敏い。余計な釈義は無用だろうか。

「いただきやす」

律儀に頭を下げると、甲三郎はゆっくりと湯呑を持ち上げた。

おや？　と思う。所作が優雅だ。湯呑を持ち上げ、中身を飲む。ただそれだけの動きが整っている。がさつさも下卑なところもなかった。

見詰めていたのか、湯呑から唇を離した甲三郎と視線が絡んだ。

「先生、どうかしやしたか」

「いえね。ずい分あっさりとお飲みになったから、ちょいと意外だったんですよ。ほんの一寸でも、疑いはしなかったのかな、とね」

甲三郎が心持ち、顎を引いた。

「それは、この甘酒に毒が盛られているかもと、そういう意味でやすか」

「まあね。毒も薬の内。あたしは医者ですからね、扱いには慣れてます。この甘酒、生姜がよく効いてますでしょう。味も濃い目ですし。毒の苦さや辛みを消すには塩梅がようござんすからねえ」

甲三郎が身動ぎした。

「先生」

「はい」

「あっしをからかって面白がっておられるんでやすか。それとも、試してるんで」

今度は、おゑんが顎を引いた。眉も少しばかり顰めてみる。

「おや、冗談や空脅しに聞こえましたかね」

「そうとしか思えやせんが。あっしを殺しても先生にはなんの得もねえでしょう」

「そんなことはありませんよ。甲三郎さんぐらいの活きのいい男衆に、あたしが新しく調合した薬がどれくらい効くのか見定められる。大層な得になりますよ」

甲三郎は肩を竦め、手の中の湯呑を半回りさせた。それから、一気に飲み干す。

「うん、美味（うめ）えや。こりゃあ極上だ」

手の甲で口元を拭うと、そこに薄ら笑いを浮かべる。

「おや、軽くいなされちまいましたか。あたしが毒を盛るわけがないと信じている。いえ、高を括ってるんですかねえ」

「信じちゃいやせんよ。先生の為人（ひととなり）についちゃ、なんにも存じ上げてねえんで。毒の扱いには確かに長けちゃあおられるでしょうがね。けれどまあ、この甘酒はめっぽう美味いだけのもの。毒入りじゃねえでしょうよ」

「あたしを信じちゃいないのに、用心はしないわけですか」

「先生お一人なら、ちょいとは心配したかもしれやせん。けれど、そちらの助手の方。えっと、お春さんでやしたね」

「あ、はい」

お春がぎこちない仕草で頷く。この甘酒を作ったのも、運んできたのもお春だった。

「お春さんの様子が強張（こわば）っていなかったんで、別段、怪しみはしやせんでしたね。毒を一服盛っていながら、あるいは、毒入りの甘酒を飲んでいるとわかっていながら、顔色も変えず普段と同じように振る舞える。そこまで擦（す）れているとは思えなかったんでねえ」

「おやまあ。それはちょっと、聞き捨てならない台詞ですね。甲三郎さんの言い分だと、あたしが擦れているみたいじゃありませんか。それに、お春さんは何も知らずにいたかもしれないでしょ。あたしがこっそり一服盛ったってのもありえますよ」

「どうやって盛るんです？　先生が湯吞に触れたのは、あっしの前に置いたときだけですぜ。手妻の玄人でも難しいと思いやすが」

「そこに毒が塗ってあったとしたら、どうです」

おゑんは空になった大振りの湯吞を指差した。

「予め湯吞の内側に塗りつけておくのです。お春さんには、この湯吞で甘酒を出すように託けておく。温かな甘酒に、毒が融けて混ざり込む。お春さんは何も知らないまま、それを運んでくる。そういう筋書はどうでしょうか」

甲三郎が口を窄め、首を縮めた。

「て、ことだそうで。いかがでやすかね、お春さん」

「え？　あ、はい。でも、あたし、水屋の中から勝手に選んでしまいました。甘酒だし、お客様用の小さな器よりたっぷり入る大きめの方がいいだろうと思ったものですから」

お春の生真面目な顔付や物言いがおかしい。

おゑんは思わず笑い声を漏らしてしまった。甲三郎の口元も緩んでいる。

話し相手としては、なかなかに面白い男だ。機転が利くし、野暮な威勢を張らない。だからといって信用できるわけではないが。

「けど、先生なら本当にやっちまいますかね」

甲三郎が呟いた。口元にはまだ笑みが残っている。

「湯吞に毒を塗る。それがどうしてもやらなきゃならねえことだとしたら、躊躇わずやっちまう。そういうお方なんでしょうか」

ちろり。おゑんを見やった男の眼差しは鋭い。おゑんはそれを受け止める。

「もう一度、言いますが、あたしは医者です。そう容易く、人を殺めたりはしませんよ。どうしても毒を盛らなきゃならない、そんな相手に出逢ったこともありませんしね」

「誰かを殺してやりてえほど憎んだことが、ねえんですかい」

甲三郎の口振りは淡々としている。傘を持っていないのかと問うのと寸分違わぬ調子だった。

「ありますよ。それも一度や二度じゃなくね。けど、殺してやりたいほど憎むのと、憎いから殺すのは別物でしょう。ええ、まるで別物です。憎い誰かはいても、直に手を下した覚えはありませんね」

唐突に母を思い出した。

母は父を直に殺した。己の懐剣で深々と肉を抉ったのだ。返り血を浴び、紅く染まっていた母の姿がなぜか生々しく見える気がした。

あの刹那、母からほとばしった殺気は憎しみに置き換えられるのだろうか。

「あのう、おゑんさま」

末音に呼ばれた。呼んだあと、末音は長い息を吐き出した。木枯らしに似た乾いた音が、おゑんを現に引き戻す。血に塗れた母の姿が消えていく。

「湯呑に毒を塗る塗らないの前に、そのお若い方に薬を塗る方がよろしいのではありませんかの」

「ああ、確かにそうだね。甘酒なんか飲んでいる場合じゃなかったかねえ。手遅れになったら、ちょいと辛いからね」

「さようですの。このお方が患者さんだったら、おゑんさま、直ぐに診察部屋に通されたでしょうにのう。あ、お春さん」

末音がお春の耳元で何かを囁く。お春は大きく首肯し、部屋から出て行った。

甲三郎が瞬きする。ほんの少しだが、面に心内の揺れが滲む。

「へ？　薬ってなんのことでやすか」

おゑんは末音の差し出した上っ張りを羽織り、外廊下に向かって顎をしゃくった。

「光の入ってくる明るい場所に移ってもらいますよ。それで顔をよく見せてくださいな」

「あの、ですから。どういうことなんで」

「治療します」

「治療って、なんのこってす？　あっしは、どこも悪くありやせんよ。今日、ここに来たのは先生に頼まれた調べ物について」

「それは後で、けっこうです。さ、左側を光に向けて。あぁ、やっぱりね。甲三郎さん、ここ痒かったんじゃないですか」

甲三郎の左頰、耳の下から顎にかけて、肌の色が赤らんでいる。

「あ、へえ。まあ少しは痒みがありやしたかね。けど、騒ぐほどのことじゃありやせんよ」

いったん事が起これば、殺し合いさえ辞さぬのが首代だ。頰の痒みなど気にもしなかったのだろう。当然と言えば当然だ。が、おゑんとしては当然で済ますわけにはいかない。

「これは、かぶれですよ」

「かぶれ？　そうでやすか。何かに負けたわけでやすか。そういやぁ、ガキのころからかぶれ易い質でした。このところ忘れてやしたが、どこかで虫にでも刺されやしたかね」

「この時季、まだ虫は出ませんよ。虫じゃなく、あたしのせいです」

「先生の？　なんで先生が関わりあるんでやすか」

「気付けの薬、甲三郎さんに投げつけましたからね」

「ああ、あの臭いやつか。でも、すぐに拭き取りましたぜ。べつに痛くも痒くもなかったし」

「これから痒くなるんですよ。いえ、今でも痒いでしょう」

お春が薬籠を抱えて入ってきた。末音が中から、何本か小さな瓶を取り出す。

「おゑんさま、どのように調合いたしますかの」

「蘆薈（アロエ）、薏苡仁（ハトムギ）、塩、それを三番の膏薬に混ぜ込んでもらおうかね。匙一杯を二、二、一の割合で、よく練っておくれな」

「承知しました」と答えたのは、お春だった。末音が同意するように首を縦に振る。お春は手早く薬の調合を始めた。末音の細やかな指南とお春自身の勘の良さや器用さがあいまって、その手際は日に日に上達している。匙を使うお春の仕草にも自信が見て取れた。

「さっ、では、もう一度、よく診ましょうかね」

おゑんの伸ばした指先を避け、甲三郎はかぶりを振った。

「遠慮いたしやすよ、先生。あっしなどに治療はもったいねえ」

おゑんは指を握り込む。

首筋は人の急所の一つだ。そこを不用意にさらす姿勢を甲三郎は嫌った。

わざとらしくため息を吐き、苦笑を浮かべてみる。

「おやおや、甘酒は躊躇いなく飲んでも、あたしの診察は拒むんですね。つまり、あたしを信用していないというわけですか」

　甲三郎は答えない。黙したままだ。それが答えになる。

「あたしはね、甲三郎さん、少しは体術の心得があるんですよ。人の身節（みぶし）もツボも急所も、仕事柄よく存じちゃあいます。並の者よりちっとは強いかもしれません」

「へえ」と、甲三郎は首肯し、口の端を持ち上げた。

「ちっとどころじゃねえと、見受けやしたがね」

「そりゃどうも。けどね、残念ながら首代の喉元を掻き切れるほどの腕は持ち合わせちゃあいません。人を殺すなら刃物より薬、喉を掻き切るより甘酒に毒を混ぜた方がずっと手っ取り早い。そう考えますし、間違いなくそっちの手立てを使いますよ」

　眼に力を込める。

「嫌なら無理にとはいいません。けどね、薬は早めに用いればそれだけ効用が高まるんです。痒くて掻き毟ってからじゃ手当てが難儀になりますよ。というか、もう相当に痒いんじゃないですか。ほら水疱（すいほう）が出始めてるじゃないですか」

「水疱？」

　末音が身を乗り出す。そのまま膝を進め、甲三郎の顎を摑んだ。おゑんのときとは違って、甲三郎はおとなしい。抗う素振りは全く見せなかった。

　どうやらこの男、とっさに相手による安危（あんき）を測って動くらしい。

　とすれば、自分のどこに剣呑さを感じたのか。

　じっくり聞いてみたいものだと、おゑんは男の横顔を見詰める。

「もう少し、上を向いてくだされ。おやまあ、ほんとだ。粟粒ほどの発疹が……。おゑんさま、これはあの気付け薬のせいですかいの」

末音が目を眇める。

「だろうね。あたしが投げつけたんだ。避けてくれてよかったよ。もろにかかっていたら、顔中に水疱が出て、えらいご面相になっていただろうさ」

「まあ、そうでしょうの。はい、甲三郎さんとやら、お口を開けてもらえますかいの。舌を出して。ええ、そうそう……。ふむ、口の中は大丈夫のようです。けど、あの薬でここまでかぶれるとはの。些かおもしろい身体の質でありますなあ」

「ほんとにね。珍しい質だよ。できれば、じっくり調べさせてもらいたいね」

「できました」

お春が練り合わせた薬を差し出す。おゑんはそれを指先に取り、匂いを嗅いでみた。

「さ、薬が仕上がりましたよ。どうします。塗りますか。拒みますか」

「……お願いいたしやす」

甲三郎は殊勝に頭を下げた。薬を渡すと、末音は箆ですくい取り甲三郎の頬に薄く伸ばしていく。お春がその様子を食い入るように見ていた。塗り終わった後、小声でおゑんに尋ねてくる。

「あの気付け薬で、こんなかぶれ方をするのは珍しいのですか」

「稀ですね。きつい薬だから、口の中が少し荒れる程度のことはままあったけど。だから、いよいよのときじゃないと使いたくない薬なんですよ。でも、あたしの知っている限り、肌に水疱を作ったってのは甲三郎さんだけですねえ。さて、あの薬の何に負けたのか。きちんと調べてみなきゃならないでしょうよ」

「他に変わりはないのでしょうか。お顔のかぶれ、だけかしら」

お春が甲三郎の横顔をちらりと見やった。

「そこは気になるところじゃありますね。甲三郎さん、ちょいとお身体全部を調べさせちゃもらえませんかね」

「ご冗談を」

甲三郎は袷の襟元を整え、居住まいを正した。

「あ、でも、痒みが楽になった気がしやす。これは、すげえな」

「それはよござんした。湯に浸かるのも、顔を洗うのも好きにしてかまいませんが、その後、薬を塗るのを忘れないことが肝要ですよ。こまめに塗っていれば三日も経たず治るでしょう。お春さん、お薬、持ち帰れるように器に入れてあげてくださいな」

「かしこまりました」

「ありがとうございやす。すっかりお手間を取らせちまいやした。で、薬礼はいかほど」

「いりませんよ。因を作ったのはあたしですから。頂くわけにはいかないでしょうね」

「きっちり筋を通す、そういうご気性なんでやすね、先生は」

「通すときは通す。曲げねばならないのなら曲げる。そういう気性ですかね。意地を貫き、信念を守り、何がなんでも正しき道を行くってのは性に合いません。ふふ、筋というものはね、真っ直ぐ硬いより、柔らかく曲がりも伸びもする方がいいんですよ」

「それは人の生き方の話でやすか。身体のあり様の話でやすか」

「さて、どうでしょうか。けど、甲三郎さんは人の生き方にも身体のあり様にも、さほど興がるようには思えませんね。でも、そろそろ本題に入りましょうか。お互い、暇を持て余している身じゃありませんからね」

甲三郎は軽く頭を下げ、「では」と懐に手を入れた。少し和らいでいた気配が張り詰める。

「先生に言い付けられた通り、春駒を入れて妙な死に方をした三人の女をできる限り詳しく調べてみやした。これが三人の名前とだいたいの年、身体付きや持病の有無などでやす」

懐から取り出した三枚の紙を甲三郎は、おゑんの膝元に差し出した。末音とお春が甲三郎の横合いから覗き込んでくる。

「ちょいと、なんだよ二人とも。はしたないねえ。甲三郎さんに迷惑だよ」

「でも、お傍に寄らないと見えませんもの」

「そうそう。わたしなど、このところめっきり目が弱くなりましたからの。おゑんさま、もう少し明るい方に向けて、読みやすくしてくだされませの」

「好き勝手にお言いじゃないよ。まったくね、あたしのことを知りたい病だなんて散々くさしておいて、あんたたちも似たようなものじゃないか」

「あら、あたしはそんなこと言った覚えはありませんよ。ね、おゑんさん、三人の方に何か繋がりがあるんですか。とても気になって。ねえ、末音さん」

「ですのう。おゑんさま、あるのかないのかどうですかの」

「ある、なしじゃなくて、繋がりとやらを見つけなきゃならないんだよ。何かなければ、おかしいんだ。三人の女が同じ死に方をしてるんだからね。ですよね、甲三郎さん」

「へい。先生の言うことはよくわかりやす。けれど、調べても調べても、いや調べれば調べるほど、その繋がりとやらが見えてこなくなる気がしやした。死に方は同じでも、三人に似たところも、関わり合いも全くないんで。吉原で初めにこの病に……病かどうか言い切れやせんが、ひとまず病として、初めに罹って亡くなったのは、お丁という切見世女郎（最下級の女郎）でやす」

おゑんは細かな文字が綴られた紙に目を落とした。

一人目、切見世の女、お丁。

太り肉。身の丈、四尺二寸あまり。

「はっきりとした年はわかりやせん。おそらく三十はとうに超えていただろうと思われやすがね。羅生門河岸の見世の女でやす」

一ト切、すなわち須臾の間に五十文から百文で身を売るのが切見世女郎だ。その値から五十蔵、百蔵と呼ばれる下の下の遊女で、小見世で食い詰めて落ちてきた者も多い。

「亡くなる前日、続けて何人か客が付いて、お丁はすこぶる機嫌がよかったらしいんで。周りの女たちに『あたいも、まだまだ捨てたもんじゃないね。これから運気が上がって、馴染み客がどんと増えそうだよ』と見栄を張ってたようでやす。裏を返せば、それまでは日に何人も客が付くことなど滅多になかったってことになりやしょうがね」

甲三郎の声は低いけれど、聞き取りづらくはなかった。むしろ、きっちりと耳に届いてくる深みがあった。心地よささえ感じられる。おそらく、お春と末音に聞かせるための物言いだろう。二人とも、元の場所に戻り、真顔で耳をそばだてている。もっとも語られる中身は、心地よさとは遥かに隔たっているようだが。

「当日、お丁は前夜の客から貰ったという饅頭を顔見知りの女たちに配ったたって話でやすから、機嫌のよさは続いていたんでしょうかね」

「饅頭を？　そのときの様子はどうだったんでしょうかね。いつもと変わらぬ風だった？」

「へえ。饅頭を貰った女たちに当たってみやした。いつも通りだったと口を揃えてやしたよ。中には、饅頭を配ることがいつもと大違いだと嗤った女もいやしたがね。お丁ってのは、どちらかというと吝嗇の気があって、他人に物を配るなんて年に一度もない。よほど、客が付いたのが嬉しかったんだろうと、その女は言ってやした」

「なるほどね。吝嗇な女が饅頭を配る、か」

独り言として呟いてみた。

吝嗇な女が饅頭を配る。それは、〝いつも通り〟から外れているのか、いないのか。

「で、その饅頭を食い終わって、とりとめのねえ世間話をしていたとき、お丁が倒れたんで。女の一人によると〝急に骨を抜き取られたみたいに、くたくたとしゃがみ込んで、そのまま、ぱたんと前に倒れた〟そうです。なんの前触れもなかったとかで」

「そのときは、まだ息はあったんですね」

「へえ、大声で名前を呼んだら黒目が動いたと言ってやした。ともかく、部屋に運んで様子を見てたそうでやす」

医者はと尋ねようとして、おゑんは口をつぐむ。切見世の女郎がどんな病に罹ろうと、怪我を負おうと、医者が呼ばれるはずもない。夜具に寝かされて放っておかれるなら、まだマシだ。息のあるうちに荒菰で巻いて、投込寺に捨てられる女も少なくない。お丁は、とりあえずは部屋に寝かされたのだ。饅頭が効いたわけではあるまいが、周りの女がぎりぎりの心遣いはしてくれたらしい。

「で、昼下がりに女たちが部屋を覗いたら、お丁は死んでいたって顚末でさあ」

女郎が倒れ、誰にも看取られず息を引き取る。よくある話だ。そういう死に方を、女郎と呼ばれる女たちは我身に引き受けてきた。吉原の絢爛な大輪は、ひっそりと生を閉じた女たちの上に花弁を開いている。ただお丁の死は、よくある話の範疇からはみ出ているようだ。

「お丁さん、おもんさんと同じような姿に？」

「へえ。髪なんか真っ白になって、女たちは見知らぬ老婆が死んでいると思ったそうです。じっくり眺めて、ようやくお丁だと気が付いたと気味悪がっていやした」

「そう……」

おもんはそこまで老いては見えなかった。それは、おもん自身の若さ故だろうか。

「川口屋さんの話では、亡くなった女は三人とも急に姿が見えなくなって、倒れた恰好で見つかったということでしたが、お丁さんは違うのですね」

「へえ、ちっと様子が違ってやすね。あっしも調べるまではその違いを知りやせんでした。一人目の死人ですし、百蔵ですし、惣名主は気に留めていなかったんでしょう」

「そうですね。あり得ますね」

切見世女郎の死など、惣名主の耳には入るまい。入っても眉一つ動かさなかっただろう。おもんともう一人の女が尋常でない亡くなり方、倒れ方をして、初めて、吉原中を調べ上げた。そこで、お丁の死が浮かんできたわけか。素早く、抜かりなく調べ上げた平左衛門の手腕に感心はするが、それで謎が解けたわけでもない。

「あの……では、その饅頭に毒が入っていたのでしょうか」

お春が遠慮がちに口を挟んできた。甲三郎が即座に否む。

「それはねえでしょう。饅頭を食った女たちは、みな、けろっとしてやしたからね。調子を崩したり倒れたりした者は一人もいなかった。饅頭は箱に入っていて、女たちはそれぞれ、そこから一つずつ摘まんだとのこってす。お丁も一緒に食ったとかで」

「誰がどの饅頭を口にするか、誰にも分からなかったってわけですね」

おゑんに向けて、甲三郎は今度は首を縦に振った。

「その通りで」

「では、そのお丁さんて方が、たまたま、毒饅頭を食べてしまったとしたらどうでしょう」

「たまたま、でやすか」

お春の一言に甲三郎が腕を組む。

「だとしたら、饅頭に毒を仕込んだやつがいて、そいつは誰を目当てにしたのでもねえ、死ぬのは誰でもよかったたってことになりやすが」

お春が少し慌てて、口元を押さえた。

「すみません。あたし、差し出がましい口を利いてしまいました」

「いえ、差し出がましいなんてとんでもねえ。雲を摑むような話をしてるんだ。思ったことを気儘に口に出していいんじゃねえですか。そこから見えてくるものも、あるかもしれやせん。そうでしょ、先生」

不意に甲三郎の視線が突き刺さってきた。鋭い。一瞬だが、痛みさえ感じた。

「ふふ、そんな怖い目つきで睨まないでもらいたいですねえ」

「先生があっしなんかの目つきに怯えるたぁ思えやせんがね。いや、さっきから、黙ってこっちを窺ってる気配がしたもんで。ご無礼しやした」

ひょこりとおどけた仕草で、甲三郎は低頭した。

「あたしは、甲三郎さんじゃなく、お春さんを面白いなと見てたんです」

「え、あたしをですか」

「そう。こんなに自分の思案をしっかりしゃべれる人だったんだと、見なおしちまったんですよ。もう長い付き合いなのに、まだ知らない面があったんだなと思ってねえ」

お春は頰を染め、僅かに笑んだ。自分で自分を支えられる女の強い笑みだ。

おゑんは軽く息を吸い、吐き出した。

「甲三郎さんの言う通り、遠慮している場合じゃないですね。じっくり練った思案よりふっと閃いたものの方が的を射てるってことも、なきにしも非ずですからね」

「じゃあ、先生は今のお春さんの意見、どうお考えで」

甲三郎の視線は鋭いままだ。おゑんはそれを真正面から受け止めた。

「数ある饅頭の中でどれか一つが毒入りだとしたら、甲三郎さんの言う通り、定めた誰かを殺そうとしたわけじゃなく、誰が死んでも構わなかったことになります。全部毒入りというのなら、お丁さんを狙ったとも考えられはしますがね。それだと、あと二人が亡くなったあたりが解せなくなります」

「女郎を殺して面白がっている気触れがいるのかもしれやせんね」

「そんなわかり易い話でお終いなら、惣名主があたしに頭など下げませんよ。ふふ、百も承知のくせにねえ」

「閃いたことをなんでも口にしていいって言ったのは、先生ですぜ」

絡んだ眼差しを解き、おゑんは摘まんだ紙をひらりと振ってみせた。

二人目の女。

五

吉原江戸町一丁目の妓楼武蔵屋(むさし)の座敷持(ざしきもち)（専用の座敷を持つ遊女）、八雲(やくも)は四つ時（午前十時ごろ）に目を覚まし湯を使った。糠袋で肌を磨きながら、何度も欠伸(あくび)を噛み殺す。

「おやま、まだ眠気がとれないとは、昨夜はさぞかし良い客が付いたんだねえ」

笑いを含んだ声に振り向くと、同じ座敷持の松花(まつはな)が薄く笑いながら立っていた。「ええ、まあ」曖昧(あいまい)に頷いて、八雲は前に向き直った。力を込めて糠袋を動かす。

よりによって、一番顔を合わせたくない相手と鉢合わせしてしまった。風呂で身体を磨く心地よさが吹き飛んでしまう。

八雲も松花も、町こそ違え深川(ふかがわ)の裏長屋で生まれ育ち、同い年だった。七歳のとき売られてきたのも同じだった。だから、初めはお互い身も心も寄り添って生きてきた。「おとみちゃんがいるから、心細くないよ」「あたいも。お松ちゃんのおかげで泣かずにいられる」。そう言い合い、慰め合ってきたのだ。

その気持ちに隙間ができ始めたのはいつぐらいだっただろう。廓暮らしに慣れ、遊女として客を取るようになり、お互い、呼出しまで上り詰める器量はないと悟ったあたりからだろうか。

何度か、美濃屋の呼出し昼三、安芸の花魁道中を目にした。かつてのように呼出しの遊女が仲の町を通って客の待つ引手茶屋に向かう道中は今はなく、形が残っているだけだ。すなわち、最上格の花魁を華やかな衣装で飾り、練り歩かせ、人目を集める。吉原の誇る見世物の一つだ。徒の桜と変わりないと誰かが言った。目を楽しませるだけの徒花だと。

そうでありんすなあと、答えた覚えがある。そして、この男は〝安芸太夫〟の花魁道中をまともに見たことがあるのだろうかと訝しんだ。

安芸は徒花などではなかった。堂々とした品位と稀な煌(きら)びやかさを具(そな)えながら生身を感じさせる、血の通った美しさを伝えてくる、まさに太夫と呼ぶにふさわしい花魁だった。

とても敵わない。

もとより、吉原の頂に立ちたいという野心などないし、安芸に張り合う気など湧きようもなかった。自分と安芸の間には鴨(かも)と鶴ほどの差がある。そういう話をしたとき、お松、いや、松花は露骨に蔑(さげす)みの眼差しになった。そして、

「あんたって、いつまで経っても情けないままなんだね」

と、吐き捨てたのだ。

「これは無理、あれはできないって決めつけて、なんでもすぐに諦める。あのね、あたしたちは遊女なんだよ。吉原で生きていくしかないんだ。諦めて流されてたらどうなるか、わかってるだろう」

八雲は身を縮めた。相手のぎらつく双眸が怖かったのだ。

「年を取って客が付かなくなったら、切見世女郎に落ちて、何十、何百もの男の相手をしてぼろぼろになって死んでいくだけ。そんな惨めな末路を迎えたいのかい」

「そ、そんなわけないけど……」

「だったら、とても敵わないだの張り合う気はないだの情けないこと言ってんじゃないよ。昼三まで這ってでも上って、惨めに死ななくていいように踏ん張るんだよ。そのくらいの気持ちがないと、ここじゃ生き残れないよ。温いんだよ、あんたは」

それだけ言うと、松花は背を向けて去っていった。

松花との間に隔たりを感じた、あれが初めだったかもしれない。

松花は間違っていないだろう。女が吉原で生き残り、まともで安穏な死まで辿り着くのは至難だ。辿り着くためには運と才と気力が要る。八雲だとて、それくらいは心得ていた。けれど、松花のようにぎらつきたくはなかった。諦めるとは、静かに運命を受け入れることでもある。その静かさを捨てたくない。こちらの心内を慮ろうともせず、頭ごなしに怒鳴り付けてくる、そういう松花が嫌だった。受け入れられない。

それからは、それとなく松花を避けるようになった。露骨に振る舞った覚えはないが、こういう結ぼれ心（わだかまり）は何かしら伝わるようで、松花の素振りや物言いはそっけなくも刺々しく変わり、気が付けば顔を合わせるのも気重な相手になっていた。

その松花が声をかけてきた。からかうつもりなのか、嫌みや皮肉を投げ付けられるのか、八雲は身構えてしまう。松花は頓着する風もなく、八雲の傍らにしゃがみ込んだ。

横合いから手を差し出してくる。

「ねえ、お貸しよ」

「え？」

「糠袋。背中を擦ってあげるよ」

「え……い、いいよ。そんなこと」

「いいから、お貸しったら。ほら、早く」

毟るように糠袋を受け取ると、松花は八雲の背後に回った。背中の上を糠を詰めた袋が滑っていく。湯が流れていく。心地よい。

「あんた、地黒だけど肌理は細かいよね。滑々(すべすべ)してきれいじゃないか」

「それ、貶(けな)してるの褒めてるの」

首だけで振り返り、色白、下膨れの松花の顔を見やる。

「褒めてるに決まってるじゃないか。肌がきれいだって褒めたんだよ。素直に喜びな」

「そうね。あんたは遠慮ない性質(たち)だけど嘘はつかないものね。素直に喜ぶよ」

「それ、貶してる？　それとも、褒めてる？」

松花が顎を引き、眉を寄せる。その顔つきがおかしくて、八雲は少し笑った。笑えば、不思議なほど、胸内のわだかまりが萎(しぼ)んでいく。立ち込める湯気と一緒に消えてしまう。

「おとみちゃん」

不意に本名で呼ばれた。もう長い間、仕舞い込んできた名前だ。

「あたしね、身請けされるかもしれない」

「ま、身請けって、ほんとに？」

松花が目を伏せる。ひどく儚げに見えた。身請けされて吉原を出る。追手を恐れることなく大門口から堂々と駕籠に乗れる。それは遊女たちの夢の一つ、憧れの一つだった。松花は夢を現にしたのか。憧れを手に摑んだのか。

不思議なことに、焦りや妬みの情は僅かも起きなかった。松花が己の幸運をひけらかしたくて話しかけてきたとも思わない。思えないのだ。

「ね、誰が身請けしてくれるの」

もしやと思いながら、八雲が言わずに呑み込んだ名前を松花は告げた。

「……富双屋のご隠居」

目を伏せたまま答える声は細く、いつもの威勢はなかった。その理由は容易に察せられる。

松花の馴染み客の富双屋五平は、吉原で好きに遊べるほどの財持ちだった。金離れもよく、上客の一人に数えられている。財力だけでいえば、美濃屋の安芸でも買えるはずだ。しかし、五平が執心し、三日にあげず通ってきたのは武蔵屋の松花だった。松花は富双屋のご隠居が身請けするらしい。そんな噂を二度ばかり、八雲も耳にしていた。二度とも、いつの間にか立ち消えていたが。立ち消えたのは、五平が六十をとっくに過ぎた老齢であったからだろう。恰幅がいいわけでもなく、髪は髷を結うのが覚束ないほど薄い。前歯が抜け、背を丸めて歩く癖がある。年相応どころか、かなり老けているのだ。陰気な気配を纏ってもいた。正直、粋人とは言い難く、吉原に通うだけの欲と体力が残っていたのかと驚きも呆れもするような男だったのだ。

囲い者になって、松花が安住の地を手に入れられるとは断言できない。でも……。

「なにしょぼくれてんのよ、お松ちゃん」

八雲は裸の松花の肩を思いっきり叩いた。いい音が風呂場に響く。

「痛っ」

叩かれた松花が顔を顰める。しかし、すぐに口元を緩め「もう、相変わらずの馬鹿力だねえ」と笑んだ。八雲は糠袋を掴むと、松花の背の上でゆっくりと動かす。

「お松ちゃん、ご隠居の身請け話、受けるって決めてるんだろ」

「……うん。あたし、店に借金がかさんでんだ。元は親が借りた金だけど、まるで返しきれてなくてさ。年いっぱい（十年）じゃとても年季は明けやしない。それを肩代わりしてやるって」

「いい話じゃない。これで、しがらみなく娑婆に戻れるんだもの、おめでたいよ」

「おとみちゃん……」

「花魁の天辺に立つより、おめでたいかもよ。大丈夫、この話、絶対に祝い事になるから。ほんとよかったね、お松ちゃん。あたしもいつか」

いつか堂々と吉原を出て行きたい。

と続く言葉を無理やり抑え込んだとき、初めて松花を羨ましいと感じた。嫉みを感じた。遊女の中には、吉原が性に合っている、他所で生きていこうとは思わないと嘘でなく言える者もいたけれど、八雲は駄目だ。男に買われて生きる日々が疎ましくてならない。

あたしはまだ、ここから出られない。年明けまでずっと囚われのままだ。なのに、お松ちゃんはお松ちゃんに戻れる。大門も四郎兵衛（吉原大門の見張り役）の会所も黒塀もない所で暮らしていける。

羨ましい。妬ましい。

「ありがとうね」

松花が囁いた。

「え？　なに、お礼なんて」

「あたしね、昨日、手相を見てもらったんだ。八卦見(はっけみ)とか占いとか信じてないけど、でも、なんだか急に行く末が気になっちゃってさ。迷いもあったしで、売卜者に戯れ半分に見てもらったの。そしたらね、行く末は安泰だって言われた。おまえさんの最も親しい誰かに洗いざらい話してみなさい。その人が心から祝ってくれたら、安泰は盤石になるって。身勝手なんだけど、その占いを信じてみたくなったの」

「うん」

「それで、親しい人って誰だろうって、かなり本気で思案したの。そしたら、おとみちゃんが一番に浮かんできたんだ。おとみちゃんしか浮かばなかった。それに、おとみちゃんなら励まして、祝ってくれるとわかっていたから。ほんとに自分勝手でごめんよ。でもね、おかげで、気持ちが固まったよ。すっきりと落ち着いた。だから……ありがとう」

松花は小さく頭を下げ、足早に去っていった。

八雲は乳房を押さえた。強く押さえた。妬みも嫉みもまだ微かに疼いている。それでも、松花が吉原を去る日、見送ることができる。別れの酒宴の後、皆と声を合わせて「御機嫌よう」と送り出せる。行く末の幸を祈ることができる。

一度だけ固く目を閉じて、八雲は糠袋を握り締めた。

「八雲、八雲」

番頭に手招きされ階段下に連れて行かれたのは、昼八つ（午後二時ごろ）が過ぎて昼見世がひけるころだった。その昔、役者だったという番頭は色白ののっぺりした顔を心持ち強張らせている。

胸が騒いだ。

何か粗相を仕出かしただろうか。昼見世の客が付かなかったことを詰られるのだろうか。まさか折檻はされないだろうが、きつく戒められるのかも……。

辺りをざっと見回すと番頭は声を潜めた。

「おまえ、松花を知っているか」

とっさには問い掛けの意味が解せなかった。

「はぁ、よく存じておりんす。長い付き合いでありんすから」

「違う、違う、そういうことじゃなくて」

番頭はしかめ面で手を横に振った。こめかみのあたりがひくひくと震えている。その面相を見て先刻とは異なる不安に胸が騒いだ。

「松花さんが、どうかしたんでありんすか」

「いないんだよ」

「いない？　いないって……」

「だから、どこにもいないんだ。湯仕舞い（終い湯）のころから姿が見えないらしい」

湯仕舞い。すると九つ（午後零時ごろ）のあたりになる。風呂で話をして間もなくだ。

「どこに行ったか、本当に知らないんだな」

番頭は睨めつけるような眼差しを向けてきた。かぶりを振る。

「わっちは、なにも知りんせん」

「くそっ、昼客がいないのをいいことに、どこぞで油を売っているのか。まさか昼間から、逃げたわけじゃあるまいな」

「まさか。そんなこと、あるわけがありんせん」

松花は身請けされる。その運命を受け入れていた。間もなく、誰に咎められることもなく大門を潜れるのだ。それに、駆落ちするような情人がいる気配はなかった。いれば、風呂で打ち明けてきただろう。

「そうだ、そうだな。今さら松花が逃げ出すわけがないな」

番頭が首を捻ったとき、振新が足音を立てて駆け寄ってきた。よほど慌てているのか、足を滑らせ八雲の前に倒れ込む。

「馬鹿、二階にはまだお客がいるんだ。大きな物音を立てるな」

「だって、だって、番頭さん」

振新の額に血が滲んでいた。見開いた目に怯えが滲んでいる。

「どうした。松花が見つかったのか」

「み、見つかりました。に、庭蔵の中で……」

番頭より先に八雲は走り出していた。その勢いに、すれ違った禿が叫び声を上げた。

庭蔵は店の裏手にある小さな雑蔵だ。納戸と違い、すぐには入り用でない家具や古びた食器などが仕舞いこまれていた。八雲たち遊女が出入りする蔵ではない。盗まれて困る物は仕舞われていないからか、扉に鍵が掛かっていることはほぼなく、容易く出入りができた。

　春先には小さな野の花が咲き、粗末な蔵を飾るのだが、今は霜枯れした草が周りを覆っているだけだった。横開きの扉の近くには禿や油差しの男が立って、中を窺っていた。その男を押しのけて、駆け込む。明かり取りの窓があるが、やはり薄暗い。その薄闇に白い足裏が浮かび上がっている。傍らに手代と思しき男が一人しゃがみ込んでいたが、八雲の眼には映らなかった。大きな木箱の陰から覗いた足裏。闇に浮かぶ白い足。それだけしか見えない。

「お松ちゃん」

　叫ぶ。喉の奥が引き攣った。

　お松は背を丸め、両手で身体を抱くようにして横向きに転がっていた。

「お松ちゃん、お松ちゃん。どうしたの。しっかりして、お松ちゃん」

　廓言葉など使う余裕はなかった。松花に縋りつき、呼び掛け、揺する。

「荷物の暗がりに縮こまるみたいにして倒れてたんだ。生きてるみたいだが、呼んでも返事はしないし、動かなくて……」

「お医者さまを呼んで、早く。人を集めて、お松ちゃんを部屋に運んで。早く早く、愚図愚図するな。急いで」

　八雲の剣幕に手代が飛び上がった。ちょうど、入ってきた番頭とぶつかりそうになりながら、外に出て行く。番頭は松花を一目見て、その場に立ち竦んだ。

「……なんだ、これは……どういうこった」

　松花の鬢の毛が白く変わっていた。肌も黄色くくすんでいるのが薄闇の中でも見て取れる。八雲が握った手もかさかさに乾いて、瑞々しさなどどこにもない。

　これは、どういうことだ。

　眩暈がする。頭が混乱する。現と夢の境が消えたように感じる。

　これは夢？　夢？　現じゃない？　違う、夢なんかじゃない。現だ。

「お松ちゃん、駄目だよ。死んでは駄目だよ。しっかりして。あたしがわかるかい。お松ちゃん」

　生きるか死ぬかの瀬戸際にいる者をこちらに引き戻したいなら、大きな声で名前を呼ぶんだよ。それぐらいしか、あたしたちには手立てがないんだからね。

　お祖母ちゃんに教えてもらった。三つの弟が病に罹り、医者からも見放されたときだった。あたしは弟の名を呼び続けた。「寅吉、寅吉」って。弟は戻ってきた。彼岸に渡らなかった。助かった。お祖母ちゃんの言う通りだった。だから、今も呼ぶ。呼んで引き戻す。

　驚いたり、戸惑ったりしている暇はない。

「お松ちゃん、お松ちゃん。あたしだよ、とみ、だよ。ここにいるからね、お松ちゃん」

「おい、八雲。松花はもう息をしてないいんじゃないか」

「お松ちゃん、死んじゃ駄目だ。もうすぐ吉原を出られる。幸せになれるんだ、お松ちゃん」

　ぴくっ。八雲の手の中で指が動いた。松花の瞼がゆっくりと持ち上がる。灰色に濁った眸が現れる。

　唇が震える。

「……おとみ……ちゃん」

　暮秋の虫の音に似たか細い声だ。でも、確かに呼ばれた。

　生きている。お松ちゃんは生きている。まだ、死んでなんかいない。

松花の眸が確かに八雲を捉えた。唇が上下に動いた。八雲は身を屈め、その唇に耳を当てる。微かな息が耳朶に触れた。温かい。生きている者の温かさだ。

「たす……けて。こわい……。つれてい……つれていかれる」

唐突に松花が両目を見開いた。信じられないほどの剛力で、八雲に縋りつく。

「いやだ、こわい。たすけて、たすけて」

それが、松花の声を聞いた最後になった。八雲の腕の中で松花は身体をのけ反らせ、低く呻いた。そして、ずしりと重くなる。全身から力が抜けたのだ。

「お松ちゃん、お松ちゃん、お松ちゃん」

懸命に名前を呼ぶ。けれど駄目だと、無駄だとわかった。どうしてだか、わかってしまった。お祖母ちゃん、と、遥か昔に亡くなった祖母に語り掛ける。

お祖母ちゃん、駄目だよ。お松ちゃんは、寅吉みたいに戻らないよ。呼んでも、呼んでも無駄だよ。あたしたちに他の手立てはないんだよね。

「なんてこった。八雲、いったい何が起こったんだ」

番頭が掠れ声で問うてくる。答えられるはずもない。

お松ちゃん、教えて。何が起こったのか、教えてよ。誰にどこに連れて行かれるの。

心の臓が激しく鼓動を打つ。まともに息ができない。汗が滲む。

八雲は目を閉じ、荒い気息を繰り返した。

甲三郎の話を聞き終え、まずお春が身を震わせた。

「なんて奇妙で恐ろしい話でしょう。現のこととは俄かには信じられません」

「そうだねえ」

おゑんは甲三郎の記した紙に改めて目を落とした。

江戸町一丁目、武蔵屋の遊女、松花。朋輩女郎、八雲の話として。

そこに書かれた事実に甲三郎は幾つかの補いを添え、一人の遊女が死に至った顛末を能う限り詳しく伝えてくれた。要所をきちんと押さえた巧みな、そして達者な話し振りだが、饒舌さは感じなかった。抑えの利いた口調のおかげだろう。もっとも、甲三郎が饒舌であっても寡黙であっても現況は変わらない。闇は闇、謎は謎のままだ。

一人目　切見世の女　お丁
二人目　武蔵屋の座敷持　松花　お松
三人目　川口屋振袖新造　春駒　おもん
三人の女の最期が一枚一枚の紙に収まっている。三人は吉原の女だった。それより他に繋がりがあるのだろうか。働いていた見世も年も遊女の格もまちまちであり、重なり合う一点など見出せない。おそらく見も知らぬ間柄であっただろう。

いや、そう決めつけるのは性急だ。まだ、表を浅くすくったに過ぎないのだから。深みまで手を伸ばせば何かが摑めるはず。

と、己に言い聞かすのだが、おゑんは確かにそうだと頷くことができない。己が己の思案を否む。手を伸ばそうにも、伸ばす向きの見当がつかねばどうしようもないと、己を嗤う。

「松花さんて座敷持は、蔵の中で息を引き取ったんですか」

顔を上げ、甲三郎と目を合わせながら問うてみる。

「いや、丸三日、生きていたそうでやすよ。一度だけ医者が呼ばれやしたが、ろくな手当てもできず、病名さえあやふやなまま逃げるように帰っちまったんだとか。それからは、別の医者が診ることもなく、一度も目を覚まさず逝っちまったそうで」

「それも、八雲さんて方から」

「へえ、聞き取りやした。八雲は一日、見世を休んでまで松花の看病をしてやしてね、さすがに二日休みは見世が許しちゃくれなかったんですが、折りさえあれば様子を見に行ってたってんですから、なかなか情に篤い女じゃありやすね。傍を離れている間に松花はひっそり息を引き取っていたとかで、申し訳なかったと泣いてやした」

遊女が己の都合で働かないなど、許されるわけがない。八雲が一日でも看病できたのは、松花が同じ見世の女であったからだろう。妓楼主なりの心配りだったわけだ。もっとも、休んだ分の揚代は、八雲の掛となり借金に上乗せされるのだ。武蔵屋の主が非道なのではなく、それが吉原の掟だった。掟は情では揺るがない。

「やはり、おもんさんやお丁さんと同じありようだったんですね」

「そうなんで。まるで面変わりして、亡骸は老婆にしか見えなかったと八雲は言ってやした。他の者は気味悪がって、寄り付きもしなかったようで」

「……でしょうね。まあ、それを責められませんよ。病の正体が明らかにならなければ、感染る怖さも不気味さも募る一方でしょうからね。むしろ、そんな恐れを超えて看病した八雲さんとやらの心意気が見事なんじゃありませんか」

「へえ、疎遠になっていた時期が長くあって、再び心が通じ合った矢先の出来事だとかで、出来る限りのことはしたかったと涙を浮かべてやした。辛くて、瞼が腫れるほど泣いてしまったとかで、遣手（遊女の監督をする女）からその面相では客が逃げてしまうと、ひどく叱られたそうでやすよ。けど、みんながみんな八雲みてえな性根だったら、惣名主も慌てずにすんだんでしょうがね。世の中、そう上手くはいかねえ。我が身が一番かわいいって輩が大半を占めてやすから、慌てずにはいられねえでしょうよ」

甲三郎が薄く笑った。苦笑のようであり、冷笑のようでありながら、どちらでもない。心の内を僅かも覗かせない笑みだ。

「それは、この話が外に漏れたら、怯えや心配から吉原の客足が遠のくかもしれない。川口屋さんは何よりそれを危ぶんでいる。そういうことですかね」

「さあ、あっしみてえな半端者にはわかりかねやす。ただ、吉原は現とは別の世界。幻の花が咲く所でやしょう。そこに、とんでもねえ病が流行り出したとなると、どうなるか。現の病に幻の花が一気に呑み込まれちまうなんてことに、なるんじゃねえですか」

「それは、どうでしょうかねえ」

甲三郎が瞬きした。それだけで、剣呑な光が宿る。人を殺せる眼だとおゑんは思った。怯みはしない。吉原の首代ともなれば、他人を殺すのも他人に殺されるのも覚悟の上の日々を生きている。しかし、そういう眼にここでなってもらっては困る。患者がいるのだ。

「先生はそうはならねえとお考えなんで」

問うてきた甲三郎からは、殺気に似た気配は既に拭い去られていた。己の気配など心のままに操れるというわけだ。つまり、気配を感じさせず敵の後ろに回り込むことも、不意に襲い掛かることも、この男には容易いのだ。

おゑんは丹田に心持ち、力を込めた。

「甲三郎さんの言う通り、吉原は江戸に咲く徒花ですよ。けど、ただの徒花、夢幻じゃない。大きいんですよ。途方もなく大きい。あたしの診立てはね、甲三郎さんとは逆なんですよ。吉原ほどの幻なら現を呑み込み、変えちまうこともあるんじゃないかと考えるんです」

甲三郎が膝の上に手を載せ、おゑんを凝視してくる。引き締まった目つきだが、険しくはなかった。一途にさえ感じられる。つくづく本性のわからぬ相手だ。おもしろい。

「それにね、この三人の亡くなり方が病だとは言い切れないでしょう。たとえ病だとしても、吉原を揺るがすほどの騒ぎを引き起こすかどうか、まだわかりゃしませんしね」

「病でなけりゃなんなんです。先生、三人の女がよく似た、しかも奇妙な死に方をしてるんですぜ。流行り病だって他にどんな理由があるってんです」

「違いますよ。少なくとも、流行り病じゃありません」

「そこは、言い切れるんですかい」

「言い切れます」

なぜと、甲三郎はにじり寄ってきた。この興の示し方は、甲三郎の冷めた性分とは相いれない気もするが、人の性分ほどややこしく面妖(めんよう)なものもそうないのだと、わかった気になるのはただの思い上がりだと肝に銘じている。甲三郎にどんな一面があるのか、窺い知れない。

「流行り病とは文字通り、流行る。つまり人から人へ伝播していく病です。だから、接したこともない、全く関わりない三人が罹るってことは、ちょっと考え難いんですよ。周りの人たち、たとえば八雲さんのような方が次々、患ってなきゃおかしい気がしますね」

「三人に繋がりがあるってことでやすか。同じ客を相手にしたとか」

「客が因(もと)なら、その客も客の家族も罹っていなきゃなりませんよ。それこそ、吉原の外で騒ぎが起こります。でも、ここまでは吉原内だけですからね」

低く甲三郎が唸った。「どうにも、わからねえや」と首を捻る。

「おゑんさんには、その繋がりとやらがわかってるんですか」

お春が小声で、ほとんど囁くように尋ねてきた。

「わかりません。だから不思議でしょうがないんですよ。ただね、気になることはあります」

お春と甲三郎、それに末音までが息を吸い込んだ。おゑんは顎を引き、告げる。

「どうして三人とも昼間に倒れたのか。そこに引っ掛かるんです」

六

鳶(とんび)が鳴いた。

ピーと甲高く響いて、消えていく。猛鳥の仲間でありながら、どこか悲しげでどこか間の抜けた声だと、耳にするたびに思う。もっとも、鳥からすれば鳴きたいように鳴いているだけで、それを美声だの悪声だのと決め付けるのは人の身勝手というものだろう。

「昼間、でやすか」

甲三郎が唸るように呟いた。お春は三枚の紙を手に取り「確かに」と頷いた。

「お丁さんて方が倒れたのはまだ朝方のようですが、他の二人、おもんさんと松花さんは、ほぼ同じぐらいの刻に倒れたみたいですね」

「へえ、だいたい昼見世が一段落したあたりに見つかってやすね。けど、それはたまたまでやしょ。病が刻を選ぶとは考えられやせんが。え、そんな病があるんで？」

「ありませんよ。少なくとも、あたしは知りませんね」

季節により、天候により威を振るう病ならある。印弗魯英撒と名の付いた流感などは冬場の凍えて乾いた風の吹くころ流行り、食中りは梅雨時と夏の終わりから秋にかけて多くなり、暍病（熱中症）は日差しのきつくなった夏場に増える。日差しに当たり過ぎて、身体の水分が失われるのが因だから、朝、夜に起こることはあまりない。しかし、初午が過ぎたばかりのこの時季、三人が暍病の類で倒れたとは考え難い。甲三郎の言う通りだ。

「夜には起こらない病……中毒も含めて何か思い当たることがあるかい、末音」

「ありませんの」

あっさりと答えが返ってくる。

「けれど、おゑんさまらしくございませんなあ。まだ、僅か三例ですからの、正体を探るには、とても足りませぬよ。しかも、病かどうかも定かではございませんし。夜には起きぬと決めつけるのは、些か早計でございましょうが。ええ、いつものおゑんさまなら、そういう早まったお考えはなされませんでしょう」

ちらっ。窺うような眼差しを向けてきたのは、末音ではなく甲三郎だった。

「そうだねえ。やっぱり焦ってるのかもしれないね。なにしろ、吉原をねぐらとする男に責付かれてんだ。気持ちも逸ろうってもんじゃないか」

「え？　あっしのせいですかい」

「まあ、そういうことになりますと言いたいところだけど、ちっと違うかもしれないね」

「違いましょうの。こちらの若い方のせいではありませんで。あくまでおゑんさまのお心、いえ、勘によるのでしょうかのう」

末音は背筋を伸ばし、目を狭めた。いくら背を伸ばし、胸を張っても、小柄で柔らかな老女の気配のままだ。末音には威圧というものがない。育てている薬草に似てひっそりと目立たない。ただ、薬草は毒草であることも多い。扱い方を違えると命取りになる。

「なぜ、昼間だけなのか。おゑんさまの勘に引っ掛かったそれは、存外、大きな意味があるやもしれませんの。今までもそうでしたから」

「今までも？　へえ、なるほどね」

「何がなるほどなんです、甲三郎さん」

「いや、先生が勘の鋭いお人ってのは納得できやすからね」

甲三郎がにっと笑う。こちらにも威圧の気配はない。ただし、甲三郎の場合、上手く隠しているだけだろう。抜身を鞘に収めても刃の剣呑さが減るわけではない。

「で、先生はどういう風にお考えなんで。なぜ、昼間だけだとお思いでやすか」

「答えられませんね。答えが摑めないから気になってるんじゃありませんか」

「そりゃそうですが……。何かこう、思い当たるところがあるんじゃねえですか」

甲三郎が食い下がってくる。病の正体を暴き、吉原に平穏を取り戻したい。そんな殊勝な心根ではなく、純に面白がっているだけのようだ。

「あの、そういうことなら」

お春が遠慮がちに口を挟んできた。

「前にもおゑんさんが仰ってましたが、女だけが罹るというのもおかしな話ですよね。それも、今のところですが吉原の中だけでしょ。ほんとに奇妙です」

「女、吉原、昼間」

おゑんはわざと声に出して呟いてみた。三人がそれぞれに耳をそばだてている。

「流行り病のわけがない。違う。病はこんな生贄(いけにえ)の選び方はしない」

女だから罹る病も男に多い病も、ある。年によっても、身体付きによっても、日々食する物によっても病の軽重や罹る見込みは変わってくる。しかし、この吉原の件はあまりに奇体だ。おゑんの知る病という形から大きく外れ、歪んでいる。

「自然じゃない。ということは……」

広げられた紙を凝視したまま、おゑんは呟いていた。

「人、か」

ぞくり。背筋が寒くなる。自分の呟きに寒気を覚えたのだ。

これが人の仕業？　人にできる所業なのか。

「おゑんさん？」

お春が戸惑ったように腰を浮かした。

「あ、いえ。なんでもありませんよ。ちょいと物思いに引きずり込まれたみたいでね」

居住まいを正し、気息を整える。それから、曖昧な笑みを浮かべた。

「ほんとに、とりとめない思案をしちゃいけないね。ついついぼんやりしちまったよ」

「ぼんやりしている風には見えやせんでしたぜ」

甲三郎が笑った。くっきりとした若々しい笑顔になる。

「先生、人ってのはどういう意味なんで？　この騒動、コロリ（コレラ）や赤疱瘡（はしか）とは違って、誰かがわざと起こしたと、そう仰ってたんですかい」

「誰もそんなこと言ってやしませんよ。ふっと頭に浮かびはしましたけどね、あまりに突飛なんで、自分でも信じちゃいないんです」

「そうですかい。病でなければ、人の手による細工と考えるのも一理、ありやせんかね」

「ありませんね。だいたい、倒れて数日で若い女を老婆に変えて、命を奪う。そんな毒がこの世にあるとは到底、思えませんからね。毒だけでなく他のどんな方法でも無理ですよ。人にできる業じゃありません。狐狸妖怪の仕業だと言われた方がまだ納得できます」

「先生が狐狸妖怪を信じておいでとは驚きやした。あっしは、先生自身が狐の化身みてえに思えてならねえんですがね」

「それ、玉藻の前のような絶世の佳人だという意味でしょうかね」

甲三郎が苦笑したとき、慌ただしい足音がして、丸顔のよく肥えた女が障子の陰から覗き込んできた。身体付きに合わせたわけではあるまいが、お丸(まる)という名だ。近くの百姓家の女房で、二月(ふたつき)ほど前から通いの下働きとして雇っている。やや粗忽(そこつ)ではあるものの掃除も洗濯も手抜かりなく丁寧にやり、力仕事までこなしてくれる。重宝な奉公人だった。

　そのお丸が落ち着かない眼差しをおゑんに向ける。口元がもごもごと動いた。

「お丸さん、どうしました。何か用ですか」

「へ、へえ。あの、すみません。お客さんがおるのに、でも、あの……由利(ゆり)さまが」

「由利さん？　由利さんがどうかしましたか」

「へえ。ちょっと前に甘酒を持って行きましたが、あの、お春さんに言われて患者さんに配ったんで。そしたら、あの、由利さまが寝ていて、それで、枕元に置いといたんです。で、さっき様子を見に行ったら、まだ寝てらして、甘酒が冷めてしまうと思って声をかけたんです。でも、あの、いくら呼んでも返事がなくて、目も覚まさなくて、ちょっと変だなと」

　話の途中でおゑんは立ち上がっていた。お丸を押しのけ、廊下に出る。

　由利がおゑんの患者になってから八日ばかりが経っている。

「産んではならぬ子を孕んだゆえ、始末していただきたい」

　付き添ってきた老女はおゑんを射るような眼で眺め、冷えた声で告げた。

　名は由利と申す。武家の身分なれど身元は明かせない。自分は迎えにはこない。子を堕ろし身体が元に戻れば、由利一人で去る。その間、こちらで一切の面倒をみてもらいたい。

「そのための費え三十両、ここに用意しておりまする。十分かとは思うが足らぬなら、両日中に届けさせるゆえ、不足分を教えていただこう」

武家勤めの形をした老女は、袱紗に包まれた金をおゑんの前に置いた。

「十分でござんすよ。ただ、子を堕ろすのは産むのと同様、命懸けになります。万が一、由利さんの身に何かあったら、どちらにお報せすればよろしいんですかね」

脅すつもりはなかった。真実だ。子を産むことを、子を流すことを甘く見てもらっては困る。男の戦と同じく命のやり取りをせねばならぬのだ。

しかし、老女の表情は変わらなかった。口の端さえ歪めなかった。

「報せは無用。万が一の場合、その後始末もこちらにお任せしたい」

さらにもう一つ、袱紗包みを取り出す。

「これは、そのための金子である。由利の身体が元に戻った折には、本人に渡すよう心配りを願いたい」

亡くなったのなら葬儀の掛に、生きてここを出られたなら手切れ金にしろというわけだ。

「あいわかりました。全て承りましたので、ご安心くださいな」

おゑんは軽く頷いた。こういう手合いには何を言っても無駄だと身に染みている。こちら側の言い分など耳にも心にも届かないのだ。どうあっても届けねばならないのなら力尽くでも届けるが、その要がないなら関わり合うことはない。おゑんなりに身につけた知恵だ。

老女は座敷の隅に座る由利に一瞥もくれず、出て行った。着物に薫き込めていたのか、香の薫りだけが微かに残る。

「さて、由利さん。どうします」

老女の気配が消えてしまった座敷で、おゑんは改めて由利という女に向かい合った。「どうします」と問われた意味がわからなかったのか、由利は瞬きし、身を縮めた。巣に隠れようとする小さな生き物を思わせる。細い顎の先がそれとわかるほど震えていた。後に、お春が「由利さまを一目見たとき、ここに来たころのあたしを思い出しましたよ」と、苦く笑いながら言ったことがある。「あたし、怖かったです。怯えていました。上手く言えませんが、周りがみんな敵みたいで怖くてたまらなかったです。縮こまって震えているより他に術はないと思い込んでました。あのころのあたしを妙に生々しく思い出しちゃったんです」とも。

術がないと思い込んでしまえば、思い込まされてしまえば動けなくなる。生きるべき道を見失ってしまう。だからおゑんは、女たちに問いかけるのだ。

「さて、どうします」と。「おまえさんは、どうしたいですか」と。

腹の子と自分の未来をどうするか。決めるのは男ではない。女だ。女の決意を決断を、おゑんは何よりも上位に置く。尊ぶものは、それしかない。

「産む、産まないを決めるのはおまえさんです。おまえさんしか決められないんですよ」

由利は答えない。黙っている。頬が強張っているせいか薄皮を一枚、顔に張り付けているかのようだった。疲れ切り、諦めることに慣れ、思案を止めた顔つきだ。目も鼻も唇も形良く、肌の色も白い。人目を引く華やかさはないが、可憐な風情があった。

武家勤めの娘であるのは間違いない。所作でわかる。主か、主にごく近い者の手がつき、身籠った。しかし、わけあって、側室となることも子を産むことも許されなかった。そんなところだろうか。それでも、一応、おゑんのところに連れてこられたのだから、腹の子どももも殺してしまうほど非道な主ではなかったわけか。

いや、拠り所のない推察を繰り返しても無駄だ。目の前の患者をどう治療するか。今、考えるのはそれだけだ。

これは、ちょいと日がかかるね。

心身の疲れを取り、揉みほぐし、血の流れをよくする。脅かされることのない日々のうちに、ゆっくりと思案の道筋を見つけていく。本来、女は男より強靭だし、しぶとい。男は容易く散ってしまう。生にしがみ付く力が弱いのだろう。女の指は強く、爪は鋭い。生き抜くための手立てが揃っているのだ。それに気付いてもらうための日数がいる。

「わかりました。二、三日、ゆっくりお休みになるとよござんすよ」

「え……」

「ただ、診療はさせてもらいますよ。その後は好きなようになさいな」

「好きなようにとは、いかような意味でございます」

由利の声音は風情とは裏腹に、掠れて低く、年を重ねた女のようだった。

「そのままでござんすよ。ややこしい意味なんかありゃしません。この辺りをぶらぶらするもよし、ぼんやり日向に座って過ごすもよし。ああ、お気づきでしょうが、うちは裏が竹林になっております。手入れが行き届いておりましてね。陽気のいいときに歩いてみるのもなかなか気持ちがよいものですよ。他にやりたいことがあるなら言ってくだされば、できる限りのことはします。むろん、無理なときは無理と申しますがね」

「なぜです」

由利の声が僅かに引き攣った。

「なぜ、そんなことを仰るのです。あなたは医者でしょう。子を堕ろす医者なのでしょう。この腹の子の始末を請け負ったのなら、その仕事をすればよろしゅうございましょう」

「始末をすると約束した覚えはありませんね。あたしは、身籠った女を一人、引き受けただけですよ。さっきも申し上げたはず。腹の子をどうするか決められるのは、おまえさん一人だけです。急ぐことはない。ゆっくりお考えなさいなと言ってるんですよ」

由利の面(おもて)から薄皮がはらりと落ちた。落ちたけれど、心内は読み取れない。さまざまな情念が混ざり合い絡まり合い、うねっている。

この人は何を抱えているんだ。

おゑんは疲れ切った女を見据える。おゑんの許を訪れる患者たちは、それぞれがそれぞれの事情を抱え、背負っている。怨(うら)み、憤怒、悲哀、落胆、ささやかな望み、言葉にできない諸々の情。抱え、背負う事情には一つとして同じものはない。似ているようで、まるで違う。おゑんはその一つ一つに向き合い、丁寧に探っていく。どこをどうすれば背負った荷が軽くなるのか、重荷を抱えたまま歩ける力がつくのか。探り続けてきたのだ。正しい答えなどどこにもないと知りながら、それでも己に問い続けて、今、ここにいる。

さあ、あたしに何ができるだろうかね。

由利は何を抱えていて、自分には何ができるか。

答えを探る道は始まったばかりだ。

「始末してください」

由利が言った。ほとんど叫びだった。

「それが、わたしの望みです。この子を今すぐに始末してください」

不意に、由利がにじり寄ってきた。おゑんの膝に手を置き、揺する。

「お願いです。先生、伏してお願いいたします。どうか早く、一日でも、いえ一刻でも早く腹の子を流してくださいませ」

おゑんは由利の手首を軽く握った。

「できませんね」

「できぬ？　なぜ。あなたは子堕ろしの医者ではないのですか。そのために、島尾から金子を受け取ったではありませぬか」

「へえ、あのお年寄りは島尾って名なんですか」

失言に気付き、由利の頬が紅潮する。「知らぬ。知らぬ」。かぶりを振りながら引こうとする手を、おゑんは放さなかった。

「無礼者、放しや」

「本気でお望みなら、そのようにしてさしあげます」

由利の抗いが止まる。身体からくたりと力が抜けた。頬から血の気が引いていく。

「ただし、今、すぐは無理です。そこのところは聞き入れてもらわないとね」

「無理……なぜ」

「おまえさんの身体が持たないからです。身体が、おそらく心の方もずい分と弱ってるじゃないですか。ろくに物を食べていないし、寝てもいない。心休まるときなんか一瞬もなかった。そんな日がずっと続いてたんじゃないですか」

由利が横を向いた。おゑんの言葉にも眼差しにも耐えられなかったのだ。

「だから、すぐに気持ちが昂るし、昂ってしまえば抑えが利かなくなる。脈も一気に跳ね上がってますよ。なのに弱い。由利さん、おまえさんの心身は、今、悲鳴を上げてるんです。もう無理だって、ね。こんな心身で子を堕ろしたりしたら、おまえさんの命はありませんよ。十中八九、生きてはいられない」

「それでも、構わぬ」

由利が激しくかぶりを振った。堆朱(ついしゅ)の簪(かんざし)が髷から落ちて、畳に転がる。

「構いませぬ。先生、この命などどうなっても構わぬのです。ですから、ですから……」

「腹の子と心中するおつもりですか。それなら、あたしは引き受けられませんね。金子は全てお返しいたします。他の医者のところにお行きなさいな」

手を放す。由利はこぶしを握り締め、唇を震わせた。睨むでなく、訴えるでなく、おゑんを見詰めてくる。何も映し出さない眸は暗い洞(ほら)に似ていた。暗みから人ならぬものが覗いているようだ。目の下の隈(くま)がいっそう濃くなった女の顔を、おゑんは見返す。

「あたしは闇医者と呼ばれちゃあおりますが、人を殺めることを生業にしてるわけじゃありません。母親が死ぬとわかっていて子堕ろしを引き受けるわけには、いかないんですよ。どちらかを助けるためにどちらかを犠牲にしなきゃいけないのなら、無理にでも踏ん切りをつけもしますがね、由利さんの場合は違います。母親が子を流すつもりなら、せめて、母親だけは無事に生き延びてもらわないとね。申し訳が立ちませんよ」

「申し訳とは……誰にです」

「おまえさんの子にですよ」

　由利の喉がぐぐもった音を立てた。とっさに腹に手を当てたことは気付いていないようだ。おゑんは帯の上の指から由利の面(おもて)に目を戻す。

「おまえさんを死なせるわけにはいかないんです。何がなんでもね。どんな事情があるのか知りませんが、大人の都合、大人の勝手で子の命を消すのなら、その分、生きなきゃいけないんだ。そう容易く死なせはしませんよ、由利さん」

　悔やむにしても、苦しむにしても、忘れるにしても、生きて、引き受けて、さらに生きる。弔(とむら)う道はそこにしかない。

　それにしても、とおゑんは吐息を無理に呑み込んだ。

　男はどこにいったのだろう。生まれてくるべき命を闇に葬る。その重苦を女だけに押し付けて、どこに潜んでいるのだろう。少なくとも半分は、背負わねばならないはずだ。政(まつりごと)や金儲(かねもう)けには血眼(ちまなこ)になって関わるのに、芽吹いた命にはまともに向き合おうともしない。

　由利が前屈みになり、手をついた。細い腕がなんとか身体を支える。

「どうすれば……、わたしはどうすればよいのです」

「ですから、まずはゆっくりお休みなさい。できる限りのんびりと過ごすんです。滋養のつく食事を用意しますから、これもできる限りでいいから口にしてください。ええ、ゆっくりですよ。ゆっくりゆっくり心身を休め、本来の力を取り戻すのです。そうじゃないと、何も始まりませんからね」

　追い詰められてではなく、ゆとりのある身と心で思案してほしい。自分がどう生きるのか、生きたいのかをとことん突き詰めてほしい。今とは見える光景が違ってくるはずだ。

由利はまた、黙り込んだ。うなだれたまま、顔を上げようとさえしなかった。そして、その日から奥の小間で暮らし始めたのだ。

疲れ切っている。

おゑんの診立てたとおりだった。最初の二日間、由利はひたすら眠っていた。お春が運ぶ食事にもほとんど手を付けぬままで、夜具に包（くる）まり木偶（でく）のように動かなかった。三日目の朝、起き出し、椀（わん）の粥（かゆ）を残さず食した。四日目には粥と味噌汁（みそしる）を、五日目にはおゑんたちと同じ膳の物を口にできるようになった。竹林にはまだ足が向かないようだが、ここ数日は庭を歩き、濡れ縁に腰かけて空を眺めたりしている。昨日は、迷い込んできた仔狸（こだぬき）がたいそう愛らしい顔付だったとお春に話し、仄かに笑んだらしい。表情が見え始めたのだ。

溜まりに溜まっていた疲れが、徐々に剝がれ落ちていく。

「由利さま、お子をどうなさるでしょうか」

「そうだねえ。事情がわからないんだ。こちらからはなんとも言いようがないよ」

「ええ、由利さまがお決めになることとは、わかっているんですが」

お春も一度、子を身籠った。男に階段から突き落とされ、その子を失った行立（ゆくたて）がある。

「なんだか思い沈まれている姿を見ると、お気の毒で……」

「気の毒がることなんぞ、ないよ。気の毒がってもなんの足しにもならないからね」

ぴしりと言い切る。相手を哀れむことも、気持ちに添うことも大切だ。ときに、それが人を救ったりもする。生来の性質（たち）なのか、苦労して生きてきた日々で身に付けたのか、お春は他者に寄り添う力に長けていた。しかし、今、その力はいらない。由利は一人で思案し一人で決めねばならないのだ。でなければ、この先、また動けなくなる。お春なら百も承知だろう。

「そうですね。ほんとに、そうですね」

お春が長い息を吐き出した。

それが昨日のこと。

今日、由利は身体の怠さを訴え、朝から寝込んでいた。やや熱はあるものの脈はしっかりとしていたし、痛みもないと言う。こういう、小さなぶり返しはよくあることで、おゑんはさして気にしなかった。身体の回復を待って、きちんと診療するつもりだったが、一日延ばした方がいいだろうと、その程度に考えていた。

甘かったのか。診立ての甘さゆえに、見過ごしていた変異があったのか。

「おゑんさん」

お春が走りながら白衣を渡してくれた。袖を通しながら、由利の部屋に飛び込む。

「由利さん、由利さん」

呼んでみたけれど、由利は瞼を固く閉じて、応じない。顔色は白く、血の気がほとんどなかった。

明らかに出血が起こっている。

夜具をめくり、おゑんは唸り声をあげた。

由利の腰から下が血でぐっしょり濡れている。夜具に抑えられていた臭いが広がり、出血の多さを報せてくる。

半産(はんざん)だ。子どもが流れた。しかし、なぜ？　半産は出血と共に、大半が下腹の痛みを伴う。僅かな出血や腹の張りといった前兆もあったはずだ。しかし、由利は何も言わなかった。あえて何も言わず耐えていたのか、不意に、多量の出血に見舞われ訴える間もなく気を失ったのか。おそらく、気を失ったのだ。稀にある病例だ。身の内からの謀叛(むほん)のように、子袋の中にあったものが流れ出てしまう。

「おゑんさん、どうすればよろしいですか」

おゑんの道具箱と晒(さらし)の束を抱え、お春が指示を仰いでくる。

「まず、血を止めなきゃならない。大釜いっぱいに湯を沸かすよう言いつけてくださいな。器具を煮沸して、持ってきて。どれを使うかはわかってるね」

「はい」

「あとは服用の血止め薬の用意を末音に。それから、こっちを手伝ってください」

「かしこまりました」

お春が身をひるがえす。普段よりずっと大きい声が響いた。大きいけれど慌ててはいない。

「お丸さん、湯は沸いてる？　沸いてるのね。末音さん、血止めのお薬をお願いします。急いで。きゃっ、甲三郎さん、こんなところで何をしているんです」

「へ、へえ。あっしも何かお手伝いをした方がいいのかもと思いやして」

「男にできることなんか、ありませんよ。邪魔になるだけで。あ、いえ、水を買ってきてください。水売りの綺麗(きれい)な水です。井戸や川のは駄目よ。できるだけたくさん買い集めてきて、早く」

「へい。承知しやした」

あのお春が吉原の首代を顎で使っている。何もないときなら、吹き出すほどにおかしいのだろうが、笑っていられるはずもなかった。

「由利さん、由利さん。しっかりしてくださいな、由利さん」

平手で頬を叩く。由利の眉が微かに動いた。

「あたしの声が聞こえますか。気をしっかり持って。目を開けてください」

声を張り上げながら、由利の腹を押さえてみる。ともかく、子袋の中のものことごとくを掻き出さねばならない。残ったままにしておけば、母親の命を危うくする。奪ってしまう。

これだけの出血があったんだ。凌ぎ切る体力があるだろうか。

「ううっ」と由利が呻いた。目を覚まそうとしている。それなら、まだ望みはある。生き延びる望みは十分にあるのだ。

「由利さん。いいですか。聞こえてますね。戦が始まりますよ。戦です」

さらに声を張り上げ、叫ぶ。おゑんの叫びを上書きするかのように、鳶が鳴いた。

七

いつの間にか夜が明けようとしている。

庭の隅からも部屋の角からも闇が退き始めている。灯したばかりの行灯も直にいらなくなるだろう。間もなく、朝が来るのだ。

疲れた。身体が重く、手枷足枷をはめられているようだ。それでも、気分は悪くなかった。負けなかった。

白衣を脱ぎ、おゑんは背筋を伸ばした。

「負けなかった」と、今度は声に出して呟いてみる。おゑんの居室だ。主より他に人はいない。だからなのか、呟きが響いた気がした。

由利は凌ぎ切った。出血も止まり、気息も落ち着いてきた。一刻ほど前に目を覚まし、音を立てて白湯を飲んだ。また、眠ってしまったが、案じることはあるまい。油断はできない。しかし、峠は越えた。それがおゑんの診立てだ。違えてはいまい。

後はじっくりと体力の戻るのを待てばいい。時をかけて、少しずつ心身に力を溜めていく。その助けをすればいいのだ。容易くはないけれど、道は見える。

負けなかった。凌ぎ切った。

おゑんは勝ち戦の満足と安堵を嚙み締めた。

かたっ。障子が鳴った。その向こう側から人の気配が伝わってくる。おゑんが身構えたのと「先生、失礼しやす」と声がしたのは、ほぼ同時だった。

「おやまあ、甲三郎さん。いったい、どうしたって言うんです」

座敷に甲三郎が入ってくる。昼間と同じ出で立ちだ。

「へえ、膳をお持ちしたんですがね」

甲三郎は黒塗りの膳を軽く上げてみせた。握り飯と漬物、それに汁物の椀が載っている。

「ここの女中さんに言いつけられたんでやす。『あたしは帰りますけんど、先生の仕事が一段落したら、汁を温めてお出ししてくだせえよ』ってね。お春さんや末音さんの膳も用意してありやすよ。ありがてえことに、あっしもご相伴にあずかれるようで」

「まあまあ、お丸ったらそんなことを。面倒事を押し付けちまって、申し訳ありませんねえ。けど、今の口真似、お丸にそっくりじゃありませんか。ちょいと笑えましたよ」

「笑ってくださってかまいやせんぜ。先生の笑った顔は綺麗ですからね」

おゑんは眉を寄せて、跪いている男を見下ろす。

「それは、しかめ面よりはマシってことですかね」

「そんなこたぁ言ってやせんよ。先生の笑い顔が綺麗だから綺麗だと申し上げた。それだけなんでやすが。気に障りやしたか」

「いえ、ちっとも。綺麗だと言われて気を悪くする者はそういないでしょう。けど、なんの下心もなく、面と向かって綺麗だと口にできる、そんなお人も、そうそういない気がしますよ」

「あっしに下心がないと思ってるんで？　もしかしたら、本気で先生を口説こうとしてるのかもしれやせんよ」

「あたしを口説く？　それはまた、度胸がおありですねえ」

おゑんは膳の前に座った。夕餉どころではなかったから、お丸なりに気を利かせてくれたのだろう。さほど食気は起こらなかったが、握り飯も漬物も汁も平らげようと思う。物を食べること、食べられることは生きる方向に心身が向いている証でもあるのだ。由利も白湯を飲んだ。明日、いや、今日には重湯ぐらいは口にできるだろう。

　身体は快復する。身体と連れ立って心が平常を取り戻すかどうかは、まだ、わからない。

甲三郎が火鉢にかかった鉄瓶を持ち上げ、手早く茶を淹れた。つくづく、気の回る男だ。火鉢の炭を熾したのも甲三郎だろう。お丸は宵の内に帰ったし、他の者は、お春にしても末音にしてもそんな余裕はなかったはずだ。おかげで、部屋の中は仄かに暖かく、朝方の凍てつきに震えなくてすんだ。

「度胸は、さほどありやせん」

湯呑を膳に置き、甲三郎が真顔で告げてくる。

「先生はむろん、お春さんにも遠く及ばねえ気がしやすよ。それに、あの患者さんにも」

やや熱すぎはしたが茶は香ばしく、その熱で身体の重さを融かしてくれるようだ。

「由利さんのことを言ってるんですか」

「へえ、由利さんと仰るんですか。あの人、どうやら助かったようでやすね」

「ええ、まあなんとか切り抜けました。ただ、気は緩められませんね。かなり出血しましたから。急変ってこともなきにしも非ずです」

「子どもが流れたってこってすが、命に関わるようなことなんですねえ」

「知りませんでしたか」

「考えたこともありやせんでした」

そうだろう。ほとんどの男は考えない。子を孕むのも、産むのも命懸けの仕事なのだと本気でわかろうとしない。ましてや、甲三郎は誰の亭主でも父親でもない身だ。赤子が生まれる場にも、流れてしまった場にも居合わせたことなどないのだろう。

炭火が爆（は）ぜた。蜜柑（みかん）色の火花が散る。

「人の命なんて脆（もろ）いものだと思ってやした。今でも思ってやす。人ってのは、あっけなく死んじまいますからね。さっきまで笑っていたやつが一刻もしねえ間に骸になって転がってるなんて、ざらにとは言いやせんが、ままま、ありやすよ」

「それは、おまえさんの周りの話でしょうよ。堅気の暮らしをしていたら、まま、と言えるほどはないでしょうねえ」

「けど、先生、堅気であろうと極道であろうと人は人、命は命でやしょう。あっけねえですぜ。今、散った火花みてえなもんでさ。あっという間に消えちまいやすよ」

「あっけなく、ね」

確かにそうだ。人の命は脆い。あっけなく消える。甲三郎のような生き方を選んだ者には、その思いはことさら強いだろう。

湯呑の温もりが手のひらに伝わってくる。両手で温もりを包み込み、おゑんは告げた。

「でもね、案外しぶとくもあるんですよ」

甲三郎が顔を上げて、おゑんを見た。険しくはないが、過ぎるほど真っ直ぐだ。まじまじと見詰めてくる。何かに酷く驚いた童を思わせる眼差しだった。

ああそうかと、おゑんは合点した。

この男は人の命の脆さは知っていても、しぶとさを知らないのだ。

「しぶといんですよ。特に女はね。男のように、あっけなく散りはしませんよ。無駄死にはしない。あたしは、そう信じちゃあいるんですがね」

信じているからこそ、闇医者を続けられる。

「男は無駄死にすると仰るんで？」

「みんながみんなそうじゃないでしょうがね。大義だの天命だの、曖昧なものに容易く命を預けてしまう。そういう風はあるでしょうよ」

「女は違うと？」

「違いますね。女は正体の定かでない何かに命を懸けたりはしません」

大義に散る男のために死ぬことはできても、大義そのものに殉じたりはしないのだ。声高に天下を論じるより、今夜、子どもに何を食べさせるか、食べさせられるかの思案の方が大事なのだ。男はそこを嘲笑（あざわら）い、取るに足らぬ愚かな思案だと蔑むけれど、国のあり方や政の本義とは、目の前の子を飢えさせないことにある。女はそれを知っているだけだ。

しぶとく生きる。生きることを諦めない。命に勝る大義も天命もないのだ。

「あっしには、よく呑み込めねえな」

甲三郎は低く唸った後、息を吐き出した。

「似合いませんね」

「へ？」

「甲三郎さんにため息は似合いませんよ。正直、様になってないですねえ」

「そうですかね。ああ、そういやあ、他人（ひと）さまの前でため息なんぞ吐いたのは……」

「いつ以来です」

甲三郎が、やや傾げた首を起こし横に振る。

「思い出せねえぐれえ、昔ですね。なんでここで漏れちまったのか不思議でやすよ」

「疲れてるんじゃないですか。あたしたちに寝ずに付き合ってくれてたんでしょう」

「一晩、二晩寝ないのぐれえ、どうってことはありやせん。それに、ああいう生き死にの場を今まで知らなかったもんで、仰天しちまって眠るどころじゃありやせんでした」

なるほど、得物を手にしての斬り合い、殺し合いには慣れていても、女の戦場(いくさば)を垣間見(かいまみ)たのは初めてだったわけか。

「あの患者さん、まだ若(わけ)え方なんでしょ。直に覗いたわけじゃねえですが、赤子云々ていうなら、年寄りじゃねえですよね」

「ええ、若い方ですよ。甲三郎さん、部屋の近くにも寄れなかったみたいですね」

「へえ、女中さんのかわりに台所でずっと、湯を沸かしてやした。迂闊に近づくと、お春さんに怒鳴られるもんで。一度ならず蹴っ飛ばされそうにもなりやしたよ。おっかなくて、湯を運ぶぐらいがせいぜいでしたかね」

「ああ、そうそう、『邪魔です。どきなさい』とか、『こんなところで、うろうろしないで。それより、もっと湯を持ってきてください』とか、怒られたり指図されたりしてましたね」

「先生、今のはお春さんの……」

「ええ口真似です。よく似てるでしょ。あたしも、そこそこ上手いんですよ」

「正直に言わせてもらえば、今一つの気がしやすぜ」

「まあ、小憎らしいこと。けど、お礼を言いますよ、甲三郎さん。お手伝いをいただいて、ずい分と助かりました。落ち着きましたら、改めて、お返しはいたしますからね。今度は、ちゃんと膳を整えてもてなしをさせてくださいな」

「お気遣いはご無用でやす。あっしが勝手に留まっていただけでやすからね。で、先生」

甲三郎の口調がほんの僅か重くなった。

「あの患者さんは、お武家の出なんでやすか」

「さあ、どうでしょうか。医者が、患者に纏わる事柄を口外するのはご法度ですからね」

「へえ、そういうもんでやすか。それはなんとも申し訳ありやせん。つい」

「つい、なんです」

「いや、ちょいと気を引かれただけなんで。先生の許にやってくる患者ってのは、どういう経緯があるのかって柄にもなく興が湧いちまって。ご勘弁、願いやす」

甲三郎が頭を下げる。

気を引かれた？　興が湧いた？　この男が？

それはあるまいと、おゑんは心内でかぶりを振っていた。誰であろうと容易く気持ちを向けるような性質ではないだろう。むしろ、できる限り関わらぬように他人との間合いを計ってきたのではないのか。生来の気質なのか、吉原で身につけた世過ぎの業なのかは見極められない。感じるだけだ。

おゑんはつとめて軽い物言いで尋ねた。

「謝ることはありませんよ。けど、どうして武家の出だと思ったんです？」

甲三郎は自分で言った通り、患者用の座敷には近づいていない。むろん、由利の姿を目にしてはいないはずだ。

「いえね、女中さんやお春さんが〝由利さま〟と呼んでやしたから。身分が上の方かなと」

「見当を付けたわけですか」

「いや、ですから、ちっとばかり気になっただけでやすよ。先生の許には、お武家までやってくるのかってね。てっきり町方のお医者だとばかり思ってたもんですから。まあ、あっしの独り合点だったわけですよね。へへ、一人で思い込んで一人で驚いたり、気にしたり、まったくざまぁありやせん。お恥ずかしい限りで」

饒舌に語った後、甲三郎は身軽く立ち上がった。

「あっしはこれで失礼しやす。夜が明けきってしまう前に、吉原(なか)に帰らなきゃなりやせんので」

おゑんが労(ねぎら)いの言葉を返す前に、既に障子戸は閉まっていた。相変わらず、素早く無駄のない動きをする。耳を澄ましたけれど、遠ざかる足音を捉えることはできなかった。

おゑんは握り飯を頬張り、味噌汁をすする。お丸の味付けはなかなかのもので、飯も汁も塩の塩梅が絶妙だ。食気がじわりと湧いてきた。一仕事を終えた後、贅沢とはほど遠いが美味い食事を口にできる。これはこれで福祚(ふくそ)な一時ではないか。

憂いが消えたわけではない。多々、残っている。由利はまだ危地を脱しきれたとは言い難い。数日は用心が要る。吉原の女たちの奇妙な死には何一つ、光明が見えない。甲三郎のらしくない饒舌にも少しばかり引っ掛かりを覚える。

憂いは多く、増えることはあってもそうそう減ってはくれない。

それでも、僅かな憩いが、一口の食事が、憂いに潰されず難事に向き合う力を与えてくれる。それも現(うつつ)の一つだ。

雀が鳴き交わし始めた。

今日は晴れるのだろうか。鳴き声がやけに賑(にぎ)やかにも楽し気にも聞こえる。

茶を飲み干し、おゑんは身体の力を緩めた。

いつのまに寝入っていたのか。

目を覚ますと部屋は隈なく明るんで、障子が眩しいほど白く輝いていた。火鉢の炭はほとんど燃え尽きて、灰の底で微かに橙の色を灯している。

衾が掛けてあった。末音の気遣いだろう。膳も片付けられている。

おゑんはざっと身支度を整え、髪を軽く撫で付けた。眠ったのは一刻にも満たないだろうが、頭はすっきりとしている。疲れも引きずっていない。短くとも深い眠りは、重宝だ。心身の力になる。

顔を洗い口を漱ぐと、由利の部屋に向かう。

あれだけの出血をした後だ。迂闊に眠ると、そのまま死に引きずられる懸念がある。暫くは気を抜けない。当分は付き添う者が要るだろう。今はお春が傍に付いていてくれている。しかし、お春も疲れ切っているはずだ。一息吐いたら代わるつもりだったのに、寝過ごしてしまった。

「お春さん、すみませんでした」

声を掛けると、衝立の向こうからお春が顔を覗かせ、微笑んだ。

「よろしいんですよ。あたしはまだ休まなくとも」

「そういうわけにはいかないでしょう。お春さん、いつまでも若いつもりは通りませんよ。後からじわりと疲れが染みてきて、起き上がれなくなっちまうんだから」

「まっ、悔しいこと。今日一日、意地でも起きていようかしら」

笑いを含んだ声でお春が応じる。顔つきにも声音にも、患者の命を守り切った満足が滲んでいた。隈のできた目元さえ晴れやかだ。

おゑんは、朝の光が床まで届くように、衝立を動かした。

由利が僅かに身動ぎする。瞼は閉じたままだ。血の気のない頬に涙の痕が付いていた。

脈を測る。弱くはあるが乱れてはいない。とくとくと確かな拍を刻んでいる。

「由利さん、泣いてたんですか」

「ええ、お腹の子が流れたのかと、あたしにお尋ねでしたから、そうだと答えました。隠し通せるものでもないと思いましたから。そうしたら、顔を覆って嗚咽されて……。もう少し、体力が戻るまで内緒にしていた方がよかったでしょうか」

「いいえ、教えても構わなかったですよ。自分の身体のことです、由利さんにはわかっていたでしょうよ。ただ、誰か他人に直に確かめずにはいられなかったんです」

そうだ、自分の身に何が起こったか、由利は承知していた。身の内から流れ出た、その異変の瞬間、察したのではあるまいか。そして、声を上げる間もなく気を失った。

いや、もしかしたら……。ふと一つの想いが蠢いた。もしかしたら、由利が苦痛の声を上げなかったのは、子と共に死のうとしたからではないか。誰にも気づかれぬまま、子の後を追おうとした。

いや、違うな。己の思案を己が否む。

由利は生きようとしていた。共に死ぬのではなく、生きようとしていたのだ。その決意を由利が語ったわけではない。しかし、密やかに伝わってきた。この身も赤子もどうなっても構わぬとうなだれていた心が、次第に前を向き始めた気配をおゑんは感じ取っていたのだ。子が流れたのは、誰のせいでもない。強いて言えば、おゑんの許を訪れるまでに衰え切っていた身体では、日々育つ子を支えきれなかった。因をあげるなら、そこしかない。

だからといって由利に罪はない。由利をそこまで追い込んだ輩がいるのなら、そちらが咎めの全てを引き受けるべきではないか。その輩がおゑんの前に現れることも、咎められることも、おそらく一生ないのだろうが。

そして、由利の体力を正しく見極められなかったおゑんの落ち度は大きい。取り返しはつかないが、責めは負う。こちらは現の中で由利と向き合いながら、為すべき償いを為していかねばならない。今はともかく由利の心身を守り、戻し、整える。医者としての務めを果たすことに力を注ぐしかない。

「とても、お辛そうな泣き方でした」

お春が視線を落とし、呟いた。

「声を出さないように懸命に耐えていらっしゃいました。傍にいてはいけない気がして、しばらく、衝立の向こうに控えていたんです」

おゑんは深く頷いた。それでいい、正しい振る舞いだ、と示す首肯だった。お春が胸元に手をやり、小さく息を漏らした。

「おゑんさん、口幅ったいですが、あたし、由利さまのお気持ちが汲み取れる気がしました」

「ええ。お春さんにはわかるでしょうね」

「だから、どんな慰めも励ましも、今は無駄だって思ったんです。泣くだけ泣いた後、由利さまご自身がどこかで踏ん切りをつけるしかないって。そのときは、能う限りのお手伝いをしたいと思っています。あたしのときは、おゑんさんがいてくださいました。あたしには、おゑんさんほどの力はありません。でも、一人で何もかもを抱え込まなくていいと、我慢するばかりが生きる道ではないと、由利さまにお伝えするぐらいならできます」

「そうですね、お春さんならできますよ。それだけの現を潜ってきましたからね。半端で、いい加減な支え方も励まし方もしないでしょうよ。でもね、お春さん、うちにいるのは由利さんだけじゃない。今日にも、命が危うい患者が運び込まれてこないとも限りません。そこんとこを忘れないようにしなくちゃなりません」

お春が由利の看病にかまけて他の患者を疎かにするなどと考えてはいない。けれど、あえて釘を刺したのは、のめり込み過ぎるのを防ぐためだ。親子であろうと夫婦であろうと幼馴染であろうと、人と人には程よい間が要る。その間は一定ではなく、取り決めがあるわけでもなく、自分たちが手探りして摑んでいかねばならない。

医者と患者も同じだ。遠過ぎても近づき過ぎても治療に障る。その程合いを、お春は見誤りはしないだろう。けれど人の情は厄介だ。ときに絡まり、足をすくう。万が一を考え、言わずもがなの忠言を口にした。

「はい、肝に銘じております」

お春が居住まいを正し、美しい姿勢を作った。

「ふふ、余計なことを言っちまいましたね。さ、お春さん、一休みしてきてくださいな。そうそう、お丸の拵えてくれた膳は食べましたか」

「ええ、甲三郎さんが運んできてくれました。それが、おもしろいんです。外で『お春さん、お春さん』と呼ぶ声がしたもので廊下に出てみたら、甲三郎さんがずい分と離れたところに座ってるんですよ。お膳を前にして、神妙に畏まってて」

「『迂闊に近づくと、お春さんに怒鳴られるもんで』とか言ったんですかね」

「まあ、どうしておわかりなんです。驚きだわ。まさか見ていたわけじゃないですよね」

「見なくてもわかりますよ。甲三郎さん、お春さんに怒鳴り付けられたのが応えてるんですよ。粗相のないようにしなくてはと、気を引き締めていたんじゃないですか」

「そんな。あたし、怒鳴り付けたりしていません。けど、あの人、あんなに凄みがあるくせに存外、おもしろいところもあるんですね」

甲三郎が吉原の首代だとは、お春にも末音にも告げていない。甲三郎も終始、穏やかな様子を崩さなかった。あまつさえ、お丸に代わって下働きまで熟(こな)してくれたのだ。にもかかわらず、お春は男の放つ剣呑な凄みを見逃さなかった。末音はおそらく、一言二言話すうちに、いや、一目見たときに察しただろう。お春とは色合いを異にする過酷な現を、老女は潜り抜けてきた。年の功の一言では片付かない日々の積み重ねが、末音に人の本性を見据える視(め)を与えている。だからといって、お春や末音が闇雲に甲三郎を恐れることはなかったし、甲三郎も女二人の眼差しを感じ取りながら何食わぬ顔で振る舞い続けた。誰も彼も一筋縄ではいかない。よくもこれだけ役者が揃ったものだと、おかしくもある。

「あ、甲三郎さんと言えば」

お春が由利の方に屈み込み、口元を指した。

「ちょっと気になることがあったんです。おゑんさん、これを見てください」

おゑんも身を屈め、目を凝らす。

「うん？　これは……」

口の周りに薄(う)っすらと発疹が見て取れた。多くはない。数えられるほどだ。

「顎の下から首にかけても幾つかあります」

「……だね。これはもしかして」

「はい。あの薬のせいだと思うんです」

由利の気付けを促すために、薬を処方した。おもんに使ったものだ。ただし、あの折ほど強くはなかった。おもんには、ほとんど生のまま飲ませた。脈が取れないほど弱っていたからだ。由利に飲ませたのは、半分ほどに薄めた薬だった。末音の調合だから万に一つの間違いもない。おゑん自身も己の目と舌で濃さを確かめてから、飲ませるようにお春に指図していた。

「飲ませたとき、口の端から零れたんです。すぐに拭いたのですが」

お春が僅かに眉を顰めた。

「これ、かぶれでしょうか」

「そのようですね。口の中は変わりないようだし肌だけがかぶれてるみたいだけど」

「大丈夫ですか」

「命に関わるかってことなら心配はありませんよ。持病でもない限り、この程度のかぶれで亡くなる人はいませんからね。ただ、もう少し広がるかもしれないし、水膨れができるかもしれない。掻き毟るとそこから膿まないとも限らないしね。熱でも出たら厄介です。体力が落ちているときだから、用心するに越したことはありませんよ」

「お薬を塗っておきましょうか。甲三郎さんに処方したものを」

そこで、お春は口をつぐんだ。おゑんに顔を向け、瞬きをした。

「これ、甲三郎さんと同じですよね」

自分の言葉を封じ込めるように、唇を結ぶ。その表情を見やり、おゑんは「同じですね」と呟いた。呟きながら、由利の首筋を望診する。

発疹は甲三郎ほど酷くはない。薬の濃さが違うのだから当たり前とも言える。しかし、濃くても薄くても、そうそうかぶれが出るような薬ではないはずだが。

「そうですね。薬を塗っておきましょう。それと、末音が起きていたら、こちらに来るようにと伝えてくださいな。由利さんの発疹のことも話しておいてください」

「かしこまりました」

「あ、それから、自分が休むってことを忘れちゃだめですよ。朝餉(あさげ)の支度はお丸が引き受けてくれるし、由利さんにはあたしが付いていています。あれこれ考えないで、身体を休めてくださいな。お春さんに倒れられたりしたら、うちは立ち行かなくなるんだから」

世辞ではない。褒めたつもりもない。事実を述べただけだ。お春の働きがあればこそ、何人もの患者を受け入れられる。憂いなく往診にも出ていける。

お春の頰が仄かに赤らんだ。その顔で笑う。

「倒れないですよ。まだまだ若いですから」

「おや、そこに拘りますか」

おゑんも笑みを返したとき、由利が身動ぎした。眉根が寄り、微かな声が漏れる。浅い眠りの中で、夢にうなされているのだ。しかし、本当の辛苦は夢ではなく現にある。現は目覚めて終わりになってはくれないのだ。絶え間なく続いていく。

でもね、由利さん。

心の内で語りかける。

現にあるのは辛苦だけじゃありませんからね。ささやかな喜びもちょっとした楽しみも、いっぱいあるんですよ。だから、人は生きてるんです。しぶとく、ね。あなたは、そのことを知ってるんでしょうか。

お春が「あら」と小さな声をあげた。振り返ると、廊下に末音が立っていた。

「末音さん、今、呼びに行こうとしてたところなんですよ。あの」

お春が再び口をつぐむ。末音の顔付がいつになく引き締まっていたからだろう。

「どうした？　何かあったのかい」

座ったまま末音を見上げる。嫌な気分だ。身構えるような心持ちになる。

「おゑんさま、今、吉原の美濃屋さんから使いが来られましたで」

「美濃屋さんから？」

立ち上がっていた。まさか……。

「急ぎお出でくださいとのことです。花魁が倒れられたとか」

末音の双眸の中で、戸惑いが揺れた。

八

安芸は眠っていた。

髷を解き、豪華な夜具に埋もれるようにして、眠っている。

安眠ではない。息は浅く、荒く、顔は隈なく薄紅色に染まっている。熱が高いのだ。

これは……。

「先生、どのような具合でしょうか」

美濃屋の亡八、久五郎が縋るような眼差しを向けてくる。

「熱がありますね。花魁の様子がおかしいと気付いたのは、いつぐらいです」

「は、はい。実は一昨日(おととい)あたりから少し熱があったようでして、その日は大事を取って、早めに休ませました。食気もないとのことでしたので、葛湯(くずゆ)と味噌汁、水菓子を運ばせましたが、葛湯だけしか口にしなかったとか」

具合のよくない遊女を休ませ、口当たりのいい物を見繕ってやる。破格の待遇だ。安芸は美濃屋、いや、吉原遊女の頂に立つ。そういう花魁だからこその扱いなのだろう。他の遊女ではそうはいかない。倒れて動けなければ話は別だが、自分勝手に寝込むことも客取りを拒むこともできないのだ。結句、病は重くなり命を削る。

「具合が悪いのなら寮にでも入れねばならぬかと思案しておりました。けれど、熱はあくる日には引いたようで、やれやれと胸を撫で下ろしておったのですが。これも大事を取ってもう一晩、ゆっくり休ませることにいたしました」

「ところが、また、熱が高くなったわけですね」

「はい……。朝方、頭風（ずふう）（頭痛）を訴えまして、身体も怠いと申します。三晩も花魁を休ませるのは店としては辛いところで、どうしようかと思案しているうちに、みるみる熱が上がったようで……寝込んでしまって。慌てて、先生をお呼びした次第です」

そこで一息吐き、久五郎は続けた。

「安芸がどうしても先生を呼んでくれと、他の医者の治療は嫌だと申すものですから」

安芸は確かにおゑんを望んだかもしれない。しかし、それだけではあるまい。妓楼も美濃屋ほどの構えとなると、掛かりつけの医者は数人いるはずだ。その中に、むろん、おゑんはいない。それでも、わざわざ使いを寄こしたのは、安芸の望みとは別に、例の病のことが久五郎の念頭にあったからだろう。吉原で起こった、いや、今も進みつつある変事が安芸の身にも降りかかったとしたら、縋りつく先はおゑんしかいない。

「先生、安芸は大丈夫でございますね」

おゑん、安芸、久五郎。人払いして、三人しかいない座敷に亡八の声が響く。

「よもやよもや、あの病ではありますまいな。もし、そんなことになったら、うちはお終いです。安芸なくして美濃屋は成り立ちません。先生、どうかお助けください」

助けるのは安芸の命か、美濃屋の商いか。問い質してみたいような、小意地の悪い心持ちになる。

「先生、もし、安芸があの病だったらどうすれば」

「違いますよ」

久五郎のある意味、手前勝手な恐れや狼狽が鬱陶しくなる。突き放す物言いで、おゑんは告げた。

久五郎が短く息を吸い込んだ。そして、吐いた。

「違う？　まことですか、先生」

「違います。考えてもごらんなさい、美濃屋さん。これまでの三人の亡くなり方、そこに熱が出ただの、身体の怠さを訴えただのって話はなかったでしょう。花魁の症状とは、まるで違うじゃありませんか」

「あ、そう言われてみれば……」

今度は音が聞こえるほど大きく長い吐息が、久五郎の口から漏れる。安堵の息音だ。

「そうですな、明らかに違いますな。うん違う、違う。よかった。やれやれですよ」

「安心するのは、まだ、ちょいと早うござんすよ」

「へ？」

「美濃屋さんは赤疱瘡に罹った覚えがありますか」

「赤疱瘡？　あ、はい、ございます。三つになった年にやりました。とはいえ、わたし自身にはとんと記憶がありませんがね。ただ、母から赤疱瘡で死にかけたって話をさんざん聞かされてきました。わたしの一つ上の兄が赤疱瘡で亡くなっておりまして、母は息子を二人までも奪われてなるものかと、必死で看病したのだとか。なので、多分、かなり重いやつに罹ったにもかかわらず、なんとか生き延びた口でしょうか」

なるほど、母親の看病もさることながら、久五郎のしぶとさが功を奏したわけだ。そのしぶとさのおかげで、吉原で見世を構えていられるのだろう。福相とはうらはらに、久五郎はしぶとく、したたかで、算盤ずくで物事を考える男だ。それは、美濃屋に出入りするようになって、ほどなく見極められた。

「けど、先生、どうして赤疱瘡のことなんか……え、まさか」

久五郎は瞬きした後、まじまじとおゑんを見詰めてきた。

「その、まさかだと思います」

「安芸は赤疱瘡に罹っていると？」

「ええ。おそらく。間もなく発疹が出てくるかもしれませんね」

「けれど、赤疱瘡ってのは子どもの病じゃないんですかな」

「子どもがよく罹る病です。だからといって、大人が罹らないとは言い切れません。子どものころに罹らなかった場合、大人になって赤疱瘡になるってのは、ままあるんですよ」

「そ、そうなんで。あの、まさか、疱瘡（天然痘）みたいに痘痕が残るなんてことは、ありませんよね。そうなったら、安芸はもう花魁じゃいられなくなる」

遊女は売り物だ。美しくあればあるほど値は高くなる。安芸は美貌と愛嬌を兼ね備えているばかりでなく、芸に秀で、気性爽やかで、聡明だ。だからこそ、呼出し昼三の位まで上り詰めることができた。絹の光沢を放つと謳われた肌に僅かでも傷がついたり、痕が残れば、安芸の価は落ちる。久五郎の懸念は商人としては当然かもしれない。しかし、人であればまず、身の安危に気持ちを向けるべきだ。吉原惣名主なら、あの川口屋平左衛門なら、何をおいても「助けていただけますか」と問うてきただろう。

　商人である前に人でなければ、本物の商人にはなれまい。それは医者も同じだ。

「赤疱瘡の発疹は熱が引いた後に消えます。褐色の染みができたりもしますが、それも徐々に薄れて消えますよ。身体が持てば、ですが」

「は？　身体が持つって……、先生、安芸は危ないと仰るんですか」

「熱が高い。赤疱瘡だとすると、これからさらに高くなるはず。熱が出れば、人は衰弱します。花魁の身体が耐えられると、あたしには言い切れません」

　赤疱瘡をなんとかのりきったとしても、弱った身体を他の病が襲ってこないとも限らない。赤疱瘡の後は労咳に罹り易いとも言われている。

　病は手練れの、そして酷薄な剣士のようだ。人の隙も弱りも見逃さない。最初の一撃をかわして、ほっと気を緩めようものなら、次の一撃にやられる。

　狡猾で剛力。手強い相手だった。しかし、敗れるわけにはいかない。

「そんな、そんな、ちょっと待ってくださいよ、先生。安芸に死なれたりしたら、おお……」

　大損ですと言いかけた口をさすがにつぐんで、久五郎は小さく呻いた。

「赤疱瘡は感染ります。美濃屋さん、花魁の近くにいた人たち、接した人たちから、赤疱瘡を昔患ったかどうか急ぎ聴き取ってください。体調を崩した者がいたら他の者と隔てて、離れにでも寝かせてください。後であたしが診ますから。この先、その離れにもここにも、患った覚えのない者は一切、近づけないように差配をお願いしますよ」

「は、はい、わかりました」

「それと、患ったのがはっきりしている者を二名ほど、助手(すけて)に付けてくださいな。隣の部屋にいて、あたしの指図通りに動いてもらいたいんです」

「承知いたしました。すぐに手配いたします。他には？」

「冷たい水と新しい手拭いを用意してもらいましょうか。冷ました白湯も、お願いします。今のところ、それくらいですかね」

「先生、それで薬は調合してくださいますね。どれほど高直(こうじき)でも構いません。どうか、考えられる最上の手立てを講じてやってください」

思わず苦笑しそうになる。

美濃屋の主の台詞は、娘を案じる父親の懇願のようにも聞こえる。けれど、久五郎が手塩にかけて育てたのは娘ではなく、花魁という品だ。大きな富を生み出す稀な売り物だった。それを守り通さねばならない――。久五郎から滲み出ているのは、父親ではなく商人の必死さだった。

まあ、それもよかろう。ただ、残念なことに、この機に乗じて法外な薬代をふっかけるのは無理だ。

「薬はありませんよ」

「へ？」

「使うとしても熱冷ましぐらいです。赤疱瘡そのものに効く薬なんてありませんからね」

「え、では、治療はどのように」

「とりたてて、できることはありません。部屋を寒くも暑くもなく保ち、こまめに汗を拭き、白湯を飲ませる。熱が高ければ、熱冷ましの薬を処方しますが、それで病が治るものじゃありません。あとは腋と首のあたりを冷やす。それくらいでしょうか」

「……はあ、それくらいですか」

久五郎は露骨に落胆の顔つきになる。

「あとは、患者しだいです。身体と心にどれほどの力が残っているか。そこが要になります」

「身体と心」と、久五郎が呟く。

体力と気力と言い換えた方がわかり易いかもしれない。病に打ち勝つ身体と生きたいと望む心。武具と兵糧（ひょうろう）のようなものだ。どちらかが欠けても、戦には勝てない。

「ならば、大丈夫ですな」

久五郎は胸を張り、この日初めて笑顔になった。福相だから笑うと愛嬌が零れる。

「安芸は生き延びますよ、先生」

おゑんは福相の男を見詰める。言い切れるのかと、眼差しで問う。

「ええ、大丈夫です。安芸は強い女ですから。決して生きることを諦めたりはいたしません。なにしろ、吉原遊女の天辺に座っておるのです。生半可な生き方も死に方もしませんよ」

おや、ちゃんとわかってるじゃないか。

おゑんは心持ち目を狭める。

美濃屋久五郎は算盤を弾（はじ）くだけが能の半端商人ではなかったらしい。人の本質を見誤らないだけの眼力は具えている。

これだから人は油断ができない。どこでどういう面（つら）を現すか、わからないのだ。病でも人でも向き合うときは、それ相応の心構えがいると、改めて思い知らされた。

「先生」

久五郎が膝を進める。

「先生のご助力がいります。先生は安芸にとって何よりの支えです。この通り、なにとぞ、なにとぞ力をお貸しください」

楼主は低頭すると、足早に座敷を出て行った。そう待つ間もなく、禿が二人、水を張った小桶と白湯の載った盆をそれぞれ運んでくる。

「おまえさんたちは、赤疱瘡は済ませてるんだね」

抜かりはあるまいと思ったが、念のため確かめる。

「はい、五つの年に罹りんした」

背の高い八つばかりの禿が答えた。答えた後、後ろの小柄な禿を指差す。

「つるじは去年やりんした」

「そうかい。なら、安心だ。そちらの禿さんは、つるじというお名かい」

「はい。わっちは、さくらと申しんす。お見知りおきおくんなまし」

さくらが廓言葉ではきはきと答える。つるじの方は目を伏せて、俯（うつむ）いていた。内気な性質（たち）なのだろう。顔立ちは整っているようだが、どこか淋しげでもある。

「つるじさんに、さくらさんかい。どちらもいい名だ。ありがとうよ。何か頼みたいことができたら、お名を呼ばしてもらうからね。隣の部屋にいておくれ」

「はい。わかりんした」

さくらが頷き、頭を下げた。そのまま出て行こうとしたけれど、つるじの方が動かない。

「つるじ？　どうしいした？」

さくらが首を傾げる。つるじは顔を上げ、おゑんににじり寄った。

「先生、花魁は大丈夫でありんすか。治りんすか」

大きな双眸が潤んでいる。目尻に涙が溜まっていた。

「花魁のことが心配かい」

「はい。大人になってからの赤疱瘡は重くなると聞きんした。花魁は大丈夫で……」

子どもも子どもした滑らかな頰の上を、涙が伝う。

「そうかい。おまえさんは花魁が好きなんだね。だから、心配でたまらない」

「花魁は優しい方でありんす。わっちたちにも良くしてくれんした。ほんとに、いつも優しくて、お、お姉ちゃんみたいに優しくて……。あたし、だから淋しくなくて、おっかさんがいなくても淋しくなくて……」

つるじがしゃくりあげる。吉原の禿ではなく、七つ八つの童に戻っていた。

「お、花魁の病が治らなかったら、どうしたらいいかわかんなくて……あたし……」

「死なせやしませんよ」

つるじに手拭いを差し出す。禿であろうと、吉原で泣き顔はご法度だ。嘘はどれほどついても咎められないが、真（まこと）の涙は許されない。

「あたしがついていきます。花魁は守りますよ。安心なさいな」

つるじが瞬きする。涙の粒が顎の先から滴った。それから、鼻をすすり上げた。

「先生は強いの」

「そうだね。そこら辺の男より強いかもしれないね」

「鍾馗さまみたいに強い？　為朝や牛頭天王みたいに」

「やだ、それじゃ、疫鬼除けの疱瘡絵じゃない。先生はお医者さまなんだから、疫神とは違うよ」

　さくらがつるじの背中を叩いた。こちらも童の物言いになっている。

「疫神でなくても、お医者さまだけど強いんでしょ」

　つるじはおゑんを見詰め、唇を一文字に結んだ。真剣な顔だ。

「決して負けないとは、言い切れないね。病は姿形がないから、闘うのはしごく厄介なんだよ。かと言って、おめおめと負けるわけにもいかないだろう。少なくとも、負け続けちゃいられないのさ。どこかで反撃しないとね」

「呪いにも、勝てるの」

「は、呪い？」

　話の筋が読めない。つるじもさくらも年よりずっと大人びて、賢いようだ。もともとの素地の良さもあるだろう。選り抜かれた娘たちだからこそ、花魁の傍にいる。近いうちに、どちらかが、あるいは二人ともが引込禿（遊女としての準備をする禿）として見世の内所で行儀、芸事を仕込まれるようになるのかもしれない。ゆくゆくは全盛の花魁となるべく育てられるのだ。

　その大人びた賢さに、子どもの辻褄の合わない物言いが被さってくる。

「呪いって、なんのことだい」

「あの、あの……花魁は呪われたんじゃないかと」

「おつるちゃん、ちょっと、止めなよ」

　さくらが慌てて、つるじの口を塞ごうとする。

「あれは、ただの噂だよ。花魁には関わりないって」

つるじは首を振って、さくらの手から逃れた。

「けど、聞いたよ。吉原は呪われてるって。どこかのお殿さまの呪いだって。吉原一の花魁だもの。呪いがふりかかったっておかしくないよ」

「ちょっと、待っておくれ。おまえさんたち、なんの話をしてるんだい」

「先生は、あの噂を知らないの」

つるじの口調がますます幼く、あどけなくなる。

「知らないね。どんな噂なんだい」

「あのね、ずっと昔だけどね、どこかのお大名がね、えっと、どこかの妓楼の花魁を殺したの。それで、お大名もご切腹なさったんだって、お家もお取り潰しになって……えっと」

「そのお大名の呪いが残っていて、何年に一度か吉原一の花魁に取り憑くんだと、そういう噂があるの。今年は、その何年目だかに当たるんだとか」

さくらが話を引き取り、すらすらと続ける。

「ああ、それで、花魁が倒れたのは呪いのせいじゃないかと思ったんだね」

さくらとつるじは、申し合わせたようにこくりと首肯した。

遊女と大名の色事など、そう珍しくはない。日の本一の遊里は、いついかなるときも絢爛とした輝きを放つ。身分や生まれがどれほど違おうとも、男たちはその輝きに吸い寄せられてしまう。蠟燭に集まる羽虫に似て、翅を焼かれるとわかっていながらやってくるのだ。

三浦屋の遊女二代目万治高尾は、仙台六十二万石伊達家の主を客とした。五代目浅野高尾、十一代目榊原高尾の許へも大名が通っていたとされる。

花魁は幻の花だ。吉原の外では決してお目にかかれない大輪の、艶やかな一輪。だが、そこそこの国構えの大名ならその花に手が届く。一夜千両を費やせば手折ることもできるだろう。

大名、花魁と呼ばれても、その名を脱ぎ捨てれば男と女だ。揉め事も厄介事も起こる。吉原においては日常茶飯のこと、犬猫の喧嘩ほどに、ありふれている。

その男はどんな経緯で女を殺し、腹を切り、家を取り潰され、結句、残された者たちは、どんな顛末を受け入れざるを得なかったのか。

わからない。しかし、呪いはあるまい。吉原での刃傷沙汰をおもしろおかしく尾鰭を付けてばらまいた者がいて、そこに呪いの噂が交じっていたに過ぎない。

たとえ千代田の城（江戸城）の主だとて、吉原に呪いはかけられない。男一人の呪詛など吉原は苦もなく呑み込み、嚙み砕き、消し去ってしまう。公方として、吉原断絶の触れを出すとしたら話はまた別だろうが、それはそれで、江戸の形を変える一大事にはなる。

「それはないね。花魁は赤疱瘡に罹っただけさ。呪いなど僅かも受けちゃいないよ」

「ほんとに。先生、それ、ほんとうのこと」

つるじの面がほわりと明るくなった。小さな花が開いたようだ。

「あたしは生まれてこの方、嘘は幾つもついてきたけどね、子どもには本当のことしか言わないように心掛けてるのさ」

「呪いでなかったら、病なら、先生が助けてくれるね」

「安請け合いはできないさ。でも、今のところ負ける気はしないね」

つるじの面の明るみがさらに増し、華やかささえ漂う。黙していたときの淋しげな風情とこの華やぎの差に、おゑんは軽く驚いた。小さな花ではない。牡丹の蕾を思わせる。この子はいずれは、二代目安芸を名乗るほどの花魁になるかもしれない。

ふと、感じ入る。

「ううっ……」

安芸が低く唸り、身動ぎした。

「いけない。ちょっとおしゃべりし過ぎたようだ。さ、おまえさんたちもお下がり。花魁のことはあたしに任せて、いらぬ心配はしないがいいよ」

二人の禿は、また、ぴたりと息の合った仕草で頷いた。そして、静かに出て行く。おゑんは手を洗い、安芸の傍らに座った。脈を取り、気息を測る。

あぁ、やはり。

安芸の肌の上に、目で確かめられるほどの薄桃色の発疹が現れている。色が白いだけに、ほのかな紅色が目立つ。これからさらに濃くなるだろう。正念場だ。

「お小夜さん」

耳元で囁く。安芸の本名だ。二人きりなら、その名で呼んで欲しいと告げられていた。

「お小夜さん、聞こえますか。あたしです。ゑんですよ」

括り枕の上で、お小夜の頭が左右に揺れた。瞼がゆっくりと持ち上がる。

「……ま、先生……」

「目が覚めましたか。お白湯を差し上げましょうね」

「ほんとに……先生？　夢でなく……」

「現ですよ。お小夜さんが倒れたと、美濃屋さんから使いが来たんです」

「先生、あたし……」

お小夜が手を伸ばしてくる。おゑんは両手でそっと掌を包み込んだ。

熱い。たっぷりと熾火を抱えた火鉢のようだ。火照る。火照る。

「お小夜さん、赤疱瘡のようですよ。これから熱が出て、ちょいときついかもしれません。けど、大丈夫ですからね。必ず治ります。暫くの辛抱ですからね」

「いいえ、辛抱なんて……あたし……」

不意に、お小夜が微笑んだ。胸を突かれるほど艶やかな笑みだ。肌は乾き、目は虚ろで、発疹が目立ち始めた病人であるのに、こんなにも色鮮やかに笑めるものなのか。

「あたし、嬉しいです」

「嬉しい？」

「夢を……見ていて……、先生とどこかを歩いている……夢。でも、あたし、わかってたんです。これは夢……だって。目が覚めたら、先生はいないって。あたしだけが……一人、残されるんだと」

誰かといる夢と一人だけの現、その間をお小夜は子どものころから、何度も行き来してきたのだろう。それなら、夢を見ずに寝入ってしまった方がよほどいい。そう唇を嚙みしめたことだって、幾度もあったはずだ。

「でも、違った。先生……幻じゃないですよね……」

お小夜がおゑんの手を握ってくる。思いがけないほど強い力だった。

「幻じゃ……ない。先生はほんとうに……ほんとうに……」

「ええ、ここにおりますよ。お小夜さんの傍におります」

「どこにも、行かずに……」

「ええ、どこにも行きません。ずっと離れずに、ここにおりますからね」

火照る手を握り返す。お小夜の息が荒くなった。目の端から涙が一粒、零れる。

「先生……夢みたい。あたし……夢で、綺麗な川の畔（ほとり）を歩いていて……水が綺麗で、きらきらと……先生……先生……ほんとに、あたし、嬉しくて」

お小夜の物言いが、譫言（うわごと）に近くなる。おゑんは薬籠から熱冷ましの丸薬を取り出した。お小夜の背中を支え、少し、起こす。

「お小夜さん、薬、飲めますか。いえ、飲んでもらいますよ。ほら、しっかりして」

おゑんの胸にもたれ、お小夜は目を閉じている。熱も重さも、身体の全てを預けていた。

「……このまま……先生に抱かれて死ぬのも……いいかも……」

「馬鹿をお言いでないよ。何を寝ぼけたこと言ってんだ。しゃんとしな。赤疱瘡ぐらいでくたばったりしたら、あたしが許さないよ。お小夜！　わかってんだろうね」

ひくりとお小夜の身体が震えた。目を開け、おゑんを見上げる。

「わかってるね。負けるんじゃない。こんなところでみすみす死ぬんじゃないよ」

「勝ったら……負けなかったら、ご褒美……くれますか」

途切れ途切れだが、譫言ではない。お小夜はちゃんとおゑんを見据えて話をしている。

そうだ、踏ん張れ。病などにいいように扱われるほど、弱い女じゃないはずだ。

おゑんはやや語気を緩めた。

「もちろん、なんなりと差し上げますよ。もっとも、あたしがあげられるものなんて、たかが知れてますけどね。お小夜さん、どんな褒美が欲しいんです。あたしでも購(あがな)えますかね」

「……先生じゃなければ駄目……先生だけが叶えてくれる。ね、先生、一度だけで……いいから、だから……あたしを抱いて……ください」

そろそろ昼見世が始まる刻なのか、賑やかな気配が障子窓からも襖の向こうからも伝わってくる。ただ、音も声も遠い。久五郎が人払いを徹底しているのだろう。

「わかりました。お約束しますよ、お小夜さん」

お小夜が大きく目を見張った。白く乾いた唇が震える。

「ほんとに……先生……ほんとに、約束を……」

震える唇の間に丸薬を押し込む。白湯を口に含むと、おゑんはお小夜の上に屈み込んだ。口移しで白湯を飲ませる。お小夜の口の中は他のどこよりも熱かった。

「これで、金打(きんちょう)(約束)といたしましょう。派手な音はしなかったけれど、誓約は済ませましたよ。ただ、全ては、元気になった後のことです。元通りの健やかな身体に戻ったとき、必ずご褒美をお渡ししますからね」

「ありが……ありがとうございます」

お小夜の双眸から涙があふれてくる。それを指先で拭い、もう一粒、丸薬を含ませる。今度は湯吞から直に、お小夜は白湯を飲んだ。

「たくさん、できるだけたくさん飲んでください。熱が高いと水気が失われます。人にとって、水気は何より大切なものなんです」

お小夜は二杯もの白湯を飲み干した。それから、深い息を一つ吐いて目を閉じた。

これからだ。ここから、本当の戦になる。由利は勝った。お小夜も負けはしないだろう。

おゑんは膝の上で指を握り込んだ。

巷より何刻も遅れて、吉原が起き出し、動き始める。

障子窓を通し、明るい光が差し込んできた。

九

美濃屋を出る。

空が焼けていた。橙色に焼けた空に雲がたなびき、淡く輝いている。光の届かない中天はまだ濃い鼠色を残していたが、その暗さがあるからだろう、余計に焼け空を眩しく感じる。

「夕焼けが」と呟いて、自分が東を見上げていると気が付いた。

朝焼けだ。

おゑんは大きく息を吸い込んだ。冷えた朝の気が胸の底まで下りてくる。

吉原はまだ眠りの最中だ。いや、客を見送った遊女たちはやっと、一人寝の床につけるころだろう。

大門の外とは違う刻が、ここには流れている。

おゑんはもう一度、さっきより緩やかに息を吸い、吐き出した。

「先生」

呼ばれて、振り返る。人の気配は察していたから、驚きはしない。

美濃屋久五郎が立っていた。後ろには甲三郎が控えている。どうやら、美濃屋主人の用心棒のような役回りも担っているらしい。

「安芸は峠を越えたようで、まことにありがとうございます」

久五郎は深々と頭を下げた後、安堵の笑みを浮かべた。愛想笑いも、薄ら笑いも、渋面も泣き面も自在に操り、顔に張り付けるのが亡八だ。しかし、おゑんに見せたこの笑みは紛い物ではあるまい。久五郎は心底から安心し、喜んでいるのだ。

「熱も下がり、痘痕も心配いらないとのこと。やれやれと胸を撫で下ろしております」

言葉を仕草で裏打ちする如く、久五郎の右手が胸を上下に撫でる。

「残念ながら、あたしの手柄じゃありませんよ。医者としてやれることなんぞ、ほとんどありませんでしたからね。花魁の身体が病に勝った。褒めるなら花魁の強さでしょうよ」

本音だ。赤疱瘡の患者に施せる治療などどれほどのものでもない。お小夜が生き延びられたのは、お小夜の功に他ならない。

「だからといって、薬礼を値切るのはなしですよ、美濃屋さん」

胸元に手を置き、くすりと笑ってみせる。久五郎も短い笑声を漏らした。

「ご安心ください。美濃屋久五郎、そこまで吝嗇ではございませんよ。先生のお力を侮ってもおりません。実際、先生だから安芸は助かったと思うております。他の医者なら、こうはいかなかったでしょう。ええ、薬がないというのは、そうかもしれません。しかし、先生はこの六日間、ずっと安芸の傍らについていてくださいました。それが、安芸にとって何よりの励みになったのは間違いございませんでしょう。よく、わかっております」

そこで、久五郎は大きく頷いた。

「むろん、薬礼は十分にさせていただきます」

「おや、それは嬉しいこと。楽しみにしておきましょう。で、美濃屋さん、これからのことですが、あたしは夜見世が始まる前に帰らせていただきますよ。他の患者のことも気になりますので。禿二人に病人の世話の要領を伝えておきたいので、今日一日、お貸しくださいな」

お春から昨日、由利を含めた患者の様子を詳しく記した文が届いた。それによると、由利は出血が止まり、発熱や痛みもないものの、食気は戻らず鬱々としているとのことだった。子が流れた衝撃を受け止めかねているのだろう。それにしても、おゑんの許で心身が多少なりとも回復していてよかった。でなければ凌ぎ切れなかっただろうと、お春は認めていた。

今のところ、どの患者にも差し迫った懸案はないように思える。しかし、どこで様相が一転するかわからない。由利は特に気掛かりだった。

帰って、診療しなければと焦りに近い情が動く。

「心得ました。今夜、お帰りということで取り計らいましょう」

「花魁は暫くは寮に移して、回復を待たねばなりませんよ」

「はい、そのようにいたします。はは、先生、ご心配なく。病み上がりの安芸を見世に出すような阿漕な真似はいたしません。元通りになるまで、ちゃんと養生させますよ」

久五郎の言葉に嘘はあるまい。大切な売り物は丁寧に扱うというわけだ。

「それと、美濃屋さん。例の件ですが、あれから変わった動きはありませんか」

声を潜める。久五郎の面が引き締まった。

「ええ、春駒の後はこれといって不穏な話は聞きませんなぁ。このまま収まってくれたら、よろしいのですが。そう上手く事が運ぶとは思えませんし……」

久五郎の声も低くなる。現の苦さを十分に承知している者の声だ。

そうだ。こちらの願うように、めでたく事が進むなど万に一つもない。かといって、今のところ、おゑんには、いや、他の誰であっても打つ手はない。何事も起こらぬよう祈りつつ、新たに何事かが起こるのを待つしかないのだ。

明らかな矛盾だ。つい、ため息を吐いてしまう。それをどう取り違えたか、久五郎は眉を八の字に寄せて、二度ばかり首肯した。

「先生もお疲れでしょう。ろくにお休みになっておられぬのですから、疲れて当たり前でございますな。部屋を用意します。少しの間でも横になるとよろしいのでは」

「いえ、結構です。禿さんたちに教えることを教えておきたいですからね。それに」

「それに？」

「昼の吉原を見物したい気持ちがございましてね」

亡くなった三人の女の中で、春駒と松花は昼過ぎに、お丁は朝方に倒れた。日の光が地に注いでいる時分だ。ならば、そのころに吉原がどんな貌を見せるのか、じっくりこの眼で確かめてみる。そのつもりだった。これといった当てがあるわけではない。そう容易く真相に辿り着けるはずもない。それでも、何かしら動いてみる。手をこまねいて静観しているより、性に合っている気がした。

「わかりました。先生の好きになさってください。ただ、朝餉は調えますので、是非に召し上がっていただきたいですな。あ、うちの見世で一、二を争う良い酒をお付けしましょう。先生はかなり、いける口のようですからな」

「ほほ、吉原で酒飲みを誇るほど不粋じゃござんせんよ。お心遣いはありがたいですが、朝酒は遠慮いたしましょう。それより、甲三郎さん」

久五郎の後ろに無言のまま立っていた男は、ゆっくりとおゑんに視線を向けた。

「へい」

「この文をお春さんに届けちゃもらえませんかね」

お春への返信だった。患者一人一人の治療法をざっと記してある。由利については、薬を飲ませ、日の光に当てることを指図しておいた。

明るい光そのものにも、光に照らされた風景にも、凝り固まった心をほぐす幾ばくかの力がある。夜具の中で身を縮めているよりも、縁に座って木々や風や空を見る。光に手をかざす。できるなら一歩でも二歩でも、歩く。むろんそれで、病が癒えるわけでも、傷が塞がるわけでもない。けれど日の光の明るさも温もりも、人には入り用だ。それは眼から肌から静かに染みて、人を生きる方向に引っぱってくれる。ほんの僅かであるにしても。

何十人もの女たちを診てきて、おゑんが摑んだ事実の一つだ。もっとも、お春のことだ。おゑんが指図するまでもなく、全て心得ているかもしれない。

空を見上げる。朝焼けは薄れ、碧空が広がろうとしていた。

今日は良い天気になる。風もなく、柔らかな日差しが地に降り注ぐ。天の恵みのような、麗しい一日になるのではないか。

「あぁ、順が違いましたかね。美濃屋さん、甲三郎さんをお借りしてもよござんすかとお断りを入れるのが先でしたか」

甲三郎がちらりと久五郎を見やった。美濃屋の主人は主人らしく鷹揚に頷く。

「承知しやした。お預かりいたしやす」

「ご無理を言いますが、堪忍ですよ。走り使いにしちゃあいけないお人なんでしょうが、お春さんに渡してから、患者の様子も聞いてきてもらいたいんですよ。で、他の人ではちょいと心許ない気がしましてね。甲三郎さんなら間違いはないでしょう」

「畏れ入りやす」

甲三郎は真顔のまま、おゑんの文を受け取った。

「では、先生、諸々よろしくお願いします」

もう一度、丁寧に頭を下げ、久五郎が見世に帰っていく。その背中からおゑんへと視線を移し、甲三郎が呟いた。

「美濃屋の旦那、えらく先生を買ってるみてえでやすね」

「今まで、多少なりとも見くびってたんじゃないですか。美濃屋ほどの構えになると、それなりの医者が掛かりつけになっているでしょうからね。闇医者と呼ばれている女なんて、本来なら歯牙にもかけない。そんなとこでしょうよ」

「女？」

甲三郎が瞬きした。ほんの刹那だが、眸に戸惑いが浮かぶ。

「先生って……女なんでやすか」

おゑんは胸元に手を置き、甲三郎を見詰める。

「ちょいと、それはどういう意味です？　ずい分と無礼な物言いじゃござんせんか。まあ、この通り背丈はあるし、色気はないしで、女と見てもらえないことは、ままありますがね。それにしても露骨過ぎますよ」

別に腹を立てているわけではない。ただ、こちらを見返してくる男に不穏な気を嗅いだ。不穏で剣呑で厄介な相手だと、改めて感じる。

鋭過ぎるのだ。幾重にも設けた壁を突き抜けて、事の本質を見抜く。だからこそ、生き延びてこられたのかもしれない。しかし、諸刃の剣ではあるまいか。この鋭さが命取りになる。そういうときが、こなければいいが。

「そんな意味じゃありやせん」

甲三郎がかぶりを振る。

「先生は艶っぽいでやすよ。少なくとも、あっしの知っている女の誰より艶がある」

硬い、生真面目とさえ思える口調だった。おゑんは、軽く肩を竦めた。

「あたしを口説いてるんですか」

「滅相もねえ。そんな度胸はありやせんよ」

「では、それとなくからかっている？」

「あっしが先生を？　なんでからかったりしなきゃならねえんです。正直、感服するこたぁ多々ありやすがね。あぁ、でも、あっしの言ったことをそんな風に取りなすったのなら、謝りやす。あっしは、先生を口説いたり、からかったりできるほどの器じゃありやせん。でも、先生のことは好いてやすよ。女だ男だという前に、おもしれえと思っちまいます。これまで生きてきて、先生みてえな得体の知れねえ、おもしれえお方に初めて出逢いやした」

「ああ、それはね、甲三郎さん」

胸元に手を置いたまま、おゑんは笑んでみる。甲三郎が僅かに顎を引いた。おゑんの笑みに不安と剣呑と厄介を嗅ぎ取ったのだろうか。

「両国（りょうごく）あたりの見世物小屋を覗くのと同じですよ。ろくろ首とか半獣人とか双頭の蛇とか珍奇なもの見たさに、ついつい木戸銭を払っちまう。入ってみたら、熊の毛皮を被った男だったり、二匹の蛇を括りつけているだけの紛い物だったり、騙（だま）されてがっかりするとわかりながら、ね。甲三郎さんも似たようなものじゃないですか。ちょいと毛色の変わった相手に興を引かれただけでしょうよ」

「ちょいとどころか、ずい分と変わってやすがね。けど、あっしは先生を珍奇だとも紛い物だとも思ったこたぁありやせん。じゃあ、どういうお人なのか。そこは全くわかってやしませんがね。でも、ああいう場所を作れるんだ。尋常じゃねえお方なのは確かでやしょう」

「ああいう場所？」

「先生のお家（うち）ですよ。なんだか妙に気持ちを持って行かれるみてえで」

竹林を背負った仕舞屋のことか。竹の香りと音に包まれて、ひっそりと建っているあの家が気に入ったと、甲三郎は告げている。

「不思議なところでやすよね。どう不思議なのか上手く言えねえけど……」

甲三郎は口をつぐみ、黙り込んだ。

おゑんの家では生と死が絡まり合っている。生きるための戦場(いくさば)とも死者を弔う場ともなる。その風変わりな気配に惹かれるのだろうか。

「静かじゃねえですか。静まり返っていて、だから風の音とか鳥の声とかよく聞こえやすよねえ。なのに、騒がしい……いや、騒がしいというより、とんとん弾んでる気がしてならねえんで。ひっそり暗いのに、ぱあっと明るくも感じちまう。なんとも奇妙じゃねえですか」

腕を組み、甲三郎が首を傾げた。本当に戸惑っている風だ。

「それは、お春さんがいるからじゃないですか」

「へ？　あの、おっかねえお春さんでやすか」

「まっ、おっかないだなんて。おまえさん、ほんとに口が過ぎますよ」

「へえ、けど、何度も怒鳴られやしたからね。蹴っ飛ばされそうにもなったし。おっかねえですよ。あんなにぽんぽん頭ごなしに叱られたのは、ガキのとき以来でやした」

つい、笑ってしまった。

「お春さんは生きるってことがどういうものなのか、わかってるんですよ。自分が生きるのも他人を生かすのも、同じぐらい難しい。でも、それをやるしかないって覚悟を決めている。だから、明かりになれるんじゃないでしょうかね。闇を照らすお灯明(とうみょう)みたいにね」

おゑんの家を女たちは訪れる。たいていは、人の世に疲れ、傷つき、死と連れ添ってやってくるのだ。諦めなくていい。望みを絶たなくていい。生きていいのだ。そう伝える。諦めろ。捨てろ。もう縋りつくな。そう伝えるときもある。黙って見守るだけのときもある。

お春の覚悟は闇に浮かぶ小さな灯火だ。この世が決して闇に閉ざされているだけではないと、女たちに告げる。

「じゃ、先生はお月さんでやすね」

「はい？」

「お春さんが灯明なら、先生は月じゃねえですか。月明かりがあれば、提灯がなくとも夜道は歩けやすぜ」

「お日さまじゃなくて、お月さんですか」

「へえ、先生とお日さまは重なりやせんね。やっぱり月でしょうよ」

「満月よりちょいと欠けた蒼い月、ですかね」

甲三郎と目を合わせる。

この男なら、灯火も月明かりもいらない。漆黒の道を違えずに進めるのだろう。

束の間、そんなことを考えてしまった。

「じゃあ、これから一っ走りして、お春さんに逢ってきやす」

「お願いいたします」

軽やかに身をひるがえし、甲三郎は路地に消えた。その後ろ姿を見送り、おゑんは天を仰いだ。明け切った空に鳥が飛ぶ。鳶だろうか、鷹だろうか。羽を広げ、悠然と旋回している。

むろん、どこにも月はなかった。

お小夜は白湯を飲み干すと、大きく息を吐き出した。

「美味しい」

「熱が引いた後は、喉が渇くものですよ。汗もかきましたからね。しっかり飲んでくださいな。さっ、もう一杯、いかがです」

湯呑に白湯を注ぎ足すと、お小夜は声を上げて笑った。

「もう十分ですよ、先生。水腹になって、ぽちゃぽちゃ音がしそうです」

「お小水がちゃんと出るまで、休み休みでも飲んでくださいな。わかりましたね」

「あら、お小水だなんて」

お小夜は顔を赤らめ、身を縮めた。窶れが、嫋々(じょうじょう)とした色香に変わる。

なるほど、これなら、並の男には太刀打ちできまい。炙(あぶ)られた蠟のように、蕩(とろ)けてしまう。

「お小水はね、身の内の汚れや余り物を外に流してくれるんですよ。出なけりゃ大変なことになります。ですから、しっかり出るように心掛けなくちゃなりません」

色香とは無縁の忠言を与える。お小夜は「はい」と素直に頷き、湯呑に口を付けた。

「ねえ、先生」

「なんです」

「もう、帰っておしまいになるんですね」

「ええ。患者がおりますからね。さすがにこれ以上、留守にはできません」

「あたしだけ、とはいかないわけですか」

おゑんは薬籠を片付けていた手を止めた。お小夜が、どこか虚ろな眼差しを向けてくる。

「お小夜さんは暫く、箕輪の寮で養生することになりそうです。美濃屋さんが手筈(てはず)を整えてくれるでしょう。今までのように、あたしが傍にいる要はなくなりますよ」

病気出養生。全盛の花魁だけに許された扱いだった。花魁は新造二人、禿二人をひきつれて別荘で保養することができるのだ。もっとも、その間の費え一切は花魁が引き受ける仕組みになっているのだが。

「さっ、ここに薬を調合しておきました。丸薬は熱冷ましです。吐き気や頭風の薬もあります。こちらは痒み止め。発疹は気になりますか」

「いいえ、ちっとも。痒みも痛みもさほどではありません」

「ええ、思いの外、軽くて済みました。熱が下がりきるまでに八日から十日はかかると覚悟していたのですが、早くに下がりましたねえ。お小夜さんの身体が強かったんです。たいしたもんですよ。熱が引けば、発疹も消えますからね。細かい糠のように皮が剝けてきて、肌に染みが残ります。でも、それもいずれ消えてしまいますから気に病まなくて大丈夫です」

「はい」

お小夜が目を伏せる。淋しげな陰が目の下に現れる。

「そうそう、いい物を差し上げましょう。この瓶の中身、なんだと思います」

わざと朗らかな声を上げて、おゑんは小さな瓶をお小夜に渡した。

「なんでしょうか。とろりとしてますね」

「ふふ、あたしが拵えた化粧水ですよ」

「けわいみず？　では、肌につけるのでしょうか」

「ええ、そうです。発疹が消えてから使ってみてくださいな。湯から上がったときに、手のひらに溜めて顔にたっぷりと叩き込むんです。熱が出た後ってのは肌も乾きやすくなっているんですよ。だから、荒れたりすることも多く、あっ」

小瓶が夜具の上に落ちる。お小夜の指が手首に食い込んできた。

「おしゃべりはもうたくさん。誤魔化さないで、先生」

「誤魔化す？　何をです」

お小夜の唇がめくれ、僅かに歯が覗いた。笑ったのだ。

「先生は約束しました。あたしがこの病を凌ぎ切ったら、褒美をくれるって」

「お小夜さん」

「あたしは凌ぎましたよ。苦しかったけれど、何があっても死なない、生き延びてみせるって、ずっと念じ続けてきました」

お小夜は凌ぎ切った。生き延びた。〝命定め〟とまで恐れられる病に負けなかった。身体の強さと想いの強さ、どちらも揃ったからこその勝ち戦だ。見事というしかない。

不意にお小夜が動いた。両腕を伸ばし、おゑんに抱き付く。微かに火照る身体が強く押し付けられる。腕は蛇のようにおゑんの首に巻き付いた。

「先生、逃がさない」

耳元で囁いた声は身体よりずっと火照っている。

「先生はあたしのもの。あたしは、先生が欲しくて生き延びたんです。だから、逃がさない。誤魔化してうやむやになんかさせないから。覚悟して」

おゑんは首を振った。お小夜の腕が緩む。それを両手で摑み、引き剝がす。

「あたしは誤魔化しも逃げもしませんよ。そういうやり方は性分に合わないんでね」

お小夜が唾を呑み込んだ。発疹の残る喉元が上下する。

「ただね、お小夜さん。あたしのために生き延びただなんて、料簡違いもいい加減にしておきな。あんたの命はあんたのものだ。あんただけのもんなんだ。自分の生き死にを他人に容易くあずけるんじゃないよ」

「それと、もう一つ」

お小夜は大きく目を見張ったまま、黙していた。瞬きもせず、おゑんを見詰めている。

すっと目を狭める。その目の中にどんな光が宿ったのか、お小夜が身を捩る。腕を摑まれていて動けないと気付いたのか、小さく声を上げた。

「先生……」

微かに震えが伝わってくる。

「駄目ですよ、仕掛けてきたのはあんただ。今さら、後には退けませんよ」

腕を放し、お小夜の頰をそっと包み込む。

「あたしを甘く見ない方がいい。抱けというなら抱いてもあげるさ。けどね、半端な気持ちで縋ってくるのなら容赦はしないよ。あたしを本気にさせるなら、それ相応の覚悟をしてもらう。そうとも、覚悟しなくちゃならないのは、あんたの方なんですよ、お小夜さん」

お小夜が唇を結んだ。双眸に涙が盛り上がり流れ落ち、おゑんの手を濡らす。

「……負けない。先生なんかに負けないんだから……」

おゑんの胸に顔を埋め、お小夜は泣きじゃくる。

「あたしは……あたしは強いの。先生なんかに負けたり……しない」

おゑんはお小夜の背中に手を回し、ゆっくりと撫でた。手のひらが骨に触れる。痩せたのだ。

「先生だけなの。先生だけでいいの。先生の傍にいたい。離れたくない。どうしたらいいかわからない。どうしようもないの。先生、先生、先生――」

背を撫で続ける。同じ緩やかな調子で、手を動かし続ける。

お小夜の身体から力が抜けた。気息がゆっくりと落ち着いてくる。

そのまま床に戻し、夜具を掛ける。脈を確かめ、おゑんは息を吐いた。

ちっ。自分に舌打ちする。

病人相手に何をやってんだい。医者の本分を忘れるんじゃないよ。

救える命を救う。それに尽きるではないか。お小夜の想いに応えるかどうかは、医者の本分の遥か埒外にある。では、医者でない、ゑんという一人の者として受け止めるかどうか。あれだけの一途な、一途過ぎる想いを受け止められるのかどうか。

約束はした。破るわけにはいかない。しかし、約束を果たした後に何が起こるのか。見当がつかないのだ。怖くはないが、危ういとは思う。お小夜を危うさの中に引き込んではならないとも思う。思えば思うほど、為すべき道が見えなくなる。

半端な気持ちで縋ってくるのなら容赦はしない？　ふん、よくも言えたもんだ。半端なところで迷っているのは、おまえの方じゃないか。

己をどれだけ叱っても、嗤っても、やはり道は見えない。

「お邪魔しいす。花魁、ござりんすか」

襖が開いて、つるじが入ってきた。

「花魁は今、眠ったところだけど、何か用ですか」

つるじとさくらには、赤疱瘡の病人にどう接するか、ざっと伝えてある。二人とも聡明で、呑み込みが早かった。頷きながら、帳面におゑんからの指図を記していく様は、なかなかに頼もしい。禿でなかったら、医者として育ててみたいほどだ。

「あ、先生。あの、朝方に楼主さまから聞いたけど、今日、帰ってしまうの」

口調がぱっと砕ける。このあたりが子どもらしくて、おもしろい。

「ええ、そのつもりですよ。どうかしたの」

「えっと、あの、今日はね、日が悪いんですって」

「え？」

「さくらちゃんがね、売卜者に占ってもらったの。そしたら、周りに今日、吉原を離れる女の人がいたら、さくらちゃんもその人も運が落ちるって言われたんだって。それで、さくらちゃん、先生がいつ帰るのか、あたしに確かめてくれって」

「おやまあ。それはそれは。でも大丈夫ですよ」

「今日は帰らないの、先生」

「いいえ、帰りますよ。でもね、あたしは女じゃない、医者ですからね。その占いとは無縁です。気にしなくていいと、さくらに伝えておくれな」

つるじが首を傾げる。意味がよく呑み込めなかったのだろう。無理もない。子ども相手に判じ物のようなことを言ってしまった。

「あたし、先生がいなくなると淋しい」

つるじは頬を染めて、照れたように笑った。

「先生のお手伝いができてよかった。あたしも先生みたいな」

口をつぐむ。医者になりたい。その一言を息と一緒に飲み下したようだ。禿は遊女より他の何者にもなれない。少女は骨の髄までわかっている。

「お邪魔しいした。気を付けてお帰りくんなまし。ありがたいことでありんす」

廓言葉で別れを告げ、つるじは部屋を出て行った。

おゑんは立ち上がり、窓から通りを眺める。間もなく、昼見世の始まる刻だ。どこか気怠い気配が吉原には漂っていた。

頭の隅に何かが引っ掛かる。なんだろう。つるじはさっきなんと言った？　何が、何が引っ掛かっている？

おゑんは障子の桟に手を置き、目を閉じた。

十

朝焼けは雨、ということわざがある。にもかかわらず、空は青く晴れ、その青が薄雲から透けて見えていた。一日中、天気に恵まれそうだ。

しかし、寒い。

北からの風が大門から水戸尻まで、仲の町の通りを吹き通っていく。凍てた風だ。春と冬がせめぎあい、次第に押されながらも冬が最後のあがきを続けている。そんな日になった。

おゑんは風に裾をなぶられながら、通りを歩く。

寒さのせいか、昼見世はいつもほどの賑わいはないようだ。それでも、籬越しに客たちは遊女をからかい、遊女たちはからかわれた振りをして客を誘い、文使いは客の文を女に手渡し託けを伝えていた。

ゆっくりと歩を進めながら、昼下がりの吉原を眺める。

平穏という皮を一枚めくれば、無残も悲惨も悲嘆も蠢く遊里ではあるけれど、禍々しさとは縁が薄い。とはいえ、心中したはずの女郎が路地の薄暗がりですすり泣いていただの、吉原通いで身代を潰し大川に身を投げた男が、見返り柳の下でうなだれていただの、怪談まがいの噂は尽きることがない。つるじが呪いを案じていた、さる大名の刃傷沙汰もその類の一つだろう。しかし、まことしやかに語りながら、噂は噂に過ぎないことを人々は知っていた。すすり泣く女も、佇む男も、間を持たすための、話の接ぎ穂としての、あるいは話を交わすきっかけとしての話柄でしかない。

「そういえば、えらく怖い話を聞きいした。思わず耳を塞ぐほど、怖い話でござりんした。主は聞きたいざんすか。お望みなら、お教えいたしんすよ」

「おまえさん、件の話を知ってるかい？　羅生門河岸の番屋の裏手でよ、見たってやつが何人もいるらしいぜ。え？　何をって、知らねえのか。とんだ半可通だねえ」

嫋々たる様で、ちょいと相手を見下した口振りで、目を伏せながら、笑いながら、好きに語る。その程度のものだ。本物の禍々しさなどどこにもない。

けれど、今度ばかりは……。

風と光の中に浮かび上がる吉原の町並み、それを眺めながら、おゑんは奥歯を嚙み締めた。

今度ばかりは、さしもの吉原も噂として食い潰すのは難しいかもしれない。いや、何があっても吉原は吉原。この世の全てを吞み込み、溶かし、変わらぬまま艶やかな幻を吐き続けるのだろうか。

わからない。ただ、三人の女たちが病で亡くなったとは、どうにも考えられない。考えられないだけで、病ではない、断じて違うとも言い切れない。

病でなければ、女たちの死の因はなんなのだ。そこに人の手が加わっているわけか。誰かが女たちを殺した。とすれば、吉原の住人という以外、繫がりのない女たちを殺す理由があったのか。繫がりのない……本当に、ないのだろうか。

お丁、松花、春駒。あの三人に繫がりはないのか。

頭の中で思案が渦巻く。渦巻くだけで、一向に収まるべき場所に収まってくれない。思案の道筋が見えないのだ。

おゑんはこめかみに指をあて、小さく息を吐きだした。

気にかかることはもう一つある。

甲三郎からなんの報せもないのだ。お春へ文を渡し、患者の様子を報せてくれと頼んだ。引き受けてくれた甲三郎が大門の外に出て行ったのは朝方、東の空が紅く焼けていた時分だ。明六つ（午前六時ごろ）が過ぎたか過ぎないかといった刻だろう。

もう昼下がり、昼見世はとっくに始まっている。なのに、甲三郎は姿を現さない。

おかしい。

吉原からおゑんの家まで男の足なら半刻あまりかかる。しかし、甲三郎なら半刻も要るまい。お春へ文を渡し、その返事もぬかりなく受け取ってきてくれるはずだ。甲三郎を善人とも使い勝手がいいとも思いはしない。そこまで、迂闊ではない。ただ、様々な能に長けた相手なのは確かだ。このままなら、いずれ吉原の首代として名を知られるようになるだろう。今でも、その兆しはあるのかもしれない。もっとも、未来(さき)など誰にもわからない。まして、ここは吉原、当たり前の日々とは懸け離れた世界だ。能があるから名を成せるわけでもないし、名を成したいと望む者たちがいるのかどうかも怪しい。

ともかく甲三郎なら、とっくに帰り着いて、お春から聞いた患者の様子を報せに来てくれてもいいはずなのだが。

何かあった？

何かあって帰ってこられなくなった。それとも、帰ってはいるがおゑんの許に来られない事情ができた。どちらだろうか。どちらにしても、気にはなる。

角町(すみちょう)の仕舞屋がねぐらだと聞いた覚えがある。探して見つかるものではないとわかってはいるが、つい、あちこちに目をやっていた。

風が足元を吹きすぎていく。雲が流れ、空は青みを増す。

遊女屋と並んで質屋や酒屋、すし屋が軒を連ね、縄暖簾が風に揺れていた。

足が止まる。

角町まで来ていた。遊女屋と縄暖簾を掛けているすし屋に挟まれた路地、昼間でも日は差し込まず、苔むした匂いが漂っているような狭い道だ。

その薄暗さに身を隠すかのように男が立っていた。

遊女屋の板壁にもたれ、うつむいている。

甲三郎さん――。

甲三郎だった。

人違いかと、おゑんは瞬きしていた。姿形は甲三郎ではあるが、気配がまるで異なっていたのだ。隙だらけだ。甲三郎は、正面は言うに及ばず、背後からも横合いからも攻めようがないと思わせるだけの凄みを、初めて出逢ったときから発していた。そういう男がおゑんの視線にも気配にも気が付かないままでいる。魂が抜け落ちたみたいだ。虚ろにさえ見える。

甲三郎が両手で顔を覆った。壁に背を預けたまま、ずるずるとしゃがみ込む。嗚咽が漏れることはなかったが、指先が震えているのは見て取れた。

おゑんは踵(きびす)を返し、足音を立てぬようにその場を去った。

仲の町の通りを水戸尻まで歩くつもりだったが、止めた。見てはならないものを見てしまった。そんな想いに胸が騒ぐ。

どうしたのだ。あの男はなぜ、あそこまで追い詰められている？　何者かに襲われたとか、誰かと戦ったとかではないだろう。得物を携えているようには見えなかったし、着物も乱れていなかった。傷を負った風ではなく、ただ取り乱し、情を制しきれない様子だった。さほど長い付き合いではないが、甲三郎は余程のことでもない限り、慌ても騒ぎも乱れも、まして打ちひしがれたりもしない。そういう類の男だとは解していた。

その〝余程のこと〟が起こったというわけだろうか。

今朝は変わりなかった。隙など微塵も感じさせず、そのくせ軽妙な物言いをしていた。そう、変わりはなかったのだ。とすれば……。

うちで？

おゑんは顔を上げる。空の青が目に染みた。

竹林を背負ったあの家、おゑんの住処であり仕事場である家で何かあったのか。

空から目を逸らし、瞬きしてみる。眸に映った青が溶けて、身体の内に滴り落ちる。ぽちゃりぽちゃりと音がする。そんな気がした。

甲三郎を案じても仕方ない。おゑんにできることなど、おそらく一つもないだろう。けれど、竹林のあの家で何かが起こったとすれば、できる、できないなど言っていられない。あそこには、おゑんが守らねばならない諸々があるのだ。

帰ろう。吉原を探索するのは後回しだ。急ぎ、帰ったほうがいい。

足を速める。

風と一緒に笑い声が背中にぶつかってきた。

妓楼の籬の向こうで数人の女郎が笑っている。大格子側では女易者が筮竹(ぜいちく)を鳴らしていた。その卦(け)がおもしろかったのか、嬉しかったのか、新造の一人が朗らかな声をあげたのだ。

吉原の女たちは事あるごとに吉凶を占う。みながみな、本気で占いを信じているわけではあるまい。今の現(うつつ)に縋れるものがないのなら、せめて未来を夢見たいと思っているのか、暇潰しにちょうどいいだけなのか、ともかく、たびたび売卜者を呼び寄せる。

おゑんは歩きながら、視線を巡らせていた。

他の妓楼の前にも易者が一人、遊女と話し込んでいる。その横を頰かむりした冷やかしの客が二人連れ、三人連れで行き過ぎた。文を手にした禿が急ぎ足で走り去る。虚無僧もいる。新造がおひねりを渡していた。

吉原の上を刻はゆっくりと流れていく。

足が止まったのは、美濃屋近くまで戻ったときだ。こちらに、真っ直ぐに走ってくる小さな姿が目に留まった。

つるじだ。

「先生、先生。あっ」

つるじがつんのめる。とっさに伸ばしたおゑんの腕の中に、倒れ込んできた。赤い鼻緒のぽっくりが転がる。

「どうしたんだい。何を慌ててる」

嫌な、素足で百足を踏んだときに似た嫌な心持ちに、身体が震える。

「先生、来て。早く来て。さくらちゃんが」

つるじが頭を横に振る。切りそろえた髪の先が激しく揺れた。

さくらは身体を丸めて、夜具に横たわっていた。目を固く閉じ、唇は色褪せている。

「ふ、二人で花魁のところに行こうとしたの。そしたら、階段のところで急に……急にさくらちゃんが倒れて、ほんとに急で……さ、さっきまでおしゃべりしてたのに、笑ってたのに。さくらちゃん、目を覚まして、目を覚ましてよ」

「先生、これは」

　つるじの涙声を久五郎は遮り、身を乗り出してきた。

「まさか、例のあれでは」

「かもしれません」

「赤疱瘡じゃないのですか。安芸の病が感染ったのかもしれませんよ。さくらは、かなり近くにおりましたから感染っても不思議じゃないでしょう」

「ちがいます」

　今度はおゑんが久五郎の言葉を遮る。

「この子は赤疱瘡に罹ったことがあると、はっきり言いました。だから、花魁の看病に付けたんでしょう。赤疱瘡は一度罹れば、二度目はありませんよ」

「で、でも、それが覚え違いだったということも……」

「美濃屋さん、赤疱瘡ならちょっと前まで元気だった者が、突然に倒れたりはしません。しかも、熱も出てない。明らかに赤疱瘡とは違います」

　言うまでもない。久五郎はよくわかっているはずだ。ただ、人というものは厄介な作りになっている。頭でわかっていることを心が受け入れるとは限らないのだ。受け入れなくてもいい手立てを、この亡八は懸命に探っているのだろう。

　そんなもの、ありはしない。人の思惑次第で変化してくれるほど、現は甘くない。

「で、ではやはり……松花や春駒と同じ……」

久五郎の息が荒くなる。黒目が泳いだ。現を呑み込もうとするように、息を吸い込む。松花や春駒と同じ。その見込みは大きい。もし、そうだとしたら、どう手を打てばいいのか、見当がつかない。

「う、うん……」

さくらが小さく呻いた。睫毛（まつげ）がひくひくと動く。色褪せた唇も動く。何か声らしきものが漏れた。必死に目を開けようとしている。そんな風に見えた。

「さくらちゃん」

つるじが久五郎を押しのけるようにして、前に出る。水の入った椀と手拭いを持っていた。

「水、欲しいんだよね。喉が渇いてるんだよね。待って、今、あげるから」

「え、おい、つるじ。余計なことをするんじゃない。おまえは、引っ込んでいなさい」

おゑんは眼差しで、久五郎を止めた。久五郎が口を閉じ、顎を引く。

「さくらちゃん、ほら、お水だよ。おいしいよ。ほら、飲んで」

つるじが手拭いを水に浸（ひた）し、さくらの口に含ませる。おゑんが教えた飲ませ方だ。

さくらが唇を窄めた。水を吸う微かな音が聞こえた。

「先生」

つるじが叫んだ。

「さくらちゃん、水、飲んだよ。ちゃんと飲んだよ、先生」

おゑんは頷き、息を呑む。禿の濡れた唇は、その名の通り仄かな桜色が戻ってきた。生きている者の色だ。まだ十分に生きる力を宿した色だ。

亡くなった三人の女のうち、おゑんが直に目にしたのは、おもん一人、春駒という廓名を与えられた新造だけだ。

おもんとさくらは明らかに違う。年齢とか姿形ではない。死神に足を掴まれているか、いないか、だ。おもんは掴まれ、死の淵に引きずり込まれてしまった。おゑんが診療したときは既に手遅れだった。手首から先がかろうじて水面から覗いている。そんなありさまだった。

さくらは違う。まだ、間に合う。

いや、間に合わせてみせる。引き上げるのだ。淵の中に沈んでいく者を指をくわえて眺めているわけにはいかない。

「つるじ、さくらが倒れたのはさっきなんだね」

「はい」

違いは、そこか。さくらは他の三人のように、誰にも気付かれないまま、あるいは手立てもなく放っておかれることはなかった。

だとすれば、刻との勝負になる。

どうすればいい。どうすれば、この娘を助けられる。

唇を強く嚙む。痛みと微かな血の味が口中に広がった。

どういう手を打つか。それがわからねば、間に合ったなどと大口は叩けない。

どうすればいい。どうすれば、どうすれば……。

「ううっ」。さくらがまた呻いた。苦しいのか、辛いのか、助けを求めるように手を空に伸ばした。

「さくらちゃん」。つるじがその手を握り締める。

「先生、お願い。お願いします」

お願いだから助けて、さくらちゃんを助けてください。

声にならない声が、眼差しが、おゑんに縋りついてくる。振りほどけない。「打つ手がないんだよ」と告げて、目を伏せる。そんな真似はできない。できないなら、どうするか。

うん？　おゑんは身を屈めた。

「これは……」

つるじが握ったさくらの指先、そこがうっすらと汚れている。

「ちょいと、ごめんよ。よく、見せておくれ」

さくらの右手の指先、腹のところに何かついている。薄茶色の粉のようだ。鼻を近づけると仄かに甘い匂いがした。馴染みのない匂いではない。これは……。

「黄粉（きなこ）？」

思わず呟いていた。久五郎が眉間に皺を寄せ、怪訝な表情を作る。黄粉？　それがどうしたという顔つきだ。今の張り詰めた気配と黄粉は、あまりに隔たりがあり過ぎる。

「黄粉棒だよ」

答えたのはつるじだった。

「倒れる前に、さくらちゃんとあたし、黄粉棒を食べてたの」

「黄粉棒ってのは、お菓子かい」

つるじが頷く。久五郎が口を挟んできた。

「一文菓子みたいなもんですよ。黒蜜と米粉を練って蒸したものに、黄粉をまぶしてある。それだけのものです。まあ、子どもの菓子ですな」

口調が心持ち尖っている。苛立っているのだ。この危急の折、一文菓子ごときどうでもいいではないかと、久五郎は怒鳴りつけたいのだろう。気持ちはわからないではないが、美濃屋の主の心内など、それこそ、どうでもいい。

「さくらと二人で食べたんだね」

「うん。さくらちゃんからもらった。黄粉棒が二本あるからって、一つ、くれたの。甘くて美味しかったけど、食べてちょっとしたら、さくらちゃんが急に……」

「つるじ、小盥（こだらい）を持っておいで。なけりゃ、桶でも大鉢でもなんでもいい。早く」

「は、はい」

文字通り飛び上がり、つるじは転がるように外に出て行った。

「そんなものがどうして要るんで……、あっ、あ、先生、何をなさるんです」

久五郎が腰を浮かせた。右手をばたばたと振る。

「さくらは病人です。そんな無茶は」

おゑんはさくらを抱き起こすと、口の中に指を突っ込んだ。

「うえっ」とさくらが声を出す。

「さくら、あたしの声が聞こえてるね。吐き出すんだ。腹の中のものを全部、吐き出すんだよ。わかるね、聞こえてるね、さくら」

さくらは目を開けない。けれど、僅かに頭を縦に振ったようだ。首肯したのだ。

「よしっ。がんばるんだよ。花魁もがんばったんだ。負けるんじゃないよ」

やや口荒く励ましながら、さくらの背後から腰のあたりに腕を回す。臍の位置を確かめ、握りこぶしを臍のやや上あたり、みぞおちより下に当てて、上方に向かって突き上げる。

久五郎がぽかりと口を開いたまま、おゑんを見上げていた。飛び切りの間抜け面ではあったが、笑う余裕などむろんない。汗が滲み、流れ、目に染みた。

「先生、これを」

つるじが小さな盥を持って、駆け込んでくる。

「げふっ」。さくらがくぐもった声を出した。

げふっ、げふっ、げふっ。

「吐くんだよ。全部、吐き出しておしまい」

つるじが差し出した盥の中に、さくらが反吐を吐き出した。

「うひゃあ」

久五郎が頓狂な悲鳴をあげ、半身を引いた。つるじは口を一文字に結び、両の手でしっかりと盥を支えている。主より余程、肝が据わっているようだ。

「美濃屋さん、水を」

「へ？」

「へ？　じゃないよ。そこの急須に水が入ってるだろう。持ってきな」

「は、え？　み、水ですか」

「そうだよ。早くおし。愚図愚図すんじゃないよ」

わざと鉄火な物言いをする。こういうとき、尖って激しい言葉は気付け薬の役目をしてくれるのだ。

久五郎は白地の急須を右手に、湯呑を左手に握って捧げるように持ち上げた。急須だけ受け取る。さくらを膝の上に抱き、口の中に急須から直に水を注ぐ。ゆっくりと、慌てず、少しずつ……。さくらの口の端から水が滴り落ちる。おゑんの膝も夜具も濡れていく。

「……ちゃん」

さくらの口が僅かに開き、息が漏れた。か細いけれど、確かな気息だ。

「おつる……ちゃん」

「はい。いるよ。さくらちゃん、あたし、ここにいるよ」

「また……石けりして……遊ぼう……」

「うん。遊ぼう。お琴の稽古、手習いも一緒にしよう。石けりも、隠れ鬼もしよう」

さくらが微笑んだ。それから、ふうっと息を吐き出し、目を閉じる。

「先生」。つるじが目を見開いたまま、おゑんを見詰める。頬には血の気がなかった。

「大丈夫、眠っただけだよ。安心おしな」

「眠った？　さくらちゃん、眠ってるの」

「ああ。そうさ。ほら、寝息が聞こえるだろう」

さくらを夜具に横たえる。つるじがおそるおそる屈み込み、「ほんとだ」と呟いた。喜色が顔中に広がる。一瞬だが、華やかな、艶やかな風情が漂った。

「先生、ほんとだ。さくらちゃん、ちゃんと息をしている」

「ああ、そうさ。脈もしっかりしている。血の気も戻ったね」

「さくらちゃん、助かるんだね。死んだりしないんだね」

もちろんだよと答えてやりたい。この禿を安心させてやりたい。しかし、容易くその一言が出てこない。もちろんだよとは頷けないのだ。

廓の中でつるじとさくらは、友というより姉妹のように心を通わせて生きてきたに違いない。男は生きるための糧ではあるが、よすがとはならない。どこまでも客でしかないのだ。男を生きるよすがとしてしまえば、吉原の遊女は務まらなくなる。しかし、女同士なら、本当に心を許せる相手と巡り会えたのなら、支えることも支えられることもできる。

ふと、武蔵屋の八雲という遊女を思った。会ったことも見たこともない。甲三郎の口から名前を聞いただけの女だ。松花の最期を看取ったという女郎は、おそらく、その松花と支え合った時期があったのだろう。つるじとさくらのように。

松花は亡くなった。さくらは生きている。確かに生きている。今は、だ。明日は、明後日は、三日後は、一月（ひとつき）の後は、わからない。何が因でさくらが倒れたのか、まだ、明白にはならない。事の九割、いや九割九分が闇の中なのだ。

「先生……」

黙り込んだおゑんに何を感じたのか、つるじがこくりと唾を呑み込んだ。

「駄目なの。さくらちゃん……そんなことないよね。助かるよね。だって、ちゃんと息してるよ。さっき、あたしに話しかけてきたよ。もう、大丈夫なんでしょ、先生。ねえ、なんで黙ってるの。どうして、ちゃんと答えてくれないの。狡（ずる）いよ、先生」

狡い。そうかもしれない。沈黙が答えになるときとならないときがある。今は、ならないときだ。そこは、わかっている。この真摯な問いかけに答えねばならないとも、わかっている。おゑんは息を吸い、丹田に力を込めた。

「このまま、さくらが死ぬとは思えないね。息も脈もしっかりしてきたからね。熱もないし、苦しんでもいない。少し眠ったら、目を覚ますだろうと、あたしは思うよ。でも、確かだと約束はできない。このまま……、目を開けないままってことも、あるかもしれない。わからないんだよ、つるじ。この先、さくらがどうなるか。あたしには、なんとも言い切れないんだ」

「そんな、そんな。先生、お医者さまでしょ。花魁を助けてくれたんでしょ。それなら、さくらちゃんも助けてよ。花魁だけ助けるなんて、やっぱり狡い。狡いよ」

「つるじ、いい加減にしないか」

久五郎が主の貫禄を取り戻した口調で、禿を叱る。

「先生になんて口を利いてるんだ。それに、ちゃんと廓言葉を使いなさい。もうここはいいから、庭の掃除でも、三味線の稽古でもしてくればいい」

「……はい、ごめんなんし。失礼しいす」

指を突き頭を下げると、つるじは座敷を出て行った。さっきとは打って変わった、重い足取りだ。ため息を吐きそうになる。惨いことをしたと、己を詰りたくなる。

しかし、おゑんは医者だった。

正体の知れぬ病、いや、病とさえ言い切れぬ何かに対しているこのとき、軽はずみな気休めは告げられない。

「美濃屋さん」

「はい」

「さくらの着物を着替えさせてくださいな。水で濡れちまったから」

「心得ました」

「それと、駕籠を用意してもらえますかね。一度、家に帰りたいんですよ」

疲れた。歩いて帰る気力がわいてこない。

「はい、すぐに手配いたします。先生、この度はまことにありがとうございました」

久五郎が深々と低頭する。

「やめてくださいな。花魁はともかく、さくらは助かるとは言い切れませんからね」

「安芸だけで、十分でございます」

顔を上げ、久五郎はこともなげに言った。

「安芸は美濃屋の花魁です。どうしても死なすわけには参りません。しかし、さくらは、まだ禿に過ぎません。むろん、亡くなれば惜しい。なかなかの女郎になれる娘だと思い、育ててきましたので。けれどまあ、安芸と比べればまだ、諦めがつくというものですよ」

人の命ではなく品物の格の話を、久五郎はしている。吉原の亡八としては、当たり前の言葉だろう。腹を立てるものでも責める筋合のものでもない。ただ、律儀に耳を傾けるものでもなかった。おゑんは立ち上がり、小盥を手に取った。

「美濃屋さん。これ、いただきますよ」

「え、そんな汚物をですか」

「汚物？　とんでもない。これが、この一件を解き明かすきっかけになるかもしれないんです」

「は、きっかけ……」

久五郎が首をひねる。さくらは、安らかな寝息をたてていた。

十一

「先生」

大門口の前で声を掛けられた。久五郎が用意した駕籠に乗り込む寸前だった。

「甲三郎さん」

収まる気配のない風の中に甲三郎が立っていた。腰を屈め、「すいやせん」と詫び言葉を口にする。

「先生からのお役目、果たせやせんでした」

おゑんは甲三郎に顔を向け、ほんの少し笑んでみせた。

「構いませんよ。これから帰ろうと思いますからね。けど、何かありました？　甲三郎さんが請け負った仕事を半端なままにしとくなんざ珍しいんじゃないですか」

何気ない口調で尋ねてみる。束の間、路地の奥で顔を覆っていた姿が脳裏を過った。

「へえ、面目ねえこって。あの後、抜き差しならねえ用ができちまって、申し訳ありやせん」

「いいんですよ。気にしないでくださいな」

抜き差しならない用とは、さて、なんなのか。それとも、そんなものは端からなかったのか。気にはなるが詮索しても始まらないとわかっている。

「先生は、お仕事をきちんと成し遂げたようでやすね」

「さくらのことですか」

「へえ、禿の命を助けたと聞きやしたよ。とすれば、あの病に罹りながら生き延びた初めての例になりやすね」

「そうですね。このまま、さくらが回復すればそういうことになります」

「ならない見込みもあるんで？」

「あるでしょうね。何しろ、正体がまるでわからない敵が相手なんですから」

どう攻めてくるのか、どんな牙や爪、得物を隠し持っているのか見当がつかない。守勢に回るしかないが、防ぐ手立てそのものが見えていないのだ。この先、また、誰かが犠牲になるかもしれず、さくらは回復しないままになるかもしれない。

防ぎ、凌ぎ、隙を狙い相手を倒す。

至難というしかない。しかし、正体を摑めない敵に怯え、途方に暮れ、手をこまねいているばかりでは、あまりに能がない。

「ねえ、甲三郎さん。その抜き差しならない用とやらは、もう片がついたんでしょうか」

「へっ？　あ、ええ、まあ一応は片づけやした」

「じゃあ、もう一つ、新たに頼み事をしてもよござんすかね」

甲三郎が眉を寄せた。渋面というより、痛みに耐えている、そんな顔つきになる。しかし、一瞬で表情は消え、なんの情も感じさせない面で首肯する。

「へえ、あっしにできることでやすかね」

「甲三郎さんにしか、頼めないんですよ。吉原での調べ事ですからね」

おゑんは、甲三郎に近づくと耳元で囁いた。

甲三郎は瞬きし、その目を少しばかり細くする。問うように首を傾げたが、とりたてて何も尋ねなかった。短く返事だけをする。

「わかりやした。やってみます」

「お願いしますよ。日数はどのくらいかかりますかね」

「二日もあれば」

「では、二日経ったら中途であっても、報せてくださいますか」

うん？

甲三郎からたじろぐ気配が伝わってきた。寸の間であったが、確かな気配だった。この男から逡巡を感じるのは初めてだ。

「花魁やさくらのこともありますからね。あたしは暫く、一日おきぐらいには美濃屋に出入りすることになるでしょう。そのときにでも、お願いしますよ」

「承知しやした」

甲三郎が息を吐く。おそらく、安堵の含まれた吐息だ。

あたしの家に顔を出したくない？　そうだろうか。

駕籠舁きが空咳をする。早くしろと暗に急かしているのだ。

「それじゃあ、すみませんが、諸々、お頼みいたします」

「へい。お任せくだせえ。今度は抜かりなくやらせてもらいやすよ」

おゑんが駕籠に乗り込もうとしたとき、久五郎が急ぎ足で寄ってきた。後ろに男を一人従えている。痩せて血色の悪い、けれど整った顔立ちの男だ。美濃屋の番頭で、確か重助(じゅうすけ)という名だった。妓楼の番頭は、たいてい暮れ方から翌朝まで帳場に座り通す。金の出納、物品の買入れ、使用人の差配から客の良し悪しの見極めまで受け持つ。商いの肝になる役目を担っているのだ。重助は昼見世あたりから、見世内にいることも多く、何度か、挨拶をした覚えがある。夕暮れどきの空の下に立っていると、帳場に座っているときより三つ、四つは若く見えた。

「先生、よかった。お見送りに間に合いました。知らぬ間にお帰りになったと聞いて慌てましたよ。重助が教えてくれなかったら、とんだご無礼をするところでした」

久五郎は息を弾ませ、少しばかり咎めるような物言いをした。

「あたしは豪遊した客じゃありません。ただの医者です。美濃屋さんに見送っていただけるほどの身だと、そこまで自惚(うぬぼ)れちゃいませんよ」

「ご冗談を。先生をお見送りせねば、美濃屋久五郎の立つ瀬がなくなりますよ。ええ、何もかも、先生のおかげです。ああ、そうだ。さくらも、はっきりと目を覚ましたんだね、重助」

「はい。さきほど様子を見てまいりました。お腹が空いて、飯が食べたいと言うておりましたが、先生、いかがなものでしょうか」

重助が内緒話をするような低い声音で問うてくる。そういえば、この番頭が大声を上げたり、誰かを手酷く叱責したりしている姿を目にした覚えはなかった。

「無理に吐かせちまいましたからね。胃の腑を少し休ませてやる方がよいでしょう。今日のところは重湯か重湯に近い粥ぐらいにしといてくださいな。明日になれば、ほぼ、元に戻して差し支えないでしょうが、それでも、よく煮込んだ饂飩なんかが無難でしょうかね。あたしがまた、診察するまでは我慢だと、さくらに言い聞かせておいてもらいましょうか」

「ありがとうございます。まことに、先生のおかげです。薬礼などはまた改めまして」

久五郎が目配せすると、重助がすっと前に出てくる。袂がずしりと重くなった。金包みが落とされたのだ。おゑんは重助の顔を見やったが、番頭は目を伏せたまま、主の後ろに退いた。

久五郎が囁く。

「薬礼ではございません。心ばかりの御礼でございます」

「美濃屋さん、あたしは惣名主からお手当をいただいております」

「安芸の分です」

おゑんの袂を押さえ、久五郎は首を横に振った。

「先生が吉原の仕事として引き受けられた一件と安芸の病は、関わりございませんな」

「ええ、まるで別のものですが」

「だとしたら、美濃屋として御礼、薬礼はお支払いいたしませんと、筋が通りません」

「ならば、これは薬礼としていただいときますよ」

「先生、安芸は本物の花魁でございます。吉原花魁の張りを持った名妓です。わたしとしては、かの高尾や薄雲に勝るとも劣らぬと思うております。赤疱瘡などに奪われていたら、美濃屋だけでなく吉原にとって底知れぬ痛手となっておりました。それを先生が救ってくださった。薬礼とは別の御礼は当然かと思います」

おゑんは軽く合点した。ここで、楼主と言い合っても仕方あるまい。それに、金子は邪魔にはならない。生薬(しょうやく)を購うにも、赤子の世話をするにも、患者の膳を調えるにも金は要る。

「では、遠慮なく。何事もなければ明後日にでも往診いたします。花魁も禿も、同じように気を配っておいてください。二人ともまだ、病が癒えたわけじゃありませんから」

同じようにのところに、力を込める。安芸はおそらく、順調に回復できるだろう。赤疱瘡という病と人との付き合いは長い。よく効く薬があるわけでも治す手立てが定まっているわけでもない。しかし、病の見通しは、ほぼついている。おゑんのこれまでの見聞からすれば、安芸は窮地を脱したと言える。しかし、さくらはどうだろうか。この先、何が起こるか、何も起こらないか、おゑんには、いや、誰にも言い切れないのだ。先例がない。さくらより他に生き延びた者は一人もいないのだ。

目を向け、心を掛けるべきは花魁より禿だった。が、それは医者の論だ。吉原の亡八に通じるかどうかは、些か心許ない。

「心得ております。何か異変がございましたら、すぐに先生をお呼びいたしますので」

久五郎は、おゑんの胸中を推し測ったような返事をし、笑みを浮かべた。

「お願いいたしますよ。では、あたしはこれで。わざわざのお見送り、畏れ入ります」

久五郎と重助、甲三郎が頭を下げる。男三人に見送られ、おゑんは駕籠に乗り込んだ。

「よいさっ」。掛け声とともに、四つ手駕籠が揺れる。

まもなく夜見世が始まろうかというころだ。辻行灯の明かりが点り、仲の町の通りを淡く照らし出す。昼間とは異なる妖艶な気配が満ちて、清掻の音がその気配を掻き立てる。

ずい分と張り込んだもんだね。

金包みを取り出し、おゑんは苦笑してしまった。

久五郎が吝嗇とは思わないが、金の使いどころは心得ているはずだ。仮にも吉原で長く遊女屋を取り仕切ってきた男なのだ。抜け目はあるまい。算盤を弾く能は具えている。一時の情に酔って大枚をはたく。それは遊客の振る舞いであって、吉原の住人の挙ではないともわかっている。わかった上で相当の金子をおゐんの袂に滑り込ませた。惜しげもなく。

とすれば、これは安芸の命に見合った金の重さ、というわけか。いや、見合ってはいない。

包みを袂に戻し、吉原随一の花魁に想いを馳せる。

詳しくは知らない。安芸は客についてどんな些細なことも語らなかった。むろん、おゐんも尋ねない。ただ、高位の武家なり江戸有数の豪商なりが馴染みになっているとは耳に挟んだ。安芸の位からすれば当然だろう。

あと数年は、安芸は全盛の花魁でいられる。その間に、美濃屋が手にする金子はどれほどになるのか。「安芸なくして美濃屋は成り立ちません。先生、どうかお助けください」。久五郎の必死の面持ちが過って、すぐに消える。代わりのように、川口屋平左衛門の冷えた声がよみがえってきた。

「花魁は先生に惚れてます。そこは見誤ってはおりませんよ」

ぞくり。あのとき感じた悪寒よりもさらに強く、寒気が走る。先生は大切な人だと、平左衛門も久五郎も口を揃えた。嘘ではあるまい。この奇妙な一件が片づくまでは、おゐんは大切な者として扱われる。しかし、事が落着したら……どうなる。

安芸が本気であればあるほど、おゐんは邪魔になる。邪魔なら除かねばならない。それが吉原の理（ことわり）だ。

ふふっ。一人、笑んでしまった。声を上げて笑いたい衝迫（しょうはく）を無理やり抑えつける。駕籠に揺られながら笑ったりしていれば、担ぎ手はさぞや気味悪がるだろう。常軌を逸したか、狐狸にでも取り憑かれたかと、駕籠から引きずり出されてしまう。

笑いの波を息と一緒に呑み下す。

覚悟を決めなきゃならないのは、お小夜さんだけじゃない。あたしもだ。

その覚悟がまだできていなかった。一途であるだけ、安芸の方が腹が据わっている。己の小心さがおかしくて、おゑんは声を上げずに暫く笑っていた。

駕籠は五十間道（ごじっけんみち）を抜け、衣紋坂（えもんざか）を上り、日本堤を走る。堤の両側には水茶屋が並び、物売りの声が響く。歩いて吉原に向かう客たちが浮き立つ足取りで過ぎていく。どこまでも陽気で弾んだ声や物音が伝わってきた。

駕籠舁きたちはぴたりと息を合わせ、一定の調子で進んでいた。なかなかに年季の入った、優れ者の担ぎ手のようだ。敷物もよく日に干してあるのか、柔らかく乾いていて座り心地は悪くない。おゑんは深く息を吸い込み、ゆっくりと吐き出した。

ここ数日、まとまった眠りがとれていない。治療をしているときは眠気も空腹も渇きもほとんど感じないが、一段落するとそれがどっと押し寄せてくる。いつものことだ。今は、久五郎が心尽くしの膳を調えてくれたから、空腹と渇きは満たされていた。後は眠気だけが……。瞼が重くなる。揺れに身を任せ、おゑんは目を閉じた。

浅い眠りの中で、時々、ふっと目を覚ます。そのたびに、宵が深まり夜に繋がり、闇が濃くなっていくと感じた。

夢を見た。海辺を裸足（はだし）で駆けている夢だ。海は鈍色で波頭だけが白く輝いていた。おゑんは童女の姿でひたすらに駆けている。何かに追われているわけではない。怯えてはいなかった。不安もなかった。ただ、考える。

あたしはなんのために、どこに向かって走ってるんだろう。

足が止まった。

見上げた空に丸い月が輝いている。信じられないほど大きい。化け物のようだ。

化け物のような金色の満月。

おゑんは動けなくなる。不意に怖くてたまらなくなる。

大きな月が怖いのか、動けないのが怖いのか。

月がさらに膨らんだ。まだ、動けない。まだ……。

目が覚めた。暗い駕籠の中に座っていた。月も浜辺も海もない。江戸の闇だけが纏わりついている。

ずくん。心の臓が強く鼓動を打つ。目に見えない幻の針が突き刺さってくる。

これは……。

「止まって」

腰を浮かし、叫んでいた。駕籠の動きが止まった。底が地面につく。

「どうしやした。お客さん」

駕籠舁きの口調は落ち着いていた。息を切らした風もない。間延びしているようにさえ、聞こえた。

薬籠から小瓶を取り出し、胸元に収める。

「ちょいと、降りますよ」

駕籠から出ると、月が浮かんでいた。ただし、半月だ。たとえ半分であっても青白い光は、確かに地に届いている。もともと、夜目は利く。担ぎ手の表情を見定めるには十分な明るさだった。男二人、どちらも屈強な身体付きをしている。

「気分でも悪くなりましたかい。そんなには飛ばしちゃあいなかったつもりですがね」

前を担いでいた男が、首に巻いた手拭いで汗を拭う。

「気分は悪くありませんよ。ただ、ちょいと気になって……」

「へえ？　何がです？」

何がだろう。おゑんは視線を巡らせた。

人通りの絶えた暗い一本道だ。田町一丁目を抜け、浅草寺裏の田圃道に差し掛かったあたりだろう。

なんだろう、この嫌な気は。背筋がうそ寒い。

「お客さん、風が冷てえや。そろそろ行きやしょうぜ」

駕籠舁きが促してくる。確かに、汗をかいた身には応える夜風かもしれない。

ゴアッ、ゴアッ。濁った鳴き声が頭上で響いた。

五位鷺だ。鳴きながら空を渡っていく鳥だった。それを合図としたのか、前方の道に幾つかの影が躍り出た。道縁の茂みか田圃に潜んでいたのだ。

一つ、二つ、三つ。三人か。

「なんだ、てめえら。なんのつもりだ」

駕籠舁きが威勢よく怒鳴ったが、その誰何は、すぐに悲鳴に変わった。

「うわぁっ、た、助けて」

風に乗って微かに血が臭った。肩から血を流した駕籠舁きがおゑんの足元に転がる。

「ひええっ」

もう一人も叫び声を上げ、それでも、相棒を抱え起こして逃げ出した。

三人の賊はおゑんの行く手を塞ぐように、一人が後ろに回り込み、二人が前に立っている。三人とも手には抜身を握っていた。白刃が月の光を受けて鈍く輝いている。三人は黒尽くめの形をしている。だからだろう、余計に刃が白く浮いて見える。

まずいね。

舌打ちする。

これは、まずい。

男たちは脅し言葉どころか、ただの一言も発しようとしない。その分、凄みと殺気が突き刺さってきた。素人ではない。食いはぐれたごろつき紛いが吉原帰りの駕籠を襲う。そんな容易い図取りではないのだ。無言のまま殺気だけを放つ男たちは、殺し慣れている。人を殺すことに寸分の逡巡もない。躊躇いもない。

本気であたしを狙ってるって、わけか。

でも、どうして？

襲われる謂れが摑めない。おそらく、男たちは雇われ者だろう。金で殺しを請け負う。そういう輩だ。恨みを受ける覚えなど一つもないと、胸を張れる自信はない。しかし、これほど剣呑な男たちに命を狙われる心当たりは、さすがになかった。

「あたしの名は、ゑん。医者ですよ。今は、病人を診ての帰りです」

物言わぬ男たちに告げる。

「おまえさんたち、誰かと人違いしちゃあいませんかね」

とん。前にいた男が一人、地を蹴った。高く跳ぶ。黒く大きな鳥が羽を広げ、獲物めがけて舞い降りるようだ。男の身体に、月が隠れた。

おゑんは頭上からの刃をかわし、懐剣の鞘を払う。

おめおめ獲物になるわけにはいかない。

次の一撃、横合いから振り下ろされた刃を受け止め、小瓶を取り出す。息つく間もなく襲ってくる影に向かって、中身をぶちまける。

「ぐわぁっ」

男が叫んだ。さっきの五位鷺より濁った、耳障りな叫びだ。

「ぎゃぁぁぁ、目が、目が。誰かーっ」

両手で顔を覆い地面を転がる。あまりの様子に残り二人の男の気配が、緩んだ。痛いほどの殺気が寸の間だが消えたのだ。

想像していたよりずっと効き目がある。


「おゑんさま、これは懐剣より役に立つかもしれませんで」

末音が渡してくれた。吉原に通うようになって間もなくのころだ。

「これは？」

「唐辛子と山椒の実をすり潰したものに、まあ、ちょっと厄介な薬を混ぜておりますので。あ、素手で触らぬ方がよろしいかと」

「厄介な薬ってのは、なんだい。まさか、黄燐とか烏頭（トリカブトの根）じゃないだろうね」

「まあ、そこまで危なくはございませんよ」

小瓶の中身を嗅ごうとして、おゑんは小さく声を上げた。鼻を近づけただけなのに、刺すような悪臭を感じた。痛いと感じるほどの臭いだ。

なるほど、これは相当だ。

「お守りにお持ちください。まあ、余程のことがない限り使っちゃあなりませぬがの」

「余程のことってのは、どういうときになるのかねえ」

「お命を狙われたときですよ」

末音は表情を変えずに、告げた。あのとき、末音なりに不穏を感じ取っていたのかもしれない。何度も生死の狭間を潜り抜けてきた者だけが具えた勘だろうか。

効き目は確かだ。殺しに慣れた玄人が一人、完全に潰れた。ひいひいと泣きながら、のたうっている。暫くは、使いものになるまい。

しかし、あと二人いる。逃げた駕籠舁きは助けを呼んでくれるだろうか。助けを待つだけの刻を稼げるだろうか。

風が吹く。その風に乗るように、左手から白刃が唸った。とっさに避けたけれど、刃先が伸びる。

「うっ」。肉が裂け、血が飛び散る。腕に焼けた鉄の棒を押し当てられた、そんな気がした。痛いより、熱い。

足元がふらつき、おゑんはその場に膝をついた。

「死ね」。今度は右から刃が襲ってくる。

駄目だ。避け切れない。

おゑんが奥歯を噛み締めたのと、男が前のめりに倒れたのはほぼ同時だった。倒れた男の肩に深々と小柄（こづか）が刺さっていた。

「うぐっ、うぐっ、げほっ」

男は血を吐き、よろよろと草むらに消えた。残った男が抜身を構える。その向こうに、甲三郎が立っていた。黒鞘を提（さ）げている。その鞘から抜き放った脇差（わきざし）を、正眼（せいがん）に構える。刃先は微動もせず男に向けられていた。

「うっ、く……。てやーっ」

気合を発し、男が踏み込む。頭上にかざした刃をまっすぐに振り下ろす。速い。風を切り裂く鋭い音がおゑんの耳にも届いた。

甲三郎は動かなかった。腰を据え、一太刀（ひとたち）を受け、それからするすると退いた。引っ張られるように前に出た男の懐に、甲三郎が飛び込んでいく。骨の砕ける鈍い音がした。男がもんどりを打って転がる。

見事な小手打ちだ。男の手首の骨は真っ二つに折れたのではないか。甲三郎は刀背（みね）を使ったけれど、刃であったなら手首から先は身体から離れていただろう。

激痛であろうに、男は声も上げず起き上がり、そのまま闇夜に走り去った。

「先生、大丈夫ですか。あ、やられちまいましたか」

甲三郎がおゑんの傍らにしゃがみ込んだ。

「たいしたことはありません。腕を掠っただけです。それより、なぜ、ここに」

「へえ。先生の駕籠をやけに剣呑な気配の男たちが見送っていたんで、気になっちまって」

「大門のところで、ですか？　気が付かなかったけれど」

「ええ、まあ、吉原には剣呑な男なんて掃いて捨てるほどいやすからね。かえって、気が付かねえものなんで」

おまえさんも剣呑な男の一人でしょう、と言いたくはあったけれど、おゑんは黙っていた。傷が火照る。血が流れたせいか、指先が痺れる。

「男たちは大門から出て行ったんですが、どうにも気持ちが収まらなくて、駕籠の後を追ってみたんで。あいつら、どこかの抜け道を使って先回りしてたようでやすよ。先生を襲う段取りができてたみてえで……。先生、どうしやした？」

おゑんは立ち上がると、足に力を込めて歩き出した。

駕籠から薬籠を取り出す。水の入った竹筒が二本、入っていた。

「甲三郎さん、この水であっちの患者の目を洗ってくださいな」

「は？　患者？」

身体を丸めて呻いている男に向かい、顎をしゃくる。

「あいつも患者になるんで」

「手当てをしなきゃならない相手は、誰だって患者ですよ。洗い流さないと、ほんとに目が見えなくなるかもしれない。頼みます」

甲三郎は眉を寄せたようだ。月明かりの下では、細かな表情までは読み取れない。

「わかりやした。洗えばいいんでやすね」

竹筒を受け取り、男に近づいていく。男は呻き続けていた。

おゑんは片肌を脱ぎ、もう一本の竹筒の栓を抜いた。傷にかけ、洗い流す。三寸ほどの傷から血が流れていた。まずは血止めだ。

「先生、あいつ、逃げちまいやした。目が見えないのに、どうやって」

甲三郎が息を呑んだ。

二の腕を血に染め、乳房まで露にしたおゑんを月明かりが照らし出している。あられもない姿だとわかっているけれど、恥じらっている余裕はない。

「甲三郎さん、この晒を使って、腕を強く縛ってください。できるだけ強くお願いします」

「え？　え？　あっしが先生の手当てをするんで」

「そうです。固く縛るだけでいいから、早く」

「へ、へえ。あの、どこを……」

「腕の付け根です。もっときつく、血の流れを止めるくらい強くお願いします」

甲三郎の額に汗が滲む。頬を伝い、落ちていく。さっきの見事な剣の遣い手と同じ男とは、とうてい思えない。指が微かに震えていた。

「で、できやした。これから、どうしたらいいんで」

「あたしを家まで送ってもらえませんか。田町まで戻ったら、駕籠が拾えると思うのですが」

返事はなかった。唇を一文字に結んだまま、甲三郎は黙している。

「駕籠を拾うまででよござんすよ。後はなんとでもなります」

言い直したおゑんに、甲三郎はかぶりを振った。

「あっしが負ぶいやす。その方が、早い」

「え、でも、あたしは並の女よりかなり大きいですよ」

「そんなこたぁ、見りゃあわかりやす。けど、負んぶできないほど大きくはありやせん。薬籠もちゃんと持てますよ。それくらいの性根はありやす」

甲三郎が背を向け、腰を落とした。袖に腕を通し、おゑんは束の間、躊躇った。

「先生、急いでくだせえ。家に帰らなきゃ、ちゃんと手当てができねえんでしょ。いつまでも、血止めしとくわけにはいかねえのと違いやすか」

その通りだ。長く血の通りを止めてしまえば、そこから先は壊死する。刻を無駄にすることはできない。おゑんは、甲三郎の背中に身を任せた。

「急ぎやす」

決意のように告げて、甲三郎は走り出した。

「甲三郎さん」

「へい」

「命を救ってもらったのに、まだ、御礼を言ってませんでしたね」

「へへ、先生の命を救えるなんて豪気な話じゃありやせんか。一生に一度あるかないかってこってすよ。御礼まで言われたら、肝が潰れちまいまさあ」

「二度も三度も、こんなことがあったらたまりませんよ」

「違えねえ」

あの男たちは何者なのか。なぜ、襲ってきたのか。考えようとしたけれど、頭が回らない。目を閉じると、男の背中を通して心の臓の鼓動が響いてきた。

十二

男の背でいつの間にか寝入ってしまったのだろうか。いや、ちょっとした気抜けを起こしていたのかもしれない。

「おゑんさん、おゑんさん」

呼ばれて、目を開ける。

板目の天井が見えた。目玉のように二つ並んだ丸い模様に覚えがある。

ああ、あたしの部屋か。

朝、目覚めるたびに眺めるともなく眺めていた木目だ。その時々の体調なのか気分なのか、予兆めいたものなのか、何に拠るのかわからないが、目玉に似た模様はときに微笑みかけているようにも、ときに睨みつけてくるようにも見えた。

木目は木目、ただ材木の面の形に過ぎないのに、そこに情を重ねてしまうのが人の滑稽さ、人の楽しさかもしれない。

「ああ、気が付きましたか、よかったたぁ」

お春が子どものような屈託のない声を上げる。

「血止めがちゃんとしてあったから、心配ないとはわかってたんですけど。でも、やっぱり目を覚ますまでは落ち着かなくて」

胸を押さえ、満面の笑みを向けてくる。白い上っ張りを身につけ、髷はきっちり整えていた。が、そこにはもとより木櫛一本、飾られていない。

おゑんはゆっくりと身体を起こした。お春が背中に手を添えてくれる。

「ちょっと、お春さん。これじゃまるで、あたしが患者みたいじゃありませんか」

「患者ですよ。立派な怪我人なんですから」

「立派な怪我人って言い方も、どうかと思うけどねえ」

苦笑いしていた。とたん左腕が鈍く疼く。

「痛みますか」

一瞬、歪めた顔つきを目敏く捉え、お春が問うてくる。

「ええ、少しね」

左の肩から肘にかけて、晒がきっちり巻いてある。緩みはなく、きつ過ぎもせず、ちょうどいい塩梅だった。ただ、指先まで微かな痺れがある。ほんとうに微かなもので、曲げ伸ばしのとき軽い違和を感じる程度だ。

部屋の内は隅に薄闇が溜まってはいるが、そこそこ明るく、障子も淡く白く映えている。

夜が明けたのだ。

「先生、着きましたぜ。大丈夫でやすか」

甲三郎のやや掠れた声と僅かに乱れた息の音がよみがえってきた。硬い筋肉の張りを存分に伝えてくる背中から顔を上げたとき、釣灯籠(つりどうろう)が見えた。菱餅(ひしもち)の形をしている。

ああ、家に帰ってきたんだと思った。ほっと息を吐いた。玄関の上がり框に足を掛けたのは覚えている。お春が両手で支えてくれたのも、末音が手燭(てしょく)で辺りを照らし、「おゑんさま、お怪我を」と叫んだのも覚えている。

その後は……その後はどうだったろうか。定かではない。

「お春さん、甲三郎さんはどうしました」

明けたばかりの朝の中で、お春がかぶりを振った。

「それが、いつの間にか姿が見えなくなって、知らぬ間に帰られたみたいです」

「そう……」

自分がいると邪魔になると思ったのか、もう用は済んだと考えたのか、それとも一刻も早く去りたかったのか。

「ああ、でも、吉原からの帰りに襲われたとは聞きました。男たちに斬りつけられたんだと。確かに刀傷でしたね。ぞっとしましたよ。なんて物騒な……」

お春はそこで口をつぐみ、目を伏せた。

いったい何が起こったんです。襲ってきた男たちに心当たりはあるんですか。どうして、おゑんさんが襲われたりするんです。届け出なくていいんですか。

尋ねたいことは山ほどあるだろうが、あえて口にしない。強いて聞き出すより、相手がしゃべる気になるのを待つ。その気がないのなら、問い質さない。そのかわり、本当に問わねばならないことなら、とことん問い続ける。聞いてくれと乞うのなら、どこまでも付き合う。

お春はそういう性質で、そういう生き方をしてきた。

お春がおゑんの家で暮らすようになって、何年が過ぎただろう。少し肥えて、少し年を取り、かなり逞しくも美しくもなった女の横顔を淡い光が照らし出す。

「傷の具合、診せてもらえますか」

お春がにじり寄る。おゑんは片袖から腕を抜いた。やはり、痺れがある。傷の痛みとは異質の痺れだ。お春が手際よく晒をほどいていく。ほどきながら、小声で話し始めた。

「おゑんさん、甲三郎さんのことなのですが」

「ええ」

「変なんですよ」

「変？　何がです」

「昨日の朝方、ここに来たみたいなんです。でも、すぐに引き返したみたいで、あたしは甲三郎さんに逢っていません。荷物や文が置いてあったわけでもないし、なんのために、ここに来られたんでしょうか」

「あたしが、お春さんに言伝を頼んだからです」

お春の手が止まった。

「言伝？　でも、あたしは何も聞いてませんよ」

「甲三郎さんは、抜き差しならない用ができて行けなくなったと詫びてくれました。でも、それって嘘だったってことになるのかねえ。けど、甲三郎さんが来たってのは、どうしてわかるんです」

「末音さんが見たのだそうです。雑木林近くの薬草畑にいたとき、甲三郎さんが来たのも帰るのも見たって。遠目だったけど間違いないと話してました。末音さん、お年のわりに目性（視力）はいいですものね。ただ、来るときは普通の歩きだったけれど、帰りは何かに追われるような、すごい速さで駆けて行ったとか。末音さん、熊か狼でも出たんじゃないかと思ったそうです。それぐらいの勢いだったみたいで。しかも、ほんの少しの間、末音さんが薬草を選り分け、泥を落として籠に入れるほどの間に来て、帰って行ったらしいのです」

「ふーん、で、お春さんは甲三郎さんの訪いに気付かなかったんですね」

「ええ、まるで。末音さんが畑にいた時分なら、あたしは庭に出ていました。由利さまが外を歩いてみたいと仰ったので一緒にいたんです。ですから、声をかけてくだされば必ず、気が付いたはずなんですが」

末音の薬草畑は家の周辺に何か所かある。薬草の種によって、植え育てる場所が違ってくるのだ。雑木林の裏手にあるのは、陽を嫌い陰を好む草の畑だった。雑木に囲まれ、素人には雑草と区別できない小草が並んでいる。

わりに急な斜面にあって、その下に延びる細道はこの家の裏手に繋がっていた。道の先は竹林で、そこで行き止まりだ。雑木林を抜け、表に出るより僅かだが近道になる。甲三郎はそのことを知っていたらしい。裏木戸から庭に入り、お春に声をかけるつもりだったのだろう。しかし、つもりのまま、言伝はむろん一声もかけず踵を返した。そして、今回もおゑんを送り届けるやそそくさと帰ってしまった。しかも、近道を使わず表に回った。

なぜだ？

「きれいだと仰いましたよ」

お春がほどいた晒を巻きながら、囁いた。

「由利さま、お庭がとてもきれいだと。こんなきれいな景色、見たことがないとも仰いました」

「うちの庭をきれいだと？」

「はい。目を潤ませておられました」

庭は殺風景とまではいかないが、整ってもいない。おゑんはむろん、末音にも庭を造作する道楽はなかった。お春が仕事の合間に、せっせと草取りや掃除をしてくれるから荒れずに済んでいるけれど、池泉があるわけでなく築山を拵えているわけでもない。貧弱な梅の木が一本生えているだけで、ほとんど空き地に近い。患者の快復のために歩き回る場にもなるので、なるべく平らに保っておきたいという意図もある。要するに、〝きれい〟とは縁遠い庭なのだ。ただ、雨の後、日に映える竹林は美しい。緑が濃くなり、鮮やかに煌めく。

昨日、雨は降らなかったが。

「そうかい。それはよかった」

「はい。よい兆しですね」

風景は人の心の有り様で変わる。どれほど爛漫に花が咲き誇っていても、見事な名園であっても、見る者の心が萎れていては、病んでいては、弱っていては、色のない、くすんだ景色としか映らない。逆に心が生きる方向に向かっていれば、葉先に宿る一滴の雫に、貧弱な細木の姿に、一輪の花に美しさを見いだせる。

由利の心は今、生に向かって開こうとしているのだろう。

「あら、なかなか上手くいってるわ」

お春が呟いた。独り言だ。つい、口から零れたらしい。目は、おゑんの二の腕あたりに注がれていた。そこには三寸余りの傷がある。昨夜、謎の男たちにつけられた刀傷だ。薄茶色の薬が塗られていたのを、お春は丁寧に拭き取った。

「お春さん」

「はい」

「この傷、おまえさんが手当てしてくれたんですよね」

「はい。縫いました」

背筋を伸ばし、お春が告げる。

「傷を見て、これは縫うしかないなって思ったんです。きれいに切れていましたから、これなら、あたしでもやれるとも思いました。だから、おゑんさんの道具をお借りして」

そこで、いったん口を窄め、お春は続けた。

「八針ですが、初めて人の傷口を縫いました。おゑんさんの見様見真似です」

お春は蘭方どころか漢方も和方も、学んではいない。長崎に遊学したとか、高名な医塾に通ったとかでもない。おゑんの許で、女たちの戦を支えてきただけだ。しかし、その年月の間にじっくりと確かに、医者としての腕を磨いてきた。薬の調合、病の診立て、治療の手順等々を自分のものにしてきた。たいしたものだ。が、それはそれとして……。

「あたし、その間、眠ってたわけですね。いえ、眠らされた」

末音から仄かな甘みのある汁を飲まされた。

ああ、誘眠水か。

末音と二人で試み続け、なんとか調合できた薬だ。痛みを和らげ、眠りを誘う効能がある。しかし、さほど強い効き目ではなく、うたた寝程度の眠りを誘うに過ぎない。それ以上は無理だった。無理を通し、薬を濃くすればどうなるか。眠りから確かに目覚められる、その証が立たなかった。眠ったまま心の臓が止まる危うささえ考えられた。あまりに剣呑過ぎる。おゑんは試みから手を引いた。それでも、薬は昂った気持ちを抑えるのにも、満足に眠れぬ辛さを和らげるのにも一定の効力があり、ごく薄いものを時折、使ってはいた。

「おゑんさん、傷だけじゃなく、お身体がとても疲れていたのではありませんか。よくお休みになっていましたから」

薬を飲み干した後、眠りに引き込まれたのは事実だ。

「まあ、それはあるかもしれませんね。このところ、ろくに眠ってなかったので。けどね、疲れていようが弱っていようが、生身を縫われて眠っていられるほど鈍かありませんよ」

横目で、お春を見やる。

「お春さん、あたしに何か隠しちゃいませんか」

お春が身を竦めた。

「あの、実は……」

「なんです」

「末音さんが、新しいお薬を試してみようって……」

「なんだって」

思わず大声を上げたとたん、傷口が鋭く疼いた。

「あ、無茶をしないでください。あたし、おゑんさんのように巧みに針が使えなくて。あまり動くと傷口が開いてしまうかもしれません」

「いいえ、なかなかのものですよ」

「え？」

「きちんとできています。これなら、傷の治りも早いでしょうよ」

お春の頬に赤みが増す。眉も剃らず、鉄漿も付けず、娘のままの顔に喜色が広がる。

「ほんとですか。よかった。ほっとしました」

「喜ぶ前に聞かせてもらいましょうか。末音の新しい薬ってのはなんです。いえ、お春さんじゃなくて、本人から直に伺うとしましょうか。末音、廊下にいるんだろ。入っておいで」

障子戸が音もなく横に滑って、末音の白い頭と小さな顔が覗いた。

「ほほ。気付いておられましたか。さすが、おゑんさまでございますの」

「下手な世辞を言うんじゃないよ。そんなもので誤魔化されやしないからね。新しい薬ってのはなんのことだい。さっさと白状おし」

「まあ、白状だなどと、お白洲に引き出された咎人のようではござりませぬか。それはちと、心外でございますのう」

「末音！」

一喝する。末音は首を竦め、ぺろりと舌を出した。

「はいはい、これのことでございます」

蓋つきの壺を差し出す。二寸ほどの小さな器だ。蓋を取ると、底に薄っすらと青みがかった泥のような物が入っている。鼻を近づけてみたが何も臭わない。

「これは？」

「まあ、はっきり申し上げますと痺れ薬の一種でございますかの。小半日ほどでしたら、痛みをほぼ取り除くことができるはずですの」

我知らず、壺を握り締めていた。

「ほんとかい。すごいじゃないか。じゃあ、これを使えばある程度は、患者の痛みを和らげることができるんだね」

「おゐんさん、頼みますから、腕をあまり動かさないでください」

お春が、別の壺から篦で中身をすくい取った。こちらはおゐんにも馴染みの薬だ。膿み止めの効果がある。お春の手は手際よく動き、薬を傷口に塗り、新しい晒を巻いていく。

治療が終わり、おゐんは襟元を整えた。改めて、末音を見据える。

「できるんだね。それとも、十分な効は見込めないのかい」

「はあ、できるとは思いますがの。ただ、これは傷があってこそ効くもののようで……」

「それは傷に塗り付けた場合のみ、痛みを和らげるってことだね。つまり、外傷ではない打身や身体内の病には使えないい？」

末音の歯切れが、俄かに悪くなる。

「はい、癪や疝気の痛みには効きませぬな」

「丸薬とか溶き薬にしてみちゃどうだい。それは無理かね」

問うてはみたが、すぐに無理だなと自答していた。直に口に入れる薬と塗る薬では、人の身体に及ぼす剣呑さが違ってくる。

「はあ、どうも、飲み薬となると塩梅が難しくなりますでの。命に関わりますので容易くはまいりませんで。今のところ、飲むのなら、誘眠水がぎりぎりでございましょうの」

末音の言葉に軽く頷く。

「それでも、傷の痛みに効くとなれば、たいしたものさ。医者としてはこの上ない薬だよ。で、これはいつ、できあがったんだい」

「おゑんさまが吉原にお出かけになっている間ですので、ついこの前でございますね」

「それでまず、あたしで試してみたってわけか」

末音が首を横に振る。合わせて、同じように手も振った。

「おゑんさまが初めてってわけじゃございませんよ。ほら、ごらんください」

末音が袖を引き上げる。年のわりには白く滑らかな腕が現れる。肘の少し上あたりに晒が巻いてあった。

「まずは自分で試してみましての。まあ、薬を調合した者の務めでございましょうからの」

「自分で傷を付けて、薬を塗ってみたわけかい」

「さようでございます。お春さんも、力を貸してくださるということで」

末音が眼差しを向けると、お春も袖をめくる。やはり、腕に晒が巻かれていた。

「痛みが和らぐだけでなく血止めにも効くのではないかと、お春さんと話しておりました。でも、二人だけでは心許ないので、おゑんさまにもぜひ、お力添えをいただこうと考えておりました矢先……」

末音は口をつぐみ、お春と顔を見合わせた。

「なるほどね、頼むも乞うもない、刀傷を負ったあたしが運び込まれてきた。恰好の当て石ってわけだ。末音、おまえ、舌舐(したな)めずりしただろう」

「まあ、おゑんさま、なんてことを仰います。それはまあ、確かに、わたしたちがおっかなびっくりに付けた傷と違い、それは見事な切り口でございましたからね。これは願ってもないと……。いえいえ、ほほほ、でも、いかがでしょうかの。痛みはございませんでしたでしょう」

「指先がほんの少しだけど痺れてるね」

「あらま。やはり、そうでございますか。わたしたちも痺れが残りましての。でも、長くとも一日ほどで取れるはずですので、ご心配には及びません」

わざと長いため息を吐いてみせる。

「まったく、おまえもお春さんも、油断のならない相手だねえ。つくづく思い知ったよ。で、末音、この薬はどれくらいの量、あるんだい」

「これっきりでございます。そうそう、たくさん作れるものでもありませんので」

「たくさん欲しいね。これがあれば、傷の治療がずい分と楽になる。やれるだけやってみておくれな。でも、その前にちょいと調べてもらいたいことがあるんだよ。お春さん、あたしの薬籠をお願いできますかね」

「あ、はい。こちらにございます」

お春から渡された薬籠を開け、小瓶を取り出す。

「これの中身をなるべく詳しく調べちゃくれないかい」

小瓶を受け取り、末音が眉を寄せた。

「これは、なんでございます」

「吉原の禿の戻し物さ。つまり反吐、だね」

おゑんは手短に、さくらの一件を告げた。

「なるほど。その禿さんは、吉原変事の生き残りというわけですの」

「そうさ、ただ一人の、ね。末音、お春さん、あたしはね、自分が襲われたのはこの瓶のせいじゃないかと考えてるんだよ」

お春は瞬きし、「え？」と小さく呟いた。末音は黙って、手の中の器を見詰めている。

「それしか考えられないんだよ。男たちは迷うこともなくあたしを狙ってきた。なんのためだい？あたしの命を奪って得する者なんていないだろう」

「得する者はいなくても、怨んでいる者はいるかもしれませんが。あるいは口封じ。あるいは金目当て。ああ、そうそう、お着物の袂にたんと金子が入っておりました。お着物は袖が裂けて、血に汚れてとさんざんでございますが、あれだけの金子があれば、何枚も新調できましょうの。しかし、禿さんの薬礼にしては多過ぎる気もいたしますが」

「禿じゃない。花魁の方さ」

「ああ、花魁。それなら納得できますの。あの金子を目当てに襲われたとは思われませんか」

「思わないね」

はっきりと答えていた。寸の間の迷いもなかった。

思わない。男たちの殺気は本物だった。金目当てに駕籠を襲う半端者の気配ではなかった。甲三郎がいなければ、今頃、おゑんは骸になっていただろう。そういう男たちが、動いた。袂に収められる程度の金子のためであるはずがない。むろん、おゑんの命そのもののためでもない。

「この瓶の中身。金子を除けば、あたしが吉原から持ち出したのは、これだけなんだよ」

「誰かはわかりませんが、それをどうしても取り戻したかった。そういうことですか」

お春が身を乗り出す。

「じゃないかねえ。とすれば、この汚物に何かがあるってことになる……」

「用心しといた方がよろしいでしょうの」

末音が短く、息を吐いた。

「その剣呑な輩がここに押し入ってこないとも限りませんで」

「そうだねえ。その見込みが全くないとは言えないが……。おそらく、大丈夫だろうよ」

「言い切れますかの」

「甲三郎さんが告げてくれるんじゃないかい。あたしが吉原からの帰り道、何者かに襲われたと惣名主の耳に、ちゃんと入れてくれるよ」

惣名主が知っている。その事実は重い。吉原で生きる者にとって、何よりの掣肘(せいちゅう)になるはずだ。甲三郎はそれを百も承知だろう。平左衛門に報せ、平左衛門が知ったことをそれとなく、吉原に広める。おそらく、そういう手を打ってくれる。それに……。

「甲三郎さん、男たちの正体に心当たりがあるんじゃないかねえ」

独り言のように呟いたのだけれど、お春も末音も聞き逃したりはしなかった。

「え、まさか」と、お春は目を見開き、末音は口元を引き締めた。

「おゑんさま、なぜ、そのように思われるんで。よもや、あの若い方が手引きしたわけじゃございませんでしょう」

「それはないよ。甲三郎さんなら仲間はいらないさ。一人で十分。夜道で駕籠を止めて、あたしをばっさり殺ればいいだけのこと。お歯黒どぶを渡るほどの苦労もいらないさ。そうじゃなくて、あたしがちょいと引っ掛かったのはね——」

悲鳴が聞こえた。朝の気配を震わせるような金切り声だ。

「誰か、誰かーっ、誰か来てーっ」

お丸だ。引きつってはいるが、辛うじてわかる。

おゑんは飛び起き、廊下に出た。一瞬、眩暈がした。

「おゑんさん」

お春が背後から支えてくれる。悲鳴はまだ続いていた。庭の方だ。

「大丈夫。お春さん、先に行ってください。頼みます」

「はい」。お春が身軽に走り出す。おゑんは唇を嚙み締め、その後を追った。

竹林を背負った庭。貧弱な梅の木。枝先に咲いている二輪の白梅。風に常緑の葉を揺らす竹林。朝の陽が全てを照らしていた。風は骨身に染みるように冷たい。

お丸が尻をべたりと地につけて、しゃがみ込んでいた。周りに洗濯した晒が散らばっている。これから干すところだったのだろう。お春が棒立ちになったまま動かない。

声を掛けようとした刹那、お春は弾かれたように前に飛び出した。

「由利さま！」叫び声が、おゑんの耳に突き刺さる。

由利さま？　お丸が振り向いた。目も口も開いたまま、塞がらないようだ。口から涎と喘ぎが漏れた。おゑんはゆっくりと庭に下りる。ゆっくりと梅の木に近づく。

なんなのだ、これは。今、目にしている光景はなんなのだ。

梅の下に筵が敷いてある。その上に由利が横たわっていた。血が臭う。近づけば近づくほど濃く、臭う。とっくに馴染んだ臭いであるはずなのに、吐き気がした。

由利は白装束だった。両足を括った紐も白い。しかし、うつ伏せになった身体の下から血が流れ出て、筵も装束も紅く染めている。手には、これも紅色に塗れた懐剣が握られていた。

「由利さま、なぜ、なぜこんなことを……」

お春が座り込む。おゑんも由利の、いや、由利の骸の傍らに膝をついた。手が勝手に動いて、脈を探った。由利の身体には、まだ僅かな温もりが残っている。しかし、間に合わない。遅すぎた。もう、どんな手立てを使っても、生の側に引き戻せない。

冷えた風が吹きすぎていく。風に抗いきれず、梅の花弁が散っていく。由利の血の溜まりに落ちて、血の色に汚れていく。

「どうして、どうして……。生きてみると仰ったのに。もう一度、生き直してみると。なのに、なぜ、こんなことを……。なぜ、なぜ……由利さま」

お春が顔を覆った。おゑんは立ち上がり、血の臭いと冷えた風を吸い込んだ。

「お丸さん」

「……へ、へえ」

「男手がいる。家に帰って、何人か集めてきておくれ」

「あ、へえ。わかりました」

「お春さんは、晒と新しい白装束を揃えてくださいな。末音は湯を沸かして、亡骸を洗う用意をしておくれ。さっさと頼むよ」

「かしこまりました」。末音が立ち去る。お丸もよたよたと裏木戸から出て行った。お春は顔を上げ、そろりと腰を上げる。

「わかっています。わかってますよ、おゑんさん。ここでは、生きることと死ぬことは紙一重の差でしかないんです。よく、わかっていたつもりです。でもこれは……あんまりです」

身体の向きをかえ、お春は足早におゑんの横を通り過ぎた。

竹林が鳴っている。遠ざかる足音と竹の風音がおゑんを包んだ。

十三

「甲三郎さん」

背後から声をかけると男はゆっくりと振り向き、頭を下げた。おゑんの気など、とっくに察していた動きだった。

吉原、京町（きょうまち）二丁目の九郎助（くろすけ）稲荷の前には人通りはなく、廓の華やかさともさんざめきとも無縁の侘しさが漂っていた。午の日の縁日には小間物や植木の出店が並び、賑わいもするが、今は何もない。横手に並ぶ稲荷長屋も三日月長屋も最下級の遊女屋だった。昼前の刻、女たちは束の間の眠りを貪っているのだろう。

おゑんと甲三郎の間を風が吹き過ぎる。春を感じさせるほど柔らかではないが、身を縮こませる冬風の冷たさは失せていた。

甲三郎が先に口を開く。

「先生、願掛けですかい」

「まさか」

風に乱された髪を撫で、おゑんはかぶりを振った。

「でやすよね。野暮なことを訊いちまったか。先生が神仏に願い事なんてするわけねえものな。神さんも仏さんも、信じればこそご利益もあるってもんです。先生は、そんなもの信じちゃいやせんよね」

「甲斐がありませんからね」

風は長屋の路地を走り、軒行灯を揺らす。人気がないからなのか、曇天のせいなのか、妙に寒々とした光景だった。

「甲斐ってのは？」

「信じて拝む甲斐ですよ。神さまも仏さまも気紛れですからね。どれほど本気で願を掛けようが、懸命に拝もうが、その時々の気分次第で叶えたり、叶えなかったりじゃないですか。そういうの面倒でしょう。甲斐もないって気になります」

ははと、甲三郎が短く笑う。

「先生らしいや。けど、神も仏も信じなかったら、何を信じるんで？　まさか、〝人〟だなんて言わねえでくださいよ。それこそ野暮の骨頂だ」

薄く笑っていた口元を引き締め、甲三郎はおゑんの行く手を塞ぐように立った。風が遮られ、雲を越して注ぐ日差しが温（ぬく）みを増す。

「人を信じるには覚悟が要りますからねえ。己の度胸が試されますよ。けど、あたしの仕事は人を信じなきゃどうにもならない。にっちもさっちもいかなくなります。野暮だろうが不粋だろうが信じるより他に道はないんですよ」

息を吸い込む。そして、吐き出す。

「裏切られるのは覚悟の上、でね」

由利はおゑんを裏切った。お春を、末音を裏切った。助かった命を自ら捨てる。この上ない裏切りだ。ほんの一時だが、お春は庭にしゃがみ込み動けずにいた。

「甲三郎さん、なぜ、来なかったんです」

目の前に立つ男を見上げる。影になった顔からは、どんな表情も読み取れなかった。

「由利さんの弔い、なぜ、来ませんでした。昨夕の葬儀だと報せたはずです」

返事はない。稲荷長屋の一間から女が顔を覗けたが、すぐに引っ込めた。張り詰めた、剣呑な気配を感じ取ったのかもしれない。

「関わりないとは言わせませんよ。兄君でいらっしゃるんですからね」

甲三郎の眉がひくりと動いた。それだけだ。他は何も変わらない。

「……あれは、書き置きを遺したわけか」

甲三郎がくぐもった声音で呟いた。

「書き置きはありました。けれど甲三郎さんについては一言も記してありませんでしたね。大半が詫び言葉で埋められていましたよ。せっかく助けていただいた命を無下に散らして申し訳ないとね。全くねえ、百万回詫びられても納得できやしませんよ。何を守りたくてこんな罪を犯したのだと、詰め寄りたい気分です。詰め寄れるものならねえ」

「罪を犯した？　しかし、自害だったのでは」

「己を殺すのも他人を殺すのも、人殺しに変わりはありません。罪は罪です」

おゑんは懐から一通の書状を取り出した。由利の書き置きだ。由利の夜具の上に置いてあった。それを差し出す。束の間躊躇い、甲三郎は受け取った。

「あたしが強く握り締めちまったものだから、少し皺になってますよ。けど、十分に読み取れるでしょう。きれいな手跡ですからね」

甲三郎の目が美しい女文字を追う。途中で双眸が大きく見開かれた。「腑分け」と、吐息と大差ない声が漏れた。漏れた後、唇が僅かに震える。

「先生、これは」

「ですから、由利さんの書き置きです。自分を腑分けし、少しでも医術の役に立ててくれと」

甲三郎が唾を呑み下した。喉元が上下に動く。抑えようとして抑えられない情動に、頬が強張り、目元が赤らむ。

「お春さんが由利さんに、腑分けについて語ったことがあったんだとか。由利さんがうちに来て間もなくのころだったそうですよ」

「どうして、そんな話になったのかよくわかりません。由利さまのお気持ちが少し静まって、あたしともぽつぽつと話をするようになったころです」

由利の書き置きを手に、お春はそれこそぽつぽつと話し始めた。

「由利さまが人の身体の内には何があるのかとお尋ねになりました。今、お腹の内で赤子はどのように育っているのかとも。あたし、よい兆しだと思ったんです。生きようとする気持ちがあって、前を向いていなければ身体の内や赤子にまで気は回らないでしょう。だから、これは、よい兆しだと……」

ええと、おゑんは頷いた。

よい兆しだ。何かに興を持つことも他人に問うことも、心が凍っていてはできない。由利はお春に僅かずつ心を開き、縺れた思案をほどこうとしていた。

お春が深いため息を吐く。

そんなやりとりも亡骸を前にしては、ただ虚しいだけだ。

そう語る吐息だった。

「あたし、おゑんさんにお借りしていた人体の図を見せて差し上げたのです。人の身体ってこうなっているのだそうですよって」

祖父の遺してくれた医にまつわる書物は、おゑんの宝だった。異国の言葉で記されたもの、祖父の手でこの国の言葉に直したもの、治療方法や薬の調合の絵解きもあった。その中に、人の五臓六腑の詳しい図も入っていたのだ。

「由利さま、たいそう驚いておられました。本当にこのようになっているのかと、あたしにお尋ねになって……。あたしは目にしたことはありませんが、おゑんさんならご存じですよ。腑分けの場に同席したことがおありですから、とお答えしました。そうしたら、腑分けとはなんだ、どういうものなのかと重ねて問うてこられました。あの方、実はとても知りたがり屋で、新しいことに興を持たれる性質（たち）だったのでしょうか」

そうかもしれない。子を孕み、その子を堕ろすよう強いられ、疲れ果てた心身でおゑんの許に辿り着いた女の昔日は、知らぬことを知りたいと望む、生き生きと明るい性根の娘であったのかもしれない。

そう思いを馳せることも虚しい。

「身体の内のどこに何があるのか、どこがどうなっているのか我が目で確かめられれば、これからの医術に大いに役に立つ。あたしもいつか腑分けの場に臨みたいと申し上げました。本心です。本当にそう思ったのです。思っていたから正直に告げました。それから、時々、由利さまは腑分けについて尋ねてこられるようになりました。あたしは知っている限りのことをお伝えしましたが、知っていることなどほんの僅かです。医者から申し出があり、それが通れば、死罪となった女罪人を腑分けすることができるとか、その程度で……。ああ」

お春はそこで顔を上げ、おゑんに眼差しを向けた。

「そうだわ。由利さま、仰ったことがあります。『死んだのち、医術のためになる。そういう死に方もあるのですね』と。おゑんさん、由利さまは自分の死を無駄にしたくなかった、何かの役に立てたいとお考えになったんじゃないでしょうか」

「どうだろうね。亡くなった者の胸の内なんて生きてる者には、わかりっこないよ。けどね、由利さんは死を無駄にしないことより、生命を無駄にしないことを考えるべきだったんですよ。どこまでも愚かなお人だったとしか、あたしには言えないね」

吐き捨てる。知らぬ間に、書き置きを握り締めていた。このまま握り潰せるものなら潰してやりたい。怒りに近い情が心内を焦がす。

愚かな人だ。憤りを覚えるほどに愚かだ。手の中で由利が最後に認めた文が乾いた音を立てる。おゑんは立ち上がり、告げた。

「じゃ、お春さん、由利さんを奥に運びますよ。そこで、やりましょう」

お春が息を呑んだ。頬から血の気が引く。

「おゑんさん、本当に腑分けを……」

「やりますよ。せっかく、由利さんがお膳立てしてくれたんです。みすみす反故にしちゃならないでしょう。それこそ愚か、愚の極みです。どうします？　無理にとは言いません。無理強いするものでもないしね。ただ、あたしは学ばせてもらいますよ。ええ、本当にこれは千載一遇の好機じゃないですか」

申し出れば、いつでも腑分けが許されるものでもない。ごく限られた条件の中で、限られた者だけが、人の身体の内に分け入ることができる。

由利はおゑんたちに機会を与えてくれたのだ。

無駄にはしない。

生かせられなかった。生命（いのち）を守り切れなかった。せめて、その死を生かす。

お春も立ち上がった。頬は青白いけれど、目の色は落ち着いている。

「やります。どうか、お教えください、おゑんさん」

唇を噛み、お春は深々と頭を下げた。


「それでは、先生たちは由利を……」

「ええ、ご遺志に沿わせてもらいました。開いた痕は縫い合わせましたよ。きれいにね。それから白装束を着せてお棺に納まっていただきました。あたしとお春さんと末音で見送りましたよ。おまえさんが来なかったからね」

「ふざけるな」

甲三郎が吼（ほ）える。その手から書き置きが滑り落ち、湿った石畳の上に広がった。

「腑分けだと。由利を罪人扱いしたわけか。おのれ、許さぬ。許さぬぞ」

甲三郎が懐から匕首を取り出した。九寸五分の刃が青白く光を弾く。青白い光は風を裂き、おゑんの首筋に向けて振り下ろされた。

クワッ。鳥居に止まっていた鴉（からす）が一声、鳴いた。羽音をたてて飛び立ち、どこかに去っていく。匕首はおゑんの首すれすれで止まった。刃の冷たさが肌にじわりと染みる。それほどの近さだ。しかし、当たってはいない。刺さってもいない。首筋を真っすぐに切り裂かれてもいない。おゑんは、まだ、生きていた。

甲三郎の頬を汗が伝う。息が乱れ、顎が小刻みに震えた。

「……先生。なんでです」

匕首を納め、甲三郎は喘いだ。

「なんで逃げねえ。声を上げねえ。あんた、死んでもいいのかよ」

「甲三郎さんがあたしを殺すとは思えなかったんでね」

「へっ、おれが先生を殺せるわけねえと高を括ってたのかい。そりゃあ、自惚れが過ぎやすぜ」

「自惚れてなんかいませんよ。甲三郎さんなら、あたしなどわけなく殺（や）れるでしょう。そんなことは百も承知です。けど、おまえさんは由利さんの自害があたしのせいじゃないと知っている。いえ、あたしにも責はあります。けど、もっと重い責は自分にあると、そう思ってんでしょ。由利さんは、庭でおまえさんを見ちまったんだ。おまえさんが由利さんを見たようにね。あたしが言伝など頼まなければ、兄妹（きょうだい）が顔を合わせることはなかった。あたしはね、甲三郎さん。薄々、感付いちゃいたんですよ。おまえさんと由利さんに血の繋がりがあるんじゃないかって。でも、馬鹿馬鹿しい思案だと振り捨てていた。もう少し……もう少し慎重に考えるべきだったんだ。悔いても遅いけど、どうしても悔いてしまう」

甲三郎が息を吐き出す。手の甲で汗をぬぐう。

「どうして、あっしと由利が兄妹だとわかったんです。なんの証もなかったはずだ。おれの来し方はすべて消し去った。消し去ったんですよ、先生」

甲三郎の声音は低く掠れ、おゑんに纏わりついてきた。

「気付け薬ですよ」

おゑんの返答が腑に落ちなかったのか、甲三郎が眉根を寄せる。

「おもんさんに処方した薬です。役には立ちませんでしたがね」

おもんという女は二度と目を開けることはなかった。おゑんには施す手がなかったのだ。おもんを救えなかったことに責は感じない。あまりに遅すぎた。せめて、もう一日、早く診ることができていたらと口惜しくはある。が、いつまでも引きずっているわけにはいかないのだ。おもんの死が何によってもたらされたのか。そこに深く踏み込み、二度と犠牲者を出さない。それしか、供養の道はないはずだ。

「先生にぶっかけられた、あの臭いやつでやすか」

「ぶっかけちゃいないでしょ。甲三郎さん、上手に避けたじゃないですか。ほんの数滴、顔にふりかかった程度ですよ。でも、かぶれはしましたね」

「あ、ええ。てえしたこたぁありやせんでしたが、赤いぶつぶつが出やした」

「由利さんも、同じでした」

甲三郎の眉がさらに寄る。眉間にくっきりと皺が浮き上がった。それだけで、表情に影が差し、生き生きとした若さを退けてしまう。影はさらに、この男の苛酷な来し方を無言で語ってもいた。

「由利さんにも気付けのために、同じ薬を飲ませたんです。そしたら、口から零れて濡れたところに、甲三郎さんと同じ発疹が出たんですよ。それが、不思議でねえ」

「薬にかぶれるのがですかい？　珍しくはねえでしょう。よくあることだと思いやすがね」

甲三郎が薄く笑う。無理やりに作った笑みは、どこか歪でどこか哀れだ。目を逸らしたくなる。しかし、おゑんは男の薄笑いを見詰めたまま、話を続けた。

「あの薬はね、末音が調合したものです。末音は、由利さんのかぶれ方を見て、珍しいと言ってました。あたしも同じように思いました。これまで、たくさんの患者に使ってきましたけど、ちょっとした痒みを訴える人はいましたが、あそこまでかぶれた人はいませんでしたからね。甲三郎さんと由利さんだけです。それで、ふっと思ったんですよ。これは身体の質ってもんが似ているのかもしれないってね。とすれば、血が繋がっているのかって思案はすぐに浮かんできました。兄妹か、それにごく近い間柄なんじゃないのかって、ね。甲三郎さんの取り乱し方や由利さんの自害を目の当たりにしたら、兄君と妹御だったとしか思えなくて……」

甲三郎は腕を組んだまま、前を向いていた。おゑんを越えて現(うつつ)にはない何かを見ている、あるいは何も見ていない、そんな眼差しだった。

「なんで直に尋ねなかったんです。胸に思案を秘めて、ずっと黙ってたんです、先生」

「関わりないですからね」

甲三郎の眼差しがおゑんに返ってくる。

「関わりない……ですか」

「ええ、甲三郎さんと由利さんがどういう間柄であろうと、関わりはありません。どういう仲なのか、血の繋がりは有るのか無いのかなんて詮索したって、得るものは何もないでしょう」

「そりゃあ、医術には役に立たないって意味でやすね。はは、先生らしいや」

「でも、あたしは間違えました」

奥歯を嚙み締める。そうしないと、呻いてしまいそうだった。息を整え、身体の力を抜き、おゑんはもう一度、「間違えました」と呟いた。

「お二人の仲を、もっと真剣に慎重に考えるべきだったんです。あんな不用意に言伝なんて頼んじゃならなかった……あぁ、これはさっきも言いましたね。由利さんが亡くなってから、同じ悔いを繰り返してるんですよ。甲三郎さん、あたしはね、自惚れてたんです。人の世の恐ろしさってものを侮っていた。自分なら、人の世の陥穽なんかにむざむざ落ちたりしないと高を括っていた。その挙句が、このざまですよ」

このざまだ。散らさずに済んだはずの命を散らしてしまった。

取り返しはつかない。どれほど悔いても、折れるほど奥歯を噛み締めても、由利は彼岸に渡ってしまった。戻ってはこない。

痩せた犬が一匹、路地から現れた。人間など見向きもせず、稲荷社の前にごろりと寝転ぶ。仔を孕んでいるらしい。腹がそれとわかるほどに膨れていた。

「先生」と甲三郎が呼んだ。前を見据えたままだ。腕をほどき、腰の横で指を握り込む。

「先生の許に由利を連れてきたのは、誰なんで」

「知りません。名乗りませんでしたからね。名を告げず、理由も伝えず腹の子を始末してくれと言う。あたしのところに来る者は大半がそうです」

由利を連れてきたのは島尾という老女だった。しかし、甲三郎が知りたいのは、老女の名ではない。

「なんにも聞かないまま、言われたとおりに子を堕ろすんでやすか」

「いいえ。聞かねばならないことは聞きますよ。もっとも肝要なことをね。患者自身が産みたいのか産みたくないのか、産めないと諦めているだけなのか、そこだけはどうしても聞かなくちゃなりません。由利さんは迷っていました。でも、いずれは産むと決心しただろうと、あたしは思っています」

息を吐き出し、おゑんは心持ち目を伏せた。

「けど、身体がついていかなかった。赤子を育てるには弱り過ぎていたんです。おそらく、何日もろくに食べてなかったし、眠っていなかった。由利さんの身体に傷はありませんでした。でも、心はずっと苛まれていたはずです。弱り、衰え、疲れ切った心身では一つの命を守り通せなかった。とうてい無理だったんですよ」

この世に生まれ落ちる前の赤子、胎児にとっては母体が全てだ。生きるため、育つための糧を全て母から与えられる。その基(もと)が衰え、弱まればどうなるか。

崩れるしかない。おゑんの力では、今の医術では、崩れていく生命を支えきれなかった。

そういう現をまた一つ、突き付けられた。

「誰だ」

甲三郎が低く唸った。獣の唸りそのものだ。地を這い、重く纏わりついてくる。孕み犬が起き上がり、尻尾を丸めて路地に消えた。

「誰が、由利をそんな目に遭わせた」

「お武家なのは確かでしょうね。由利さんの立居振舞(たちいふるまい)からしても、召し物からしても、どこぞのお武家、それもかなり高位の方のお屋敷に奉公してたんじゃないですか」

そして、その屋敷の主か主に繋がる者の手が付いた。由利の腹に宿った子を闇に葬ると決めたのが、手を付けた男なのか周りの誰かなのかまではわからない。

甲三郎がゆっくりと身体を動かす。目が合う。

殺気がおゑんを裂いた。肩口から脾腹(ひばら)に一太刀浴びせられた気がして、思わず瞼を閉じていた。白刃の閃きに似た気を発しながら、甲三郎はおゑんを見下ろしている。

「先生、教えていただきたい。由利の遺した文はこれのみでございましたか」

「と言いますと？」

「他にもう一通、なかったかと聞いておるのです」

「それは、お腹の子の父親だった男に宛ててという意味ですね。それなら、答えは一つ、『ありません』ですよ。文は、あたしとお春さんに宛てた物のみです。由利さんは兄であるおまえさんも含めて男には何も遺しちゃいませんでした」

　顔を上げ、真っ向から眼差しを受け止める。

「もし、遺していたらどうだってんです。そこに名を書かれた男を捜して、殺すんですか」

　ふっ。甲三郎が笑んだ。よく似た笑みをどこかで目にした覚えがある。束の間で、それがどこだったかに思い至った。

　御仕置場だ。

　牢屋敷内東南隅。斬首の御仕置場に居合わせたことがある。死罪を言い渡された囚人が、おゑんの同席を強く望んだ。どういう経緯で叶えられるはずもない望みが叶えられたのか知る由もないが、おゑんは御仕置場の出入り口近くに頭巾姿で座すよう言い渡された。

　死罪であるから、日が暮れてから執り行われる。

　篝火が焚かれた御仕置場に入ってきた囚人はおゑんに気付き、「先生」と呼んだ。そして、笑った。笑い声をたてるでなく、歯を見せるでもなく、口の端だけで冷え冷えと笑ったのだ。

　面紙を付けられ、跪かされ、首を斬り落とされる。その間、囚人はもう一声も漏らさなかった。御仕置場には呪詛も命乞いも悲鳴も響かず、血だけが濃く臭い続けた。

後に稀代の毒婦と呼び習わされることになる女の、最期だった。

篝火の炎に臙脂に染まった女の笑みが甲三郎のそれと重なる。

「その気になれば捜し出すのは難くはない。必ず……」

笑みを消し、甲三郎が呟いた。

「お武家に戻るつもりですか」

相手を見据えたまま、半歩、前に出る。

「おまえさんがどういう行立で吉原に流れ着いたのか、あたしには思い及びませんがね。ここで生きて行こうと決めていたと、それくらいは察せられます。来し方を捨て、生き直す。そのおつもりだったんでしょう。それを覆しちまうんですか。あたしはね、甲三郎さんが来し方を惜しんでいるようには思えないんですよ。お武家であることをきっぱり捨てたことでむしろ、楽になったんじゃないのかと」

「黙れっ」

怒声に遮られ、おゑんは口を閉じる。ほとんど同時に、甲三郎が何かを払うように手を振った。指が鼻先を掠める。

「あなたに何がわかる。何も知らぬ者が好き勝手をほざくな」

「そりゃあ申し訳ありませんでしたね」

胸元に手をやり、おゑんはにやりと笑った。御仕置場であの女に返したのと同じ笑みだ。

「けど黙りませんよ。あたしは生来のおしゃべりでねえ。一旦しゃべりだすと、止まらなくなっちまう悪癖があって、昔からよく叱られます。今でも末音から度々、小言を食らってる始末です。なので、どうかご容赦くださいな」

今のおゑんにはしゃべり、聞くことしか得物はない。しゃべり、話し、語り、諭し、告げる。伝える。ときに声を張り上げ、ときに囁く。そして、耳をそばだてる。おゑんをおとなう女たちは、一様に寡黙だ。我が身のことを語ろうとしない。語っても無駄だと諦めている。そういう女たちの幽き声を拾うには、ただひたすら耳を澄ますしかない。諦めるなと伝えるしかない。聞き取れないことも、聞き間違うことも、しゃべり過ぎたことも、伝える機を逸したことも多くある。それでも、おゑんは口を閉ざそうとも耳を塞ごうとも思わない。それより他に術はないと信じていた。

ただ、そのやり方が男に通用するのかどうか。正直、心許ない。

「ふふ、笑わせてくれる。肝心なことは胸に隠して黙しているくせに、何がおしゃべりだ」

吐き捨てると、甲三郎はおゑんの傍らを通り過ぎようとした。

背中に声をかける。伝えねばならないことは、まだあるのだ。

「由利さんも、そのつもりでしたよ」

「もう一度、生き直す覚悟をしていました。どのようにかはわかりません。おそらく由利さん本人にも目処はなかったでしょう。ただ、過去を捨て、新たな道を探す。その心構えをしていたはずです」

嘘でもはったりでもない。由利は生きようとしていた。まだ覚束ない足取りながら、前に進もうとしていたのだ。庭の風景を美しいといい、お春の生き方に心を寄せていた。自分を縛っていたものから、囲っていたものから解き放たれたいと望んでいた。

違うだろうか？　違いはしない。その望みが決意となる前に、引き千切られてしまったが、違いはしない。由利は望んだのだ。

「おまえさんはどうなんです？　由利さんを孕ませた相手を捜して仇を討つ。そんなことを本気で考えてるんですか。屋敷に乗り込んで、それでどうなります。おまえさんの腕なら五人や十人、いえ、もっと多くの相手を斬り捨てることだってできるでしょうよ。けど、屋敷の奥にいる当主まで刃が届くとは思っちゃいないでしょう。家来衆に取り囲まれて膾切りにされるのが落ちじゃないですか」

「だから」

甲三郎はおゑんに背を向けたまま、首を僅かに捩じった。

「だから、どうだと言うのだ。由利を苛んだ相手をこのまま見過ごせと？　由利が自害したことも知らず、のうのうと生きている者を赦せと言うのか。そんなことはできぬ。できるはずがなかろう。誰が赦そうとも、おれは赦さぬ」

「由利さんは赦しましたよ。全てを赦そうとしていたんです」

「それは女だからだ。赦すしかなかったのだ。おれは、そうはいかぬ。兄としても男としても武士としても、必ず由利の無念を晴らす」

「とんだ馬鹿だね。呆れちまうよ」

舌打ちをする。その音は意外なほど強く、風を貫いた。

「まだ気が付かないのかい。由利さんを殺したのは、おまえさんなんだよ」

甲三郎が振り返る。見開いた目の縁がみるみる薄紅に染まっていく。

おゑんは頷いた。声を低め、もう一度告げる。

「そう、おまえさんなんですよ。甲三郎さん」

十四

甲三郎は無言だった。

半身に構えたまま、立っている。

おゑんは一歩一歩、地を踏み締めて近づいていく。二歩ほど手前で止まり、男を見上げる。

「……どういう意味だ」

甲三郎が問うてきた。低く掠れ、全ての情が抜け落ちたような声だ。しかし、虚ろではない。むしろ、重い。おゑんの身の内にずんと響いてくる。

「意味？　そのまんまですよ」

おゑんは胸元に手をやり、気息を整えた。

「なぜ、逃げたんです。うちの庭で由利さんを見たとき、どうして逃げちまったんです」

さっきの犬だろうか、遠くで吠え声が聞こえた。

「とっさに逃げたっていうのも、まぁわからないじゃない。生き別れの妹にああいう形で出逢ったんだ、誰だって驚くでしょうよ。けどね、それならそれで、途中で思い返すべきだった。思い返し、足を止め、由利さんの許に戻らなきゃならなかった。そして、語らなきゃいけなかったんですよ。ええ、背を向けるんじゃなく、傍に寄らなくちゃならなかった」

甲三郎を見据えたまま、おゑんは続ける。

ずい分と偉そうなことを口にしている。

自分に呆れる。

こうしなきゃならなかった。こうすべきだった。他人に言い切れるほどの者なのか、おまえは。

己が己を戒める。嗤いもする。けれど、おゑんは言葉を止めなかった。

甲三郎は生きている。妹は亡くなったけれど、兄は生きているのだ。そう、容易く散らすわけにはいかない。由利と同じ定めを歩かせるわけにはいかない。このままなら、甲三郎は妹の奉公先を、孕ませた男を見つけ出すだろう。そして、一太刀浴びせるために屋敷に乗り込む。斬って、斬って、斬りまくり、自らも果てる。それを止めるのは、己の役目だ。呆れたり、臆したりしている余裕はない。

「お互いにじっくりと、今のそれぞれを語らい、行く末の話をしなきゃならなかった。逃げちゃいけなかったんですよ、甲三郎さん。もしあのとき、それができていたら、昔に囚われるんじゃなくて未来に目を向けていたら、由利さんは死なずに済んだ……かもしれない」

唇を強く嚙み締める。詮無いことだ。〝たら〟や〝もし〟、〝かもしれない〟を百万回繰り返しても、現は変わらない。揺るぎもしない。

甲三郎が横を向く。視線の先には九郎助稲荷の鳥居に掲げられた、『蒼稲魂命』の扁額がある。宝井其角の筆だと伝わっていた。が、甲三郎は、高名な俳人の筆跡を眺めているわけでは、むろん、ない。

「逃げたのは、今の自分を恥じたからですか。かつて、武士だった身が町人の、しかも吉原の首代になっている。その身をおまえさんは恥じた。そうですね。それは、由利さんも同じでござんしょう。

兄であるおまえさんに見られたことを恥じた。孕んだ子を産むことも許されず、屋敷から追い出された姿を恥じ、死を選んだ。それって、いったいなんなんです。武家の矜持とでも仰るつもりですか」

「そうだ」

甲三郎が答える。やはり、虚ろで重い声だった。

「武家の矜持だ。命より重い。由利はそれを持ち続けた。おれも、そうする」

「本気で言ってんのかい」

おゑんは、もう半歩、足を前に出す。

「命より重いだって？　ふざけんじゃないよ。矜持ってのはね、死ぬためじゃなくて生きるためにあるんだ。おまえさんも由利さんも、とんでもない心得違いをして、挙句の果てには己の命を放り出しちまう。馬鹿だよ。どうしようもない、空けだ」

罵詈が口をつく。腹の底から熱い波が、うねりながら上ってくる。

怒りだ。怒りの情が熱い。

落ち着け、落ち着け。自分に言い聞かす。

心を乱してはいけない。どんなときも、平静でいなければ医者は務まらない。わかってはいるが、言葉がほとばしる。由利の亡骸を目にしたときから、ずっと抑え込んできた怒りだ。それが熱く、うねるのだ。

どうしようもない。ほとばしるに任せるしかないだろう。

「あたしは医者だ。命を守るために働いてる。そういう者からすれば、武家の意地だの、面目だのに振り回されて命を捨てる輩は、馬鹿としか言いようがないよ。そうだ。おまえさんも由利さんも、くだらないものに振り回されて、何が一番大切かを見失っちまった。本当に恥じねばならなかったのは、そこんとこじゃないか」

頭の片隅で、止めておけ、もう、止めておけと誰かが囁く。いや、誰かではなく、おゑん自身だ。止めておけ。もう、止めておけ。これ以上、目の前の男を詰るのは、あまりに剣呑だ。

「恥じて生きるより、潔く死ぬ。それが武家の矜持だというなら、とっとと捨てちまいな。鼻緒の切れた下駄ほどにも役に立ちゃあしないさ。いや。おまえさんは捨てたんじゃなかったのかい。武家の全てを捨てて、吉原で生きると決めたんだろう。なのに、妹と面と向かう覚悟もできてなかったわけだ。今の自分の姿をさらす覚悟もしてなかった。とんだ、お笑い種じゃないか。その覚悟さえあったら……、覚悟して現を受け入れてさえいたら、由利さんを死なせずに済んだかもしれない。そういう思案をちっとは、してごらんよ」

甲三郎が全身をおゑんに向ける。

殺気は感じない。しかし、殺気を放つことなく人一人を斬り捨てる、それくらいの芸当はやってのける男だ。匕首だろうが、刀だろうが甲三郎が本気で使えば、逃れる術はない。おゑんを始末するなぞ、瞬きする間もいらぬはずだ。

やっちまったね。

口は禍の門、舌は身を斬る刀と言うけれど、文字通り口が過ぎて、斬り殺される。そんな羽目に陥るのか。その見込みは十分すぎるほど、あった。

おゑんさま、本当に困ったお方ですのう。

なぜか、末音の渋面が浮かぶ。

甲三郎が大きく息を吐き出した。それから、

「初めてでやすね」

柔らかな口調で言った。

「先生が、そんなに怒鳴るところ、ええ、初めて見やした」

「生来の気短じゃあるんですよ」

頬を撫でてみる。指先に火照りが伝わってきた。おそらく、紅潮しているだろう。肌は熱を帯びて湿っているのに、口の中は乾き切っていた。そういえば、こういう乾きは久々だ。

「そうなんでやすか？　じゃあ、いつものしらっとした様子は作り物ってこってすか」

「しらっとなんか、してませんよ。患者を診るとき、できる限り平静でいようと心掛けている。それだけのことです。医者が慌てふためいていたり、やたら苛ついていたりしたら、患者は不安でしょうがないでしょう」

「なるほど。そう言われたら納得しちまいますね」

甲三郎の物言いは憑き物が落ちたかのように、いつも通りに戻っている。それに眩まされたわけではないが、油断はしていた。張り詰めていた気持ちが緩む。

「つっ」

おゑんは顔を歪めた。左腕に鋭い痛みが走ったのだ。

甲三郎の手が、おゑんの両腕を摑んでいた。左腕には、吉原の帰り、襲ってきた男の一人につけられ、お春が手当てをしてくれた傷がある。

おゑんは顎を上げ、痛みに耐えた。

「先生の言う通りでやす。思案も覚悟もなかったと思い至りやしたよ。ただ、妹の仇を討たねばならない。討つのが当たり前だ。しかも……武士のやり方で討ち入る。その一念に凝り固まり、気を昂らせていただけでやした」

甲三郎の気息が、ほんの少し乱れている。おゑんは身を捩り、左腕を慎重に、けれど力を込めて引いた。利き腕でないにしても、傷が悪化すれば治療をするときの障りになる。

左腕は楽になった。しかし、右腕はさらに強く摑まれ、引き寄せられる。男の肩に、さっきまで火照っていた頬が当たる。

「この昂りを静めちゃあくれやせんかね、先生」

息と囁きが耳朶に触れた。

男の腕から抜け出ようとしたけれど、腰を抱きかかえられて動けない。

首筋に吐息がかかり、続いて唇が強く押し当てられた。

三日月長屋の黒塀の陰から、尻端折り(しりはしょ)りの老人が出てきた。塀の掛け行灯を外し、また黒塀の中に消える。おゑんたちを一瞥もしなかった。身を寄せ合う男と女など、吉原では番(つが)う猫ほどの珍しさもないのだ。

「ちょいと、手軽過ぎやしませんか」

身体の力を抜き、甲三郎の好きにさせながら、おゑんも囁いた。

「おまえさんは首代だ。吉原内で遊女を抱くのはご法度だろうが、外でなら好きにできるじゃありませんか。浅草(あさくさ)で遊ぶのもよし、深川まで足を延ばすもよし。おまえさんなら、揚銭(あげせん)などいらないって女もいるでしょうよ。なのに手近で済ませようなんて、些か安易ですよ」

唇が離れる。風が冷たさを増したようで、首筋が寒い。

「手近で済ませようなんて思っちゃあいやせん。ただ……」

「ただ？」

「どうしていいか、わからねえんで」

吐き出すような言い方だった。もう、囁きではない。耳に鋭く響いてくる。

「どうやって、由利に償えばいいのか、ずっと考えていやした。でも、考えても、考えても答えが見つからなかった。だから、考えるのを止めやした。そしたら、仇を討つことしか頭の中に残ってねえんです。あっしは、そのやり方しか知らねえんだ。だとしたら……」

「由利さんに償う？　なるほどね、あたしが言うまでもなく、おまえさんは感付いちゃあいたんですね。あのとき、逃げさえしなければ、兄妹として対顔さえしていれば、由利さんは自害などしなかったと」

「それも、わかりやせん」

甲三郎が横を向く。腕が離れ、おゑんを抱き竦めていた力が消える。

「由利とは離れ離れになって、もう、五年以上が経ちやす。その年月の間、あれが何を想ってきたか、どんな生き方をしていたか知る手立てはありやせん。ええ、五年ってのは、存外、長えもんです」

「でもお互いに一目で、兄だ、妹だってわかったじゃないですか」

年齢にもよるが、面差しを変えてしまうほどには、五年の歳月は長くはなかったのだろう。

「唇が動きやした」

「え？」

「目が合ったとき、由利の唇が動いたんでやすよ。『兄上』と、ね」

「それが見えたと？」

「おかしいでやしょう？　ほんの一瞬、遠くから互いを見ただけなのに、唇の動きなんかわかるわけねえのに……でも、確かに、由利はあっしを呼んだんでやすよ」

甲三郎が後ろによろめく。両手で顔を覆う。

「それが、怖かった。昔と同じ呼び方をされることが怖くて、たまらなかった。由利の呼んだ〝兄上〟など、もうどこにもいない。いないのに……。いないことを、由利に知られたくなかったんでやす。だから……逃げやした。無我夢中で、逃げたんでやすよ」

甲三郎の両手がゆっくりと下がる。青白い顔が現れた。

「今になって、やっと、気が付きやした。由利も怖かったんだとね。昔とはまるで変わっちまった自分を兄の前にさらしたことが、怖かったんだ。それに耐えられなかった……」

「由利さんは、腹の子を流して間もなかったんですよ。回復しつつあったとはいえ、心身共にまだ弱っていた。だから……受け止められなかったんでしょう」

現を。現全てを受け止め、そろりと一歩を踏み出す。

それができるまでには、力を取り戻していなかった。

不意打ちのようなものだ。なんとか痛手から立ち直ろうとしていた矢先、現の一太刀を浴びてしまった。さらに深い傷を負ってしまった。だからこそ……。

「だからこそ、あっしは逃げちゃいけなかったんでやすね」

おゑんが声にしなかった想いを、甲三郎は口にした。

「先生の言う通りだ。逃げるんじゃなくて、駆け寄らなくちゃならなかったんだ。由利とそれぞれの今を語らなきゃならなかった。由利をあのまま放っておいちゃいけなかった……。もう、遅い。あっしはとんでもねえ、しくじりをやっちまった」

そう、遅い。今更、何を言っても、何に気付いても遅すぎるのだ。

そして、苦しい。

おゑんは男の唇が吸った首筋に指をやり、そのまま襟に沿って滑らせた。胸元の皺がきれいに消える。着物の乱れなら容易く直しもできるけれど、人はそうはいかない。

甲三郎は、この先、己のしくじりを背負い続けるのだ。

悔いは杭だと、誰かから聞いた覚えがある。死病に取り付かれた老女だったか、重い傷で死にかけていた隠居だったか確かではないが、次第に浅く間遠になる息の間に、しゃがれ声で囁かれた記憶だけが残っている。おゑんが医者の道に足を踏み入れる以前のことだ。

悔いの気持ちってのは、杭ですよ。長いか短いか、太いか細いか、そりゃあ人それぞれでしょうがね。でも、杭なんです。人の気持ちに打ち込まれるんですよ。一度打ち込まれたら、なかなか抜けてくれなくてね。辛いものです。

そんな囁きだった。死の間際の譫言なのか、生を終えんとする者の真実なのか、おゑんには未だに判じられない。けれど、甲三郎は悔い続ける。何年経っても、妹を想うたびに悔いねばならない。それは、生身に杭を打たれる苦しみに匹敵するだろうか。

「由利さんにも責はありますよ」

風に顔を向け、おゑんは言う。慰めにもならないと承知しながら、それでも、言う。

「恥じることなど何もなかった。誰に対しても我が身を恥じることなどなかったんです。由利さんは矜持をはき違え、武家の生き方なんてものにがんじがらめになっていた。自分で自分を縛り付けていたんですよ」

その縄は少し緩んでいたはずだ。段々に緩んで、僅かずつ緩んで、いつか千切れて落ちたはずだ。生きてさえいれば。

「甲三郎さん」

「へい」

「寒いですね。どこかで、温まりませんか」

甲三郎の片眉が僅かに持ち上がった。

「変に勘繰らないでください。二人で夜具に包まって温まろうなんて、下手に誘ってるわけじゃありませんよ」

「誘ってくれても構いやせんが、そんなに甘いお方じゃありやせんよね」

甲三郎が苦い笑いを浮かべる。

「なのに、すいやせんでした。ずい分と無礼な振る舞いをしちまった」

「あれは、昂りを静めたかったんでしょう。温まるんじゃなくて、冷ましたかった、ですね」

「……違いやすよ」

甲三郎は促すように顎をしゃくり、歩き出す。おゑんも横に並んだ。

「温まりたいとか、冷まして欲しいとか、そういうんじゃねえんです。慰めとか支えとか、そんなものが欲しかったわけじゃねえ。どうしてだか……先生が欲しい、いや、先生に触れてみたくて堪らなくなっちまったんですよ」

「それは、気持ちが乱れていたからでしょう。普段の甲三郎さんではいられなかった。だから、普段では考えられない振る舞いをした。それだけのことでしょうよ」

「初めて逢ったときからでやす」

「え？」

「初めて逢ったときから、なんとも言い難い気持ちがありやした。先生は、あっしが知っている誰とも違ってた。誰とも似ても似つかぬお人でしたよ。人ってのは、どこか似たところがあるもんでやしょう。顔つきでも性質でも、立居振舞でも、ああ、あいつはこいつと似ている。あっちはこっちとどことなく同じだ、なんてね。でも、先生は一人だ。どこにもいねえって、感じたんでやす。人でさえないような気までしやした」

「おや、とうとう化け物の仲間にされちまいましたかねえ」

軽い冗談でいなそうとしたけれど、甲三郎は真顔を崩さなかった。

「ガキみたいなこと言ってると、自分でもわかっちゃあいるんです。けど、人でさえないような人に触れてみてえって、ずっと思ってきやした。あの夜、先生を負ぶってお家まで送り届ける道すがら、先生が背中にいるのが不思議でしかたなかった。由利と顔を合わせたくない、合わせちゃいけないって恐れながら、気持ちのどっかが妙に浮き立ってたんで」

京町二丁目の通りから、秋葉常灯明の前を過ぎる。この銅灯籠は火伏の神である秋葉権現を祀る社の前にあり、ここの灯が消えると吉原に火事が起こると言い伝えられていた。

「そういう気持ちは初めてでやした。武家の世に生きていては、見えぬもの、聞こえぬもの、出逢えぬものがたくさんあるのだと改めて思い知ったわけで。あぁ、こちらに」

揚屋町に入る。男女の芸者たちが多く住む町だ。蕎麦屋、酒屋、魚屋、海苔屋などの、軒の低い小体の店が並んでいた。そのうちの一軒、二つの酒屋に挟まれた茶屋の戸を甲三郎が開けた。そのまま、訪いも入れず小上がりに座る。小間は衝立で仕切られ、隅には大火鉢が据えられていた。熾火のはぜる小気味いい音がする。

紅い襷をかけた娘が、すぐに茶を運んできた。

「ごゆっくり、なさいませ」

習い覚えたばかりなのか、硬い口調で挨拶すると深々と頭を下げて去っていく。茶は、驚くほど美味かった。一口すると、程よい温みと柔らかな香りが広がった。こんな小さな店で味わえる茶とは思えない。

「さすが吉原。なんでもありますねえ」

心底、感心してしまう。「喜んでもらえて何よりでやす」と、甲三郎が目を細くした。

「甲三郎さん、一つ、お尋ねしていいですか」

「へい」

湯呑を手に、甲三郎が頷いた。おゑんはもう一口、茶をすすった。その味と香りを確かめる。これから、惨い問いかけを一つ、しようと思う。本当にしなければならない問いなのかどうか、茶を飲みながら見極める。

湯呑には白地に桜の一枝が描かれていた。夏なら黒地に蛍が飛ぶのだろうか。

「さっき、由利さんから逃げたことを悔いていると言いましたね」

「へい」

「お武家を捨てたことはどうです？　やはり、悔いていますか」

やや間があった。店の内には客の姿はなく、おゑんと甲三郎が黙り込めば、風の音も熾火の音もくっきりと鮮やかに耳に届いてくる。

「少しも」と、甲三郎は答えた。

「そこだけは、少しも悔いちゃあおりやせん」

目を合わせる。甲三郎は瞬きもしない。

熾火の音がまた、響いた。合わせるかのように戸を揺する風音が強くなる。

「聞いてもらえますかね、先生」

「聞かせていただけるなら、ぜひ」

甲三郎は湯呑を傍らに置き、もう一度、吐息を漏らした。

「珍しくもなんともねえ話なんで。ええ、我が身に起こったことなんざ、珍しくもなんともねえんだって江戸に出てきて知りやした」

風が鳴る。腰高障子が音を立てる。紅い襷の娘が新しい茶に入れ替えてくれた。その茶を一口すり、甲三郎は語り始めた。

名は伏す。江戸から百里ほど西にある石高六万(こくだか)に満たない小国の話だと、前置きして。

「あっしの親父ってのは勘定方(かんじょうかた)の差配役に就いておりやした。ええ、そこそこの身分じゃああったんでやす。ですから、食うに困るなんて暮らしはしてやせんでした。あのころ、腹がくちくなるまで食える、そのありがたさを思ったこたぁ一度もなかった。あっしは道場稽古に夢中になっている世間知らずのガキだったんでやすよ。剣術は好きでも学問所には渋々通っているといった体でやしたね。比べて、妹は、由利は利発で学ぶことが好きで、男に生まれていれば学者にも学頭にもなれる器だと言われておりやしたよ。由利は何も言いやせんでしたが、内心では才を活かせないことを、ずい分と悔しく思ってたんじゃねえでしょうか。一度だけですが、部屋の隅で泣いているのを見たことがありやす」

男に生まれてさえおれば学問も活かせようが、女ではどうにもならぬな。

つくづく女に生まれたのが惜しいのう、由利。

幾度となく浴びせられただろう、称賛に似ながら侮蔑を含んだ言葉の数々に、由利は泣いて耐えるしかできなかったのだろう。

「見てて腹が立ちやしたよ。由利にではなく、由利を泣かせたやつらに、ね。本家の当主だの隠居だのって、頭の固え爺連中だってわかってやしたから」

「確かに。横面を張り飛ばしてやったら、少しはすっきりしたでしょうね。でも、そう思ってくれる兄さまがいる。それは、由利さんにとって幸いだったはずですよ」

綺麗事を口にしたわけではない。兄でも姉でも赤の他人でも、本気で寄り添ってくれる誰かがいる。それは、この上ない幸いのはずだ。この兄に支えられて、妹は涙を拭くことができたのだろう。

仲の良い兄妹だったのだ。

「あっしが元服して間もなく、親父が死にやした。斬り殺されたんで。田島十兵衛って男にね。田島は親父の下で働いていた勘定方の役人でやした。そいつが、下城中の親父を襲ったんでやす。田島は市中の道場で免許を授かったほどの遣い手で、親父は柄に手を掛ける間もなく、一太刀で殺られてやした。首から脾腹にかけて、見事な太刀筋でやしたね。あれじゃ、何が起こったかわからないうちにこと切れたんじゃねえかと思いやすよ」

年月を経て過去のこととできているのか、父親の死を語る口調は揺るぎも乱れもせず、苦労なく聞き取れた。

「田島はそのまま、逐電しやした。あっしはやっとこさ前髪を剃ったばかりで、世間知らずのガキのまんまでしたね。何がどうなったのか、現を受け止められなくておたおたしてやしたよ。母親や妹を守らねばとその一念だけで己を保ってやした。田島が帳簿を改竄し国庫の金に手を付けていて、それに気付いた親父に咎められ斬り殺したのだと聞かされたのは、その日の夜、通夜も葬儀もこれからってときでした。後はだいたい思い至るでやしょう、先生」

思い至る。

「仇討ちですか。けどね、一昔前ならいざ知らず今は、おいそれと仇討ちも認められやしないでしょう。願い届が認められたとして、後々の憂いは山ほどあるんじゃないですか」

かつて、仇討ちが武士の本懐とみなされ誉めそやされていたころなら、留守宅へ十分な扶持が与えられ、後顧の憂いなくして旅立てた。首尾よく仇を討ち帰参すれば、武勇を讃えられ、加増の沙汰もあったと聞く。しかし、今は仇討ちは私事とされ、届け出と同時に永の暇を言い渡される。つまり、禄を取り上げられるのだ。それは、一家が貧窮のどん底に落ちることに容易く繋がっていく。

生きている者の暮らしを犠牲にしてまで、既に死人となった者の仇を討つ。そこにどんな意味があるのか。おゑんには解せない。甲三郎もおそらく解せなかっただろう。解せぬと告げることは、武士である身には許されなかったのか。

「本家の当主の爺さまが、すぐに田島を追え、追って討ち果たせと言いやしたよ。それが武士の道だとね。あっしは、はっきり答えられやせんでした。田島を許せないと憤怒に胸の内を焦がすような思いはしてやしたが、あっしまでいなくなったら、女二人が残されやす。禄もないまま、どうやって生きていけるのか。憤怒より憂いの方が勝ってやした。けど、その爺さまが『母や妹のことは心配するな。後のことは、全てわしに任せろ』とまで言い切ってくれたんで、覚悟を決めたんでやすよ。細々したこたぁ端折りやすが、生国を発ち、田島を追って大坂、京、そしてこの江戸まで流れ着いたって顚末でさぁ」

「それで、その田島って仇を首尾よく見つけられたんですか」

「見つけやした。ここでね」

「えっ、吉原で」

湯呑の中の茶が揺れた。甲三郎が笑んだ。

「へへっ、先生の驚いた顔が見られるなんて、ちょいと果報じゃありやすね」

「つまらない冗談をお言いでないよ。ここで見つけたってのは、その田島が客として入り浸ってたということですか。それとも、吉原で働いていたと？」

「死にかけてやした」

今度はさほど驚かなかった。心のどこかに、もしやという思いがあったのだ。国を出奔し、仇として追われる男が辿り着いたのが吉原とすれば、身空も末路もおおよそ窺い知れる。

大輪の徒花の根元には、無数の悲惨が埋まっている。だからこそ、花はより大きく、より華やかに咲き誇り、幻の夢を撒き散らすことができるのだ。

それが吉原だと、誰もが知っている。

「中風（ちゅうふう）で倒れ、もう一年近く寝たきりになっていたと田島は言いやした。ええ、嘘じゃねえと一目でわかりやしたよ。身体の大半が動かなくて、下の世話までしてもらわなければならない有り様で、裏茶屋で働く女の情けに縋って生き永らえていると、その言葉通りに見えやした。先が長くねえのも瞭然でやしたねえ。両手とも思うように動かせなくて自害すらできない。ここで首を刎（は）ねてくれるなら、この上なくありがたいとまで言われたんですからね」

そこで、甲三郎は苦い笑いを浮かべた。

「仇討ちをすれば、相手にありがたがられるってなんなんですかね。あっしはとっくに二十歳（はたち）は超えてやしたが、人の世の絡繰（からく）りに引っ掛かった気しかしやせんでした。土間に突っ立ったまま、ぼけっと病人を見下ろしてやしたよ。そしたら、田島がしゃべり始めたんでやす。涎を垂らしながら、それでも必死に……」

温（ぬる）くなった茶を甲三郎は一気に飲み干した。

「掻い摘まんで話しやす。長く話す類のものでもねえんで。要するに田島は自分はなんの罪も犯してないと言い切ったんでやすよ。勘定方の役人として、まっとうに働いていただけで、金をごまかしたことなど一度もないと。なのに、あの日、国の金を横領した罪により吟味方（ぎんみかた）に引き渡すと告げられ、とっさに逃げ出してしまった。それで、なぜ自分がこんな目に遭うのかと下城中の親父に詰め寄ったら、突然、斬り掛かられたのだそうで」

「それじゃ、甲三郎さんが聞いた話とは違ってきますね」

「かなり違ってきやす。親父は刀を抜きながら『それがおまえの役目だ。観念しろ』と叫んだとか……。それで、田島は自分が罠にはめられたのだと悟った。つまり横領の濡れ衣を着せられて処罰されるのだと。そう察したとたん頭の中が真っ白になって、我に返ったときには、親父が足元に倒れていたんだそうでやすよ」

「それで、国許から逃げ出したってわけですか」

如何なる理由があろうと、上役を殺したとあっては死罪は免れまい。切腹すら許されず、打ち首になるのが常だ。もし、田島が横領に加担していなかったのなら、冤枉を被った上に斬首されるなど耐えがたいことだろう。逃げ出したのも頷ける。

「ええ、二親も妻子もいない身軽な身の上ゆえに憂いなく国を捨てられたと、田島は笑ってやしたが、その身軽さが祟って、横領の咎を擦り付けられる役に選ばれちまったんじゃねえでしょうかね」

おやと、おゑんは胸の内で首を傾げた。甲三郎は仇である田島の言を信じているのか。それは、そのまま父親の不正を認めることになる。

おゑんの心中を見透かしたかのように、甲三郎は深く首肯した。

「田島は騙りなどしちゃあいやせんでした。死の間際にいる者が命惜しさに騙るなんて考えられねえでしょう。むしろ、罪があるなら洗いざらいしゃべっちまって、少しでも楽になろうとする。それが人ってもんじゃねえですかい」

「かもしれません。理屈はそうでしょうよ。けど、殺されたのは、おまえさんの父親じゃないですか。理屈はどうでも潔白を信じたいと思わなかったんですかね。それとも、思いながら信じきれない何かが心底にあったんですか」

甲三郎の黒目が横に動き、おゑんを見やる。冷ややかではないが温かくもない。乾いた風のような眼差しだった。

「先生って、つくづく油断ならねえお人でやすね。何があっても、敵に回したくねえな」

かといって味方になりたいわけでもなかろう。

とは口に出さず、おゑんは白地の湯呑を口に運んだ。

「親父は執政入りを狙っていたんでやす。前年、執政二人が相次いで流行り病で亡くなりやした。つまり執政の座に二つ、空きができたんで。一つは家老連綿の家系に繋がる者が継ぎやしたが、残り一席は適任の者を巡って、執政内で上手く話がまとまらぬままでやした。そこに、親父をと推す重臣がいて……ふふ、察しが付くでしょう」

「なるほど、金が要る。それも、相当の金子が要る羽目になっちまったんですね」

「その通りで。賄賂(わいろ)というのか付け届けというのか知りやせんがね、重臣たちに渡す金子の勘定がみるみる膨れ上がって、どうにもならなくなったんだと思いやすよ。けど、金がないから引き下がるというわけには、もはやいかなかった。引き下がったからといって、重臣らにばらまいた金が戻ってくるわけではなく、引き下がれば、もう二度と執政に登用される機会は巡ってこない。親父とすれば、前に進むしか道は残されてなかったんでしょうよ」

「だから、決して手を付けちゃいけない金に手を付けてしまったと、甲三郎さんは考えたわけですね」

ここで、甲三郎は何度目かのため息を吐いた。

「考える暇は幾らでもありやしたからね。ともかく仇を討てと煽られて、何も考えねえままに国を飛び出してはみたものの、ちょいと落ち着いてくると、腑に落ちねえことが幾つも浮かんできやした」

甲三郎は右手の指を広げ、まず親指を内に折った。

「田島が帳簿を改竄していた年月は数年に及んだというこってしたが、その間、親父も含め誰も気が付かなかったってことが一つ。田島は清書改め掛（かかり）という、主に帳面や書付（かきつけ）の清書をする下役に過ぎなかったんで。そういう立場の男が何人もいる上役に気付かれないまま、帳簿をごまかして金を懐に入れる、そんな芸当ができるのかどうか首を捻るとこじゃありやせんか。で、二つ目が」

人差指が折られる。

「元服するちょいと前だったと思いやすが、両親がこそこそと話しているのを聞いちまったんですよ。道場から帰って挨拶に出向いたときだったと思いやすが、詳しいこたぁわかりやせん。忘れちまいやした。ただ、気配がね、変に重苦しかったのと、切れ切れに聞こえてきたのが『どんな手を使ってでも金の工面（くめん）をせねばなりません』だの『この機を逃せば、わしは二度と浮かび上がれない』だの、物騒……というのとはちょいと違いやすか、そうだな、胡乱（うろん）ってのがぴったりくるかもしれやせん。あれは胡乱を感じさせるやりとりでやした。そういう諸々の疑念が、田島を追う旅の途中でぽこぽこ、浮かんできたんでやすよ。そいつを無理に追い払って、田島憎しの一念だけに凝り固まろうと努めてはみやしたが……」

それを為すには、些か聡明に過ぎたのだろう。人の本質を見抜く聡明さで、甲三郎は父親の不正を嗅ぎ取ってしまった。

「それで、仇討ちはどうしたんですか」

「どうもこうも、痩せさらばえて身動きもままならねえ相手を討って、どうなるもんでもねえ。いや、どう振り絞っても、そんな気は一滴も出てきやせんでした。で、すごすごと引き揚げるしかなかったって情けない顚末でさあ」

「でも、仇討ちを果たさないと国には帰れないいんじゃないですか」

おゑんはそこで口をつぐんだ。ずい分と間の抜けた問いかけをしてしまったと気付いたのだ。

国には帰れない。国に帰らぬまま、武士を捨て、甲三郎はここに居る。そして、由利も。

「帰らなくてよくなった、いや、帰れなくなっちまったんです。そのころ、あっしは浅草寺近くの裏長屋に潜り込んで、日銭を稼いで暮らしてやした。力仕事から裏仕事、用心棒紛いの真似までして糊口を凌いでたんで。その日暮らしの気儘さってのが性に合っていたのか、さほど苦労とも思わず生きてやしたよ。田島の住処を突き止めたのも、裏仕事の関わりからでやしたしね。国許で役所仕事に就くよりは向いていたのかもしれやせん。ただ、由利に宛てて居場所だけは報せてて、由利からも文が届けられていやした。あっしには金を送れるほどの余裕はありやせんから、親類縁者に助けられてなんとかやっているとの報せに、まぁ安堵はしていたんでやすよ。ただ、田島を討ち果たさなければ、母や妹とは逢えないままってことになる。あれこれ悩んでいた矢先、由利が母を連れて江戸に上ってきたんでやす」

「由利さんが？　もしかして、それは……」

「へえ、お察しの通りで。親父の犯科が明らかになったんでやす。帳簿の改竄も横領も、それを部下に負わせようとした罪も全部、目付の調べによりばれちまいました。親父の墓は掘り返され、既に骨になっているにもかかわらず亡骸は罪人墓地に埋め直し、我が家は家禄・屋敷を没収の上、所払い。それまで曲がりなりにも付き合いを続けてきた縁者からも、一族の恥と罵られ、石まで投げつけられたんだそうで……」

万が一にも自分たちの家に禍が及ばぬように、罪人の家族は遠ざけねばならぬ。武家にとって家とは人の命より重いのだ。

縁者の腹の内はわかり過ぎるほど、わかる。同心は些かもできないが。

「あのとき、一切合切を捨てちまえばよかった。捨てて三人で生き直しをすりゃあよかった。はは、全く、悔いてばかりでやすよ。ざまぁねえや」

「捨てることをおふくろさまが許さなかったんでしょう」

甲三郎が心持ち顎を引いた。眉が、これも心持ち顰められる。

「どうしてそう、なんでもかんでもわかっちまうんでやす？　医者ってのは、人の心の内まで見通せる術を会得してるんでやすかい」

「まさか」

「じゃあなんでわかりやした」

娘が三杯目の茶を運んできた。おゑんは手に取り、甲三郎はもういいとかぶりを振った。

「術を使わなくてもわかりますよ。甲三郎さんの話だと、おふくろさまは自分のご亭主が何をやっていたか知っていた風じゃないですか。しかも、それを諫めるのではなく、佑助しようとしていた。どんな罪を犯してでも執政の一角に滑り込みたいとの望みは夫婦で一致していたんでしょうよ。そういうお方が、あっさり武士の身分を捨てるとは思えませんが」

甲三郎は空の湯呑を暫く見詰めていた。おゑんは遠慮なく、湯気の立つ熱めの茶をすすった。渋みが強く、その分、さっぱりと後口のいい風味だ。

「仰る通りで。母にとって武家であることは、生きる基でやした。町人になるなど思案の埒外でしかなかった。しかも、生国で受けた仕打ちが祟ったのか、ここんとこが、あ、こっちの方かな」

　甲三郎の指がこめかみと胸の上を行き来する。

　頭と心、か。

「壊れちまってて、狭い裏長屋の一間で日がな一日、『父上の仇を討て』、『田島を討ち取り、家を守れ』と喚き続ける始末で。いくら、田島は既に死んだと告げても納得しねえんでやすよ。ええ、田島は死にやした。あっしが訪ねていった翌日に、息を引き取ったそうでやす。そこを何度伝えても、通じなくて……。外からの言葉ってのを受け付けなくなって、一日中、ぶつぶつ呟いているか、突然、喚きだすかのどっちかで、大らかな長屋の店子連中からもさすがに気味悪がられたり苦情を言われたりするようになっちまって。由利ともども困り果てていたんでやす。あのころ、先生を知っていたら、縋っていたかもしれやせん」

「そうですねえ。縋られてなんとかできたでしょうかねえ」

　自信はない。母親の壊れ方は、おゑんの許に駆け込んでくる、あるいは這いずるようにやってくる女たちとは違うのだ。武家の妻、執政の妻であることに搦め取られ、正気すら失った女とどう向き合うべきか手立てが浮かばない。

「けれど、なんとかしなければ、おふくろさまは酷くなる一方でしょうね」

「ええ、結局、どうにもならなくなりやした」

「というと?」

「あっしをずっと、『父上の仇も討てぬ軟弱者』と罵っていたうちは、まだよかったんでやすが、そのうち、あっしを田島だと思い込むようになって……」

おゑんは湯呑を固く握った。

倅と仇の見分けがつかなくなる？　母親が？

嫌な汗が滲み出て、腋と背中がじとりと湿る。

「そのころはまだ武家の形をしてはいたんですが、母親から仇呼ばわりされたときには、さすがに肝が冷えやした。あっしに食って掛かり、泣き叫ぶ姿は哀れであり、正直、気味悪くもありやしたよ。それで」

甲三郎は言葉を切り、束の間、躊躇うように目を伏せた。

「満月だったのを覚えてまさぁ。部屋がほの明るくて……ええ、夜更けでやした。妙な気配にふっと目が覚めたら、母親があっしの夜具の横に立っていやしてね、えっ？　と思う間もなく懐剣を振り上げて襲い掛かってきやした。なんとか避けやしたが、またすぐに斬り掛かってきて、懐剣を振り回すんで……」

「甲三郎さんを、いえ、仇敵を殺そうとしたんですね」

息子も仇も混ざり合い、溶け合い、武士の形をした男全てを怨む。母親の辿り着いた場所がそこなら、なんともやりきれない行き先ではないか。

「そうでやす。『おまえさえ討てば、元通りになる』、『おまえが全てを壊した』なんて叫びながら、刃をむけてくるんで。狂気の刃だからなのか、えらく鋭くてね。しかも、母親はまさに鬼の形相をしてるんでやす。危ないとか怖いとか感じる間はありやせんでした。身体が勝手に動いたというか……懐剣を叩き落とし、とっさに刀を抜こうとしてやした。あのとき」

一瞬だが、甲三郎の頰が強張った。奥歯を噛み締めたらしい。

「あのとき、由利が止めてくれなかったら、おそらく母親を斬り殺していたと思いやす。由利が母親にしがみついて、あっしに……あっしに逃げてくれと叫んだんでやす」

兄上、お逃げください。早く、早く。

由利の必死の叫びが響いた気がする。そして、甲三郎は自分ではなく母親の命を守るために、逃げ出した。

「逃げて、以前、用心棒として雇われた地回り（じまわり）の許に転がり込みやした。情けねえ話でやすが、そこで熱を出しちまって」

甲三郎が袂をめくる。肘から三寸ほど上に白い傷痕ができていた。

「懐剣の切っ先でやられていたみてえです。そんなに深い傷じゃなかったはずなのに、三日ほど高熱が出やした」

「身体が弱っていたんでしょうね。身体も気持ちも、疲れ切っていたんですよ。そういうときは、指先の些細な傷でさえ因（もと）となって、熱が出たり、眩暈がしたりするものです。けどまあ、膿まなかったのが不幸中の幸いでしたよ。下手をしたら、腕一本、失（な）くしていたかもしれませんからね」

「先生、脅かさねえでくだせえ」

「脅しじゃなく事実を言ってるんです。そうならなかったのは、身体の地力が強かったんでしょうね。若いってのもあったでしょうし。でも、三日も熱が出たなら、元通りの身体に戻るのにさらに数日が入り用でしたね」

「へえ、しめて、五日ばかり動けやせんでした。なんとか起き上がれるようになって、裏長屋に戻ってみれば由利も母親もいなくなっていて……。近所のおかみさん連中が教えてくれやしたが、あの騒動の翌日に二人して出て行ったんだそうで。隣に住む下駄直しの女房が由利からの文を預かってくれていやした。今のままでは、また同じことが起こる。母親の正気が戻るまで、暫く離れて暮らそう。落ち着いたらまた報せると、そんな文でやした。そのときねえ、先生、あっしは心底から安堵したんでさ。妹や母親を案じるより先に、ほっとしたんでやす。これで、当分、母親のあの狂態を見なくて済むって。由利がどれだけ苦労するか察せられないわけもないのに、胸を撫で下ろしていたんで」

「由利さんとは、それから一度も逢わず仕舞いですか」

おゑんは、さりげなく話を先に進めるよう促した。

胸を撫で下ろしたのは当たり前だ。別に、おまえさんが悪いわけじゃない。そう慰めるのは容易いけれど、慰めてどうなるものでもない。甲三郎が慰めを望んでいるわけでもない。ただ事実をありのままに伝えているだけだろう。

今は同意も憐憫も不要。

「先生の家で姿を見かけるまでは、一度も逢っておりやせん。何かしらの報せがくるかと待っちゃあいやしたが、半年経っても、一年経っても文どころか託け一つありやせんでした。そんなとき、惣名主から声をかけてもらいやした。吉原で働かないかと。地回りの男が口添えをしてくれたんで。あっしは一も二もなく引き受けやした。かなりの給金を約束されたのもさることながら、武家を捨てるきっかけにできると思ったんでやす。へえ、そうなんで。あっしは、もう武家でいることに、ほとほと嫌気がさしてやした。親父のやったことを知ったときから、母や妹への仕打ちを知ったときから、いや、国を出て江戸へ上り、巷の暮らしってものを知ったときからかもしれやせんが、武家であることにがんじがらめになっている自分が、どうにも窮屈でならなくなっちまったんでやすよ。惣名主の誘いは渡りに船、思い切るいい機会でやした」

「なのに思い切れなかった。捨て切れていなかったわけですね」

甲三郎は半ば目を閉じ、頷いた。

「できやせんでしたね。捨てて身軽になっていたつもりだったのに、まだがんじがらめのままでやした。町人の形を妹の目にさらしたとき、懐かしむより先に逃げ出したんでやすから、どうにも申し開きが立ちやせん」

「誰に申し開きをするんです？　現から逃げたのは由利さんも同じでしょうよ。その場から走り去っただけじゃない、この世から逃げちまったんだ。甲三郎さんよりずっと強く縛られていたんでしょうね、きっと。我が身を恥じて死を選ぶほどに強く……」

由利は母と己を養うために、どこぞの屋敷に奉公に出たのだろう。そこで、主か、主にごく近い者の手が付いた。母親はおそらく生きてはいまい。甲三郎の話からしか窺い知れないが、息子に刃を向けるほどの狂乱は己の命をも蝕んだのではないか。

「……由利ってのは、叔母の名なんでやすよ」

甲三郎がぼそりと漏らした。それから、おゑんに目を向け微かに眉を寄せる。

「驚かねえってことは、知ってたんでやすか、先生」

「誰のお名前なのかまでは存じませんでした。ただ、由利さんが本名を名乗ってないとは感じてましたよ。少なくない患者が名を偽ります。偽っても構やしません。呼んで返事をしてくれるなら、それでいいんです。ただ、今、話を聞いていて、ああと思い当たることがあってね。ほら、甲三郎さん、お丸さんが『由利さま』と呼ぶのを耳にして、患者は武家の出なのかと問うたことがあったでしょう」

「へえ、叔母と同じ名だったんで、少しばかり気持ちが動きやした」

「由利さんの本名なら、妹御の本当の名前だったなら、少しばかりじゃすまなかったでしょうね。あのとき、由利さんがどういう人なのか、確かめようとしたはずですよ。そっと病室を覗き込むのなんて、そう難しくはないですからね。でも、甲三郎さんはそこまでしなかった。由利という名にさほど慌てなかった。それは、由利さんの姿を見て逃げ出したのと、ちょいと矛盾すると思ったんですよ」

甲三郎は肩を竦め、口元だけで笑んだ。

「なるほど、そういうこってすか。やはり、油断も隙もねえお人ですね、先生は」

それから二言、三言呟いたが、さやかには聞き取れなかった。

「叔母は身体が弱くて、早くに亡くなったんで。一度嫁いで、二年も経たないうちに子ができないという理由で離縁されて、離れの座敷でひっそりと暮らしていた人でやす。子ども心にも気の毒だと感じておりやした。叔母は優しくて、声が鈴を転がすように綺麗で、妹は殊の外慕っていて、よく部屋に出入りしてたみてえです。実の母親が癇性(かんしょう)だったもので、余計に穏やかで優しい人柄に惹かれたんでしょうが……。その叔母の名前を名乗っていたとは思ってもいやせんでした」

「子ができない理由を全部、女に押し付けられちゃ堪りませんねえ。押し付ければ男の面目は保てるんでしょうが、女にとっちゃあ理不尽極まりない話です。けど……」

「けど？」

男子を産むことだけを求められ、求めに応じられなければ離縁される。そんな場所に身を置いて生きることと、実家で一人静かに暮らすことと、どちらが幸でどちらが不幸なのか、本人の他には誰も測れない。

しかし、そのことを告げる気にはなれなかった。億劫が先に立つ。甲三郎が人の情けに疎いとも、鈍いとも思わない。むしろ、凡百の男よりずっと鋭くはあるだろう。そういう者でさえ、実家に戻ってきた女を気の毒と断じてしまう。

これだけの隔たりをどう埋めるのか。埋めることができるのか。

億劫……というより、粘りつくような疲れを感じていた。

が、何はともあれ、甲三郎が己の来し方を包み隠さず語ったのは事実だ。それで、由利が生き返るわけでも、刻を巻き戻せるわけでもない。ただ、明日も生きていく者にとっては、前に進む半歩にはなったかもしれない。

おゑんの患者たちもそうだった。来し方を語ることで行く末を見ようとする。絞り出され、滴り落ちる言葉と一緒に、抱え込んでいた想いを一つでも二つでも吐き出す。ときにそれが、薬より効力を持つことがあるのだ。

甲三郎がそうなのかは、わからない。どれほど語っても、しゃべっても、告げても、消え去ってくれるような来し方ではあるまい。それをどう背負い続けるかが、甲三郎の生き方だ。おゑんが口を出すことでも、手を差し伸べられるものでもない。

そこだけは、くっきりと解している。

おゑんができることは、また別にある。

しゃべり終えて、甲三郎はやや前屈みになっていた。

「まだ、妹の墓には参れねえ。先生、まだ、気持ちが……」

こぶしで己の胸を叩き、低く唸る。

「どうにも収まらないんで。妹を死に追いやった自分が許せねえ。孕ませた男が許せねえ。自分で自分を始末したいって気持ちが収まらねえんでやすよ」

「それは、相手の男を突き止めて、一太刀、浴びせたいってことですか」

「その思案に、どうしても引きずられやすね」

相手に一太刀、ついでに我が身も四方からの白刃を受ける。

なるほど、そういう身の処し方に惹かれるわけか。

「敵を倒して自分も討ち死に、ですか。そんな幕の引き方、由利さんは望んじゃいませんよ」

「わかってやす。よく、わかっていやす。わかっちゃあいるのに……」

膝の上で甲三郎のこぶしが震えた。

「あたしにはおまえさんを止める力はありません。止める気もない。生まれてくる所は選べないけれど、死に方は、ある程度は選べます。だから好きに選べばいい。けどね、甲三郎さん。派手に散る前に、ちょいと一働きしてもらいますよ。吉原のためにね」

甲三郎が半身を起こした。

双眸に鋭い光が戻る。

「例の件、でやすね」

「ええ、そろそろ、千秋楽にしないとね」

「確かにけりをつけやしょう。先生、ご差配をお願いしやす」

甲三郎は立ち上がり、おゑんに向かって頭を下げた。

「また、そんな大仰な真似を」

わざと苦笑してみせる。

「あたしに甲三郎さんを差配できるはずもないでしょう」

「そうでやすかね。あっしとしちゃあ鼻面を取られて、引き回されている気分でやすがね。ただ、引き回されるのが嫌なわけでも癪なわけでもねえ。そこんところが我ながら不思議な心持ちじゃありやすがね。ともかく、今は何があっても先生のご差配通りに動きやす」

何があっても。

それは、吉原の惣名主を差し置いてもという意味だろうか。

一瞬だが、川口屋平左衛門の皺の刻まれた、そのくせ、張りのある顔が眼裏を過った。

首代として生きるなら惣名主の命は絶対だ。その命より己の心の方様を先んずれば、吉原の法度に触れる。武士の主従の関わりとは異質の、さらに堅固な掟が吉原にはある。むろん、甲三郎は骨の髄まで承知しているだろう。一度、武士の衣を脱ぎ捨てた男は、今度は吉原の禁令を破る、そこまでの決意を固めているのか。

寸の間考え、おゑんは心内でかぶりを振った。

先のことなどわからない。

おゑん自身、この先どうなるのか、何が起こるのか確と摑んでいるわけではないのだ。一寸先が闇なのか、一筋の光明が差し込むのか答えられない。そして、人の心の内も見定めきれない。わからないことに、見定められないものに、拘っている暇はないのだ。

「頼まれた調べ事でやすが」

座り直し、甲三郎は声を潜めた。

「先生のお診立て通りでやした。春駒、松花、そして、さくら。みんな、関わり合っておりやす。ただ、お丁だけは確かには突き止められやせんでした」

お丁は切見世の女郎だった。惣籬の遊女のように、客に課せられるややこしい手続きとも、格式張った振る舞いとも無縁だ。どんな客がきて、その客とどうなったのか、ならなかったのか。気にする者など誰もいない。

おゑんは頷き、念のために問うてみる。

「関わり合ったのは、あの人物ですか」

「間違いなく」

「そうですか」

黙り込んだおゑんの横顔に、甲三郎の眼差しが刺さってきた。

「けど、先生、どうして、こいつに目を付けたんでやすか。種明かしを、ってねだっちゃあいけやせんかね」

おゑんは顔を上げ、真正面から甲三郎と目を合わせた。

「吉原からの帰りに見舞われた、あの襲撃ですよ」

手練れの男たち三人。闇から湧き出すように現れた暗殺者だった。甲三郎がいなければ、おゑんは間違いなく骸になっていただろう。今、思い返しても、心持ちながら背筋が寒くなる。

「どうして、あたしが襲われたのか、ずっと気になっていてね」

「美濃屋の旦那が、わざわざ見送りに出てきたからじゃねえですか。金を持っている客だと間違われて……いや、先生が貧乏くさいって意味じゃありやせんよ」

「でも、こんな形です。とても分限者には見えませんよね。吉原帰りの客を襲おうかという輩なら、そのあたりの目は肥えているでしょう。金目当てで、あたしを襲うはずがありません。吉原にはお大尽も大身もたんと通っているんですからね。それに、あたしなりに相当の金子を懐に収めたときだって、何事もなく帰りつけましたから」

　平左衛門から薬礼というより口止め料として渡された切餅、二十五両の包みのことだ。

「あのときは、日がありやしたからね。悪党なんて奴らは日が落ちて、闇に潜めるような刻分じゃねえと動き出さないもんでやすよ」

「甲三郎さんは本当に、あたしが金目当ての賊に襲われたと思ってるんですか」

　甲三郎の目元が僅かに強張った。息を吸い込み、重い口調で答える。

「いや、思っちゃあいやせん」

「でしょうね」

「でも、それなら他にどんな理由があるんでやす」

　甲三郎が身を乗り出してくる。謎解きをせがむ子どものようだ。

　つくづく、面白い男だ———と、思う。

　心の一点が冷え冷えとして、他人を寄せ付けない気配も、気怠い諦めも纏っているくせに、不意に生気に満ちた、ある意味子どもっぽい光を眸に宿す。先刻聞いた、来し方や育ちのせいではあるまい。この男の生来の性質なのだ。陰と陽、冷と温、闇と日向を併せ持つ。

　面白い。が、面白がってばかりもいられない。

「話の様子からして、先生は奴らが何を目当てに襲ってきたか目処が立ってるようでやすね。立ってるんでやしょ？　だったら、ちょこっとでも教えてくだせえ」

迫ってくる男におゑんは目を眇めて、伝えた。

「あたしはね、戻し物だと考えてるんですよ」

「へ？　戻し物？」

「反吐ですよ。あの夜、あたしは、さくらの吐き戻した汚物を瓶に詰めて持ち帰りました」

「それを狙って襲ってきたと？」

「そうとしか考えられないんですよ。あの夜、あたしが吉原から持ち出したものは、それだけでしたからね。他には狙われる理由を思いつきません」

おゑんは懐から懐紙入れを取り出した。

十五

「あまり見場（みば）のいいもんじゃないけど、ちょいと眺めてごらんなさい」

二つに折った懐紙を開く。甲三郎が覗き込んできた。

「……これは、なんでやす」

ややあって、戸惑いの滲む声で尋ねてくる。

「さくらの吐き戻したものを末音と一緒に調べてみたんですよ。そしたら、これが見つかりました。末音は越冬虫ではないかと言うんですが」

「越冬虫？　これ、虫なんでやすか」

懐紙の上には、爪の先ほどの細く黒い紐のようなものが並んでいた。

「虫と茸、らしいんですが、あたしにもよくわかりません」

「虫と茸って……どういうこってす？　よくよく見てみたら色合いが僅かに違うみてえだが」

甲三郎が眉を寄せ、唸るように言った。

確かに半分までは黒く、途中からは濃い鼠色に見える。

「黒いところが虫、鼠色は越冬茸という茸の一つです」

「茸」と、甲三郎が口元を歪めた。茸の類が苦手なのかもしれない。

「甲三郎さん、冬虫夏草って知ってますか」

「へえ、聞いたこたぁありやす。芋虫の頭から茸が生えてるってやつでしょ。本当に見た覚えはありやせんが。薬種になるとかじゃなかったですかい」

「そうです。大層珍しくて、高直な薬ですよ。虫体ごとからからに乾かせば生薬となり、永久の命を叶えるとまで言われていますからね」

「不老不死の妙薬ってわけでやすか。そんなものが、この世にあるんでやすね」

「あるわけないですよ。人は老いて死ぬから人なんです。何を飲もうが塗り付けようが、人であるなら誰でも年を経れば、死にますよ。死ななきゃ化け物になりますからね。けど、冬虫夏草には精を補い、肺の気を保ち、腎を益し、痨嗽（咳き込み）を止める効き目がある。そこは確かなようです。あまりに高直なので、あたしなんかには手に入れられない生薬ですが」

「この越冬虫ってのも、薬になるんで」

「ええ。冬虫夏草よりさらに稀なものらしいんですが、蛾(が)の芋虫に茸が生えるところは同じだそうです。水気がなくなるまで乾かして使用するところも同じです。乾かすことで薬効が増すのだとか。もっとも、末音もその昔、たった一度だけあたしの祖父から聞いた覚えがあった。それだけのことなんですがね。いわば、幻の虫……いえ、虫に寄生した幻の茸ってとこでしょうか」

「幻の茸……」

甲三郎が息の音とさほど変わらない声で、呟く。

「末音に言われて、祖父の遺した日記なり書付なりを調べてみました。そしたら、ありましたよ。ほんの数行でしたが、越冬虫について書き記したものが。とはいえ、祖父も本物を見たわけではなく、誰か、おそらく患者だった村の古老からだろうと思いますが、聞いた話に過ぎないと書かれてましたね。図も描かれていましたが、こういうものだろうと、祖父が想像したもので、本物を仔細に写したというわけではないようです。でも、古い文献に似たような記述があったとかで、全て古老の作り話と切り捨てられるものでもない、とも」

古い文献は阿蘭陀(オランダ)語とは違う、おゑんにも末音にも読み解けない異国の文字でつづられていた。もしかしたら、祖父の生国の言葉であったかもしれない。

「なるほど、まさに幻の薬ってやつでやすか。それこそ、不老不死に近い効き目があるとか?」

「毒だそうです」

「え?」

「薬は薬でも、毒薬に近いものだそうですよ。もともと、茸そのものも毒茸、寄生する芋虫ってのも大斑橙蛾（おおまだらだいだいが）という毒蛾なんだそうです。親になれば橙色に黒の斑紋のある美しい姿になるんだそうですが、芋虫はくすんだ白で、紋一つないいたって地味な姿らしいですね」

「そこに、茸が生える」

「全部の芋虫に生えるわけじゃなく、ごくごく稀にということです。大斑橙蛾も越冬茸も生きている場所が限られていて、どこでも目にできるって代物（しろもの）じゃない。まして、この二つが一緒になった越冬虫となると、珍しいの上にも珍しいのだとか」

「なのに、毒なんでやすか」

「ええ、人の生気を減じ、ごく短い間に心身を衰退させると、ありました。ただ祖父は、薬と毒は一体の分があり、もしかしたら、解熱や鎮痛に大いなる効力があるかもしれないとも記していましたが。それとて、想像に過ぎません。もし、まだ、この世に存在しているのなら、是非に見届けたいと結んでおりましたよ」

甲三郎が妙に緩慢な仕草で身を起こし、瞬きした。

「生気を減じ、心身を衰退させる。それって……」

「ええ、亡くなった三人はひどく窶れて、不意に老いたようにも見えました。あり得ないことだと、あたしは面喰（めんくら）っちまって狼狽（うろた）えましたがね。この虫が因（もと）だとすると、あり得ることに転じる気もするんですよ」

「先生が狼狽えていたようには見えやせんでしたが、まあ、そこは置いときやしょ。けど、おかしかねえですか。誰も見たこともねえ幻に近い虫ってのが、どうしてここにあるんです？　さくらが食ったってことですかい」

「ええ、そうとしか考えられませんね」

「春駒も松花もお丁も？」

おゑんが頷くと、甲三郎は逆らうように首を横に振った。

「いや、先生、それこそあり得やせんよ。幻ですぜ。さっき珍しいの上にも珍しいって言ったじゃねえですか。そんなものが、吉原にいて、女たちがそいつを口にして亡くなったなんて、突拍子もねえ話ですぜ」

「越冬虫がいたわけじゃありませんよ。持ち込まれたんです」

おゑんは懐紙を丁寧に畳んだ。末音から、必ず持ち帰るように言われている。


「まあまあ、ここで、越冬虫にお目にかかれるとはのう。思うてもおりませんでした」

さくらの戻し物を詳しく調べた後、末音は長い吐息を漏らした。声音は落ち着いているが、紅潮した頬が内心の昂りを語っている。

「越冬虫と決まったわけじゃないだろう。というか、誰にも決められないじゃないか。本物を見た者なんていないんだから」

「さようでございます。けれど、吉原の女人の方々は摩訶(まか)不思議な亡くなり方をされたわけでございましょ。それなら、誰も知らない摩訶不思議な毒が使われたと考えるのも、あながち、的外れとは言えませぬで。それに、虫から茸が生えているのは確かですからの。越冬虫である割合はかなり高(たこ)うございましょうが」

末音とそんなやりとりをした。やりとりの後、出かけようとするおゑんの腕を摑み、末音は媚びるような眼差しを向けてきた。

「おゑんさま、もし、もしもでございますよ、越冬虫が手に入るようなら、ぜひにぜひに、お持ち帰りくださいませの。一体でも二体でも、ぜひに」

「あたしは、これから吉原に出かけるんだ。生薬屋じゃない、吉原にだよ。そんなものが手に入るとは思えないね。お門違いも甚だしいってやつさ」

「おやまあ、そうでございますかねえ」

末音は口元に手をやり、小さな笑い声を漏らした。

「ほほ、わたしゃお春さんにまで隠し立てては無用でございますでの。おゑんさまが吉原で何をされるおつもりなのか、わたしめには測りかねますが、摩訶不思議な事件絡みだとは察しております。とすれば、摩訶不思議な虫が手に入る見込みもございましょう」

「万が一、手に入ったとしても毒薬にしかならないものだ。扱うのは容易じゃないよ。取り扱い方の見本も手引書もないんだからさ」

「心得ておりますとも。でも、おゑんさま、これはもしかして、人の身体に入って初めて毒となる虫かもしれませんでの。つまり、口にさえ入れなければさほど剣吞ではないのではございませんかの」

「そんなこと、わかるもんか。どっちにしても毒は毒さ」

「毒は薬、薬は毒でございますよ。烏頭や附子も猛毒ですが、鎮痛や腎虚には生薬として用いますでの。曼陀羅華とて毒がございますが、種も葉っぱも良い薬になりますで」

「越冬虫も毒でありながら薬になると？」

「はい。どのような薬になるかはわかりかねますが、鎮痛に効き目があるなら、あの薬の力を一段と高められるかもしれませんで。それに、ここまで乾かしておきながら、どうして粉ではなく、そのまま使ったのか、そこも気になりますしの。黄粉棒とやらに練り込んであったのでしょうが、粉だと効き目が薄れるのか、毒が強くなり過ぎて粉にするのは危ないのか。さて、なんとも謎が多過ぎますの。だからこそ、楽しみでもありますが」

末音の双眸が美しく煌めく。恋を知り初めた娘のようだ。

末音には調薬に関わる天賦の才がある。その才の高さに、何度も舌を巻いたし、助けられてもきた。今、おゑんの手許にある何十という薬は、末音とおゑんが、あるいは末音が一人で調薬したものだ。巷の生薬屋では手に入らない薬も多々ある。

その末音が、この前作り上げた痺れ薬の効能をさらに上げられるかもしれないと、目を輝かせているのだ。

「……使えないかもしれないね」

おゑんは呟いた。

「些か斑があり過ぎるよ」

「は？　なんと仰いました」

いや、なんでもないとかぶりを振り、おゑんは背を向けた。

「なるほど、やっとあっしにも見えてきやしたよ」

甲三郎が背筋を伸ばし、気息を整えた。

「とはいえ、まだ大半が霧の中じゃありやすが、少なくともこの一件は虫ではなく人の仕業ってこたぁわかりやしたよ。けど、なんのためにってとこがわかりやせん。なんのために、こんな真似をしなきゃいけねえのか、先生には見当が付いてるんでやすか」

「いいえ。甲三郎さんとどっこいどっこいですよ。ただ……」

「ただ？」

「女が三人、尋常じゃない亡くなり方をした。不意に心の臓が止まったの、刃物で刺されたのとは違います。若い女がみるみる衰えて、老女のようになって絶命する。巷なら、ちょっとした騒ぎになります。恐れる者も、面白がる者も、あることないこと言いふらす者も出てくるでしょう。それが、吉原ではこの通りです。騒ぎどころか波風一つ、立たない」

「慣れてやすからね。どんな騒ぎが起ころうとぐらつくこたぁありやせんよ」

そうだ。ここは、吉原。どんな騒ぎも、死も、人も、愛憎も悲惨も呑み込んで揺らぎもしない。全てを覆い隠し、包み込み、艶やかに咲き誇る。

むろん、吉原内での刃傷沙汰や相対死(あいたいじに)が人口に膾炙(かいしゃ)することも、江戸雀を賑わせることもある。けれど、それは漏れ出ても構わない類のものだけだ。芝居に取り上げられ、読本(よみほん)の材となり、徒花の色を、香りをさらに艶めかせる働きをする。

どこまでもしぶとく、底が知れない。

おゑんはため息を嚙み潰し、甲三郎に答えた。

「だとしたら、試し場にはもってこいかもしれない。そうは考えますよ」

「試し場？　何を試す……」

甲三郎が唇を結ぶ。眦が僅かに吊り上がった。

「なるほど、それの効き目がどれほどのものか試すってこってすか」

おゑんの手の上、二つに畳まれた懐紙に顎をしゃくる。

「ええ、どんな奇妙な死に方であっても、吉原なら外に漏れることはない。実際、三人が三人とも病死で片づけられ、葬られて終わりです。表向きは何も変わりません」

巷から、現から切り離され、他のどこにもない唯一の場所として吉原はある。春夏秋冬、徒花の色と香りに満ちた別天地であらねばならないのだ。

「甲三郎さん、あたしはね、当て石にされたのは、おもんさんたちだけじゃないと思うんですよ。三人ってわけがない。毒にしろ薬にしろ効き目を確かめるなら、もうちょいと数がいる。あたしたちも新しく薬を調合しますが、試すならできる限りの人数をと思いますからね。正直、子どもから年寄りまで試せるなら試したいんです。むろん、生き死にに関わらない範疇で、ですが」

ずくっ。左腕の傷が疼いた気がした。今朝方、末音があの薬を丁寧に塗り付けてくれたところだ。塗って間もなく、傷の痛みはほとんどなくなる。効き目はおよそ、一日から一日半。使い続ければ効力が薄れる者と増す者がいるようだと、末音は言った。つまり、人による。とすれば老若男女、なべて験してみたいと付け加えた。

その後、

「とは言うても、人の身体ですからのう。そうそう、好きに使うわけにはいきませんで」

と、やけに切なげな物言いをしたものだ。

「けど、先生。三人より他にあんな妙な死に方をした女の――男もでやすが、話は聞きやせんよ。少なくともあっしの耳には届いておりやせん。さくらが四人目になっていた見込みは大いにありやすが、ともかく、犠牲になったのは三人だけでやす」

吉原は閉じられた世界だ。外に漏れない代わりに、内側で起こった出来事は深く染み込む。その気になれば、調べ上げるのは、そう難しくはない。〝その気になれば〟だが。聞いても聞かぬ振り、知っても知らぬ振り、そして、きれいに忘れた振りをするのが習いだ。その習いから外れ、耳をそばだてれば、染み込んだ出来事が聞こえてくる。

「それにね、甲三郎さん」

「へい」

「それだけじゃない気がするんですよ。吉原を試し場に使う、それだけじゃない気がね」

おゑんは腰を上げ、甲三郎を見やる。

「では、直に聞いてみることにしましょうか。ここで二人して思案を重ねるより、ずっと手っ取り早いでしょうよ」

「で、やすね」

甲三郎が唇を結び、首肯した。


筮竹がしゃらしゃらと鳴る。

扇形に開かれ、左右に割れる。

天策、地策、人策。八卦見に関わるそんな言葉を知っていた。教えてくれたのは誰だったろう。客だろうか。親だろうか。名も知らぬ行きずりの男だろうか。

安芸は揺れる細い竹の棒を見詰める。

見詰めていながらその眸は僅かに虚ろで、僅かに潤む。ここではないどこかを眺めているようにも、一心に求めているようにも思える眼差しは、実はどこにも向けられていない。そんな眼を吉原で覚えた。曖昧で美しい笑み方も、心と裏腹な台詞に心を籠める偽りも覚えた。覚えねば、ここでは生きて行かれない。

それを虚しいとは感じない。

以前は虚しかった。自分が空っぽの置物のような気がしていた。しかし、今は違う。芯がある。己を貫く確かな芯が、ある。

先生。

唇から微かな息が漏れた。吐息を漏らす。それだけのことなのに、胸の奥が熱くなる。

その熱が安芸の芯だ。火柱のように燃え盛りながら焼き尽くすのではなく、安芸をしっかりと支えてくれる。

こういう風に他人を想える。

全霊を傾けて想いを遂げたいと望む。

あたしは大丈夫だ。空っぽなんかじゃない。

売卜者が長く息を吐き出し、ゆっくりと筮竹を置いた。

「花魁、占いましてございます」

まだ三十路だろう、細面に若さと微かな老いを滲ませた売卜者は、やや掠れた声を出す。その声で、先刻、天河一斎と名乗った。

安芸はゆるりと頷き、ほんの少し口元を綻ばせた。

「では、伺いんす」

安芸の一言を合図として、傍らに侍っていた禿のつるじが進み出る。身体を天河一斎に向け、幼さの残る声を張り上げた。

「花魁は三日後に箕輪の寮に入られ、養生なさりんす。お身体は順当に回復なさりんすか」

「はい、それは間違いなく。ただ、わたしの卦によれば、お発ちになるのは二日後の未の刻（午後二時ごろ）が最も好日、適刻と出ております」

「どれほどの日々、養生すれば、お身体は元通りになりいすか」

「七日もあればお元気になられましょうが、念のため十日から十五日ほどは、養生されてはいかがでございますかな。お帰りは、朝早く卯の刻（午前六時ごろ）前に出立なさるがよろしかろう。また、東より風の通るお部屋に住まわれることをお勧め申します」

一斎が軽く頭を下げる。

「この部屋も東から風が通りいす」

安芸は独り言のように呟いた。ここは安芸の私室になる。客用の座敷とは違い、家具も造りも地味ではある。それでも、並の遊女部屋とは比べものにならぬほど贅を尽くした一室ではあった。呼出し昼三、最高位の遊女にだけ許された奢りだ。贅沢な部屋を与えられ、番頭新造や禿にかしずかれ、入山形に二つ星を符号され、唯一の全盛の花魁だと称されて日々を送る。

そんな生き方が欲しかったわけではない。

欲しいものなど何もなかった。吉原に足を踏み入れたときから、欲も願いも捨てねばならないと教えられた。捨てて、捨てて、空になるから、夜ごと男を受け入れられる。そう教わった。教えてくれたのは、引込禿のころ、何かと世話をしてくれた女郎だった。

「望みはお捨て。夢もお捨て。一夜の望みや夢は客だけのものと覚悟しなんし」

そう諭し、おまえはいつか、この吉原で最後の上妓になるかもしれないねえと耳元に囁いた女が果無くなって、既に十年より上の時が過ぎた。

『吉原細見』から太夫の位が消えて久しい。姉女郎の囁きの通り、安芸を最後に呼出し昼三の上妓まで途絶えるとも言われている。

年月とともに吉原でさえ老いるのか。老いて、廃れ、やがて絶える。この吉原でさえ……。とすれば、たかが女一人の盛衰など瞬きの間でしかない。

この身もいずれ老いて色褪せていく。表舞台から去っていく。そのいずれは、遠い先ではなく、もうすぐそこまで来ているだろう。

でも去っていくのは安芸という花魁だ。あたしは残る。

年を経ても、若さや贅沢な暮らしを失っても、あたしはあたしだ。生き続ける。

そうですよね、先生。

なぜか誇らしい。自分を誇らしく思える。お小夜と呼ばれていたころも、安芸と名付けられてからも、こんな気持ちを抱いたことはなかった。

初めてだ。

生まれて初めて、あたしはあたしが誇らしい。

命を懸けて想う相手がいる。その人に恥じることなく生きたい。恐れるのは老いではなく、自分の心に恥じてしまうこと。

「ご苦労さまでおざりんした。花魁からの心付けでありんす。納めておくんなんし」

　つるじが金子を載せた盆を差し出す。

「え？　いや、花魁、これは見料としては、あまりに多すぎます」

　古紋付の羽織に縞の小袖姿の売卜者は一見、華奢（きゃしゃ）な身体をさらに縮めた。普段、腰に佩（は）いている小（こ）脇差は遊女屋の決め事に則り、階下で預かっていた。

「遠慮なく納めておくんなんし。わざわざ、部屋まで呼び立ててごめんなんし」

「とんでもない。花魁の運勢を占えるなどと思うてもおりませんでした。この天河一斎、一生の誉れでありまする」

「おや」

　安芸は唇を心持ち窄め、目だけで笑んだ。

「天河どのは、お武家でおざりんしたか」

「は？　あ、いや、それは……」

　明らかな狼狽の色が天河の面（おもて）に走った。

「これは不粋な真似をいたしんした。物言いにお武家の風を感じんしたので、つい。されど、吉原で出自を尋ねるのは野暮の極みでござりんした。許しておくんなんし」

　立ち上がる。天河は両のこぶしをついて、低頭した。

「ああ、そうだ。天河どの」

　半分回していた身体をもう一度、天河に向ける。

「はい」

「菓子をおくんなんし」

「は？　菓子……」

「ええ、前に禿の一人が、天河どのから菓子をもらいんしたと言いんした。つるじ、あれはなんという菓子でありんした？」

「黄粉棒でありんす」

「そうそう、黄粉棒。たいそう美味しかったと聞きんした。なんでも、八卦見のおまけだとか。わっちも是非に食べてみたいのでありんすが、天河どの、今、お持ちでありんすか」

天河の面から表情が消えた。能面だ。なんの情もないようで、裏側に何かが渦巻いている。

「わたしは、そのような菓子は携えておりませぬな。他の者とお間違えではありませぬか」

首を傾げてみせる。

「おや、そうでありんすか。これは重ねてご無礼をしんした。でも、おかしいざんすね。うちの禿は確かに天河どのからもらいんしたと、言ったんざんすが。さくら、どうなんす？」

隣室とを仕切る襖が開く。

さくらとおゑんが立っていた。

おゑんと見交わす。それだけで、心が震えた。

「この人です。あたし、このひとから黄粉棒をもらいました。それで、おつるちゃんと分けて食べました」

廓言葉を使わず、さくらは叫ぶように言った。

「ということですよ。さて、どうしますかね、天河さん」

おゑんが目配せする。安芸は身を返し、さくらとつるじを抱くようにしておゑんの背後に回る。同時に、廊下の戸が開いた。

甲三郎という首代の一人が入ってくる。その後ろに、美濃屋久五郎のくすんだ顔がちらりと覗いた。顔色が優れないのは、この先の成り行きに気を揉んでいるからだろう。

「とりあえずは、その中身を見せてもらいましょうかね」

おゑんが顎をしゃくった先には、天河が提げていた黒い塗箱があった。天河は無言のまま、おゑんを睨んでいる。気配が俄かに尖ったと、安芸にも察せられた。

「春駒、松花、お丁。三人に八卦見をした覚えがおありだろう。このさくらにもね。そして、菓子を渡した。お丁だけは客として上がり込み、越冬虫を仕込んだ饅頭を食べさせたようだけどね」

天河が大きくかぶりを振った。

「いったいなんのことやら、わたしにはさっぱりですが」

「調べてある」

甲三郎が一歩、前に出た。左手には黒塗り鞘の太刀が握られている。

「おれが調べた。間違いない。女たちはみな、亡くなる前におまえの占いを受けている。売卜者は大勢いるが、三人に繋がっているのはお前一人だ」

天河の黒目がちろりと横に動いた。

「おまえさん、吉原の女を見境なく殺すつもりだったのかい。それとも、越冬虫の効き目を試したかっただけなのかい。だとしたら、お生憎様だったね。越冬虫の毒はひどく斑があったんじゃないかい。

効く者とまるで効かない者と。そうだろ？　さくらを入れても四人だけしか菓子を渡していないなんてことはないだろうからね。おまえさん、よく当たると評判だってことじゃないか。女たちに競うように呼ばれたんじゃないのかい。なのに、毒に中ったのはたった四人」

おゑんの声は低く、落ち着いていた。天河は、何も答えない。

「人を選ぶんだよ。どんな因が働いているのか、あたしにはわからないけどね、おまえさんの使った毒は、相手を選ぶんだ。そう数は多くないけれど、選ばれた者は、たいそう奇妙な死に方をしなきゃならなくなる。そういう毒を吉原にばらまいたね」

「どうしてだ、どうしてなんだ」

廊下で久五郎が喚いた。喚きながらこぶしを振り上げる。勢いあまってよろめいたのを番頭の重助が支えた。重助は、いつも以上に顔色が悪い。ほとんど血の気がなかった。主よりさらに混乱している様子だった。

「どうして、そんな真似をした。吉原になんの恨みがある」

番頭に支えられながら、久五郎はまだ喚いている。

天河の両眼が光った。本当に光ったのだ。銀に似た光が眼の中で弾ける。とたん、顔つきが変わった。眦が吊り上がり、身体全部から激しい気が発せられる。それを殺気と呼ぶのだと、安芸は少し後になってから思い至った。

「恨みは千尋の谷より深いわ。殿のご無念を晴らさずにおくものか」

天河は懐から二本の匕首を取り出し、両の手に構えた。

銀色の殺気が安芸に向けられる。真っすぐに突き刺さってくる。

悲鳴を上げそうになった。

あたしが狙われている。

「お小夜さん、さがって」

おゑんが振り返り、叫ぶ。さくらとつるじが縋ってきた。小さな身体を抱えるようにして、安芸は退いた。おゑんも数歩、さがる。

「逃がさぬぞ、どけっ」

一声と共に天河の身体が跳ねた。

来る！　先生、逃げて！

先生を守らなくては。守ってもらうだけじゃなくて、今度は、あたしが守らなくては。

一歩、踏み出したとたん、紅い飛沫（しぶき）が散った。

血だ。

「いやぁっ、先生っ」

悲鳴が喉に引っ掛かって、胸が閊（つか）えてしまう。

嫌だ。先生、嫌だ。

おゑんに手を差し出す。しかし、黒羽織の背中はほとんど動かなかった。首だけがゆっくりと捩じれ、安芸に顔の半分が向けられる。

「先生……血が……」

「これは、あたしのじゃありません」

頰に散った血をおゑんは指で拭った。その肩越しに、部屋の様子が見て取れる。安芸は息を吞み込み、さくらとつるじの背を押した。

「おまえたち、廊下に出ておいで。こっちに来ちゃいけないよ」

子どもたちが目にしてはならない光景だ。二人は素直に従い、手を取り合って部屋を出た。

気息を整え、改めて自分の私室に目を戻す。

天河がしゃがみ込んでいた。呻いている。肩のあたりが朱に染まっているのに、顔色は蠟のように青白く、作り物めいて見えた。

「急所は外してある。先生、手当てをお願いしやす」

甲三郎が血のついた刀剣を一振りする。

「わかりました。それにしても、見事なお手並みですね。一太刀で相手の攻めを封じてしまった。さすがと言わせてもらいましょうか」

「あっしは吉原の首代でやすよ、先生」

「ああ、そうですね。うっかり忘れて……ああっ、いけない」

不意におゑんが大声を出し、天河に駆け寄った。それより一瞬早く、天河が前のめりに倒れ込んだ。身体が大きく震えた後、二度、三度、細かな震えを繰り返し、撓むように背を丸めたかと思うと、そのまま動かなくなる。

「しまった。迂闊だったね」

おゑんは屈み込み天河の首に手をやったが、すぐに離し、ため息を吐いた。

「また一つ、しくじりをやっちまったようですね」

「えっ？　先生、どうしやした。これは、いったい……」

甲三郎がおゑんの横に膝をつく。

「毒を飲んだんですよ」

「毒を」

「ええ。越冬虫なんて生易しいものじゃない。おそらく砒ですね。花魁に助力してもらったおかげで上手く釣り上げられた。と、ほくそ笑んだとたん、こちらに隙ができた。そこをついて、毒を飲まれちまったんですよ。いつでも飲めるように襟裏に仕込んでたようですね。まったく、何度へまを繰り返せば気が済むのか……我ながら情けない顚末ですよ」

「そんな。じゃあ、こいつの口から真相を聞き出すのは、もう無理ってこってすか」

「文字通り、死人に口なしですからね。ただ、全てが闇に消えたわけじゃない」

おゑんは天河の塗箱を引き寄せると、仔細に調べ始めた。箱の中は幾つかに区切られて、筮竹だの賽子だの、八卦見の道具が入っている。

「ああ、これだ」

おゑんの手に油紙の包みが握られていた。開くと、黄粉棒が五本、現れた。

「さて、これは」

小さな合子を摘まみ上げ、おゑんは小さく喉を鳴らした。

蓋を取る。安芸も覗き込んでみたが、黒い細紐のようなものがぎっしり入っているだけだった。甲三郎がくぐもった声で唸る。

「先生、これが?」

「ええ、おそらく越冬虫でしょう。それよりも、甲三郎さん、これを」

おゑんが合子の蓋を裏返す。

「これは、三つ盛雁金。家紋でやすね」

安芸は我知らず息を吸い込んでいた。ほんの微かな気配の揺らぎをおゑんは見逃さなかった。まだ薄く血の汚れのついた顔で安芸を見上げる。

「花魁、この紋に心当たりでも？」

どこか冷え冷えとした声音だ。情など微塵も絡んでいない。安芸は床に転がった匕首を見た。冷たい刃に胸を抉られたような気がする。

先生、そんな眼を、そんな声をあたしに向けないで。

顎を上げ、背を伸ばし、胸を反らす。全盛の花魁の張りを身に纏い、答える。

「ござりんす」

鈴花の客だった高位の武家の紋だ。まだ、六つの子どもに過ぎなかったけれど、よく覚えている。客の印籠に刻まれた家紋は目に焼き付いていた。

その印籠は、血溜まりの中に転がっていた。鈴花の血だった。望みも夢も捨てよと、安芸に覚悟を説いた姉女郎は信じられないほど多くの血を流し、息絶えていた。

紅の血の海に浮かび上がる金色の三つ盛雁金。目に焼き付かないわけがない。

「おい、安芸」

久五郎が思いっきり顔を顰めた。重助に一言二言囁くと、部屋に入り襖を閉める。

「おまえ、何を言ってるんだ」

余計なことを口走るんじゃないぞと、暗に釘を刺してくる口調だった。

「美濃屋さん、ここまで来てつまらぬ隠し立ては無用ですよ」

おゑんは立ち上がると、自分より背丈の低い亡八を見下ろした。

「いや、隠し立てをするつもりなど、全くありませんが……なにぶん、この有り様にお頭が付いていかなくて……」

「この男、殿の無念を晴らすとか言っておりましたね」

「は？　さ、さようでございますかね。はっきりとは聞き取れませんでしたが……」

ふっ。おゑんの唇がめくれ、薄い笑いが浮かんだ。

「どこまでも、お惚けを通す気ですか」

久五郎が睫毛を伏せた。安芸はおゑんの薄笑いから目を逸らすことができない。

先生、こんな笑み方もするんだ。

こんな酷薄な、こんな冷ややかな笑みを浮かべられる。

おゑんが腰を落とし、転がった匕首を拾い上げる。あれほどぎらついていたはずの刃は、鈍く輝くだけの刃物でしかなかった。

「つるじに聞いた話を思い出しました。呪いの話です」

「へ、呪い？」

「ええ、花魁が赤疱瘡で倒れたとき、あの子、ひどく怯えてたね。どこかのお大名が、花魁相手に刃傷沙汰を起こした。女郎を一人、斬り捨てて、結句、切腹、お家断絶の憂き目に遭ったとか。そのお大名の呪いが花魁に降りかかったんじゃないかと怖がってましたよ。むろん、そんなはずあるわけもないので聞き流してましたが。美濃屋さんは、この御紋と昔の一件、結び付くとお考えですかね」

久五郎が顔を上げたとき、後ろの襖が音もなく開いた。

「そこからは、わたしが申し上げましょう」

吉原惣名主川口屋平左衛門がやはり音もなく、入ってきた。鳩羽色の重ね菱格子の小袖に同布の羽織という身ごしらえの老人は、おゑんに軽く会釈した。

「もう、ずい分と昔、十年以上が過ぎた古い話ですが……。その前に花魁」

「あい」

「そちらの部屋で茶を点ててもらえんか。立ったままするような話でもないのでな」

「あい。わかりんした」

花魁が惣名主に抗えるわけもない。安芸がやるべきは茶を点てることのみ。この先、望まれぬ限り一切の口出しはできない。

安芸はゆるりと、緩慢ではなく優雅な仕草で身体の向きを変えた。

十六

「そう入り組んだ話ではありません」

平左衛門は、そんな前置きをして話し始めた。

「どこのお国とは申せません。なので、先生もどうか御紋のことはお忘れください」

言葉遣いは丁寧だが、有無を言わせぬ力がこもっていた。

「承知いたしました。あの合子は惣名主にお渡しいたします。ただ、中身はいただきますよ」

譲れるところと譲れぬものと、その境に線を引く。

平左衛門が鷹揚に頷いた。

「安芸の前、美濃屋さんに鈴花という花魁がおりました。安芸ほどではありませぬが、なかなかに美しく気性のさっぱりとしたよい花魁でありました。なあ、美濃屋さん」

「はい、まあ……」

久五郎の受け答えは煮え切らない。いかな吉原とはいえ、一国の主が引き起こした醜聞は容易くは揉み消せなかったのだろう。そのために美濃屋が支払った代価は計り知れない。安芸という稀な花魁を育てられたからこそ、持ち直せた。そう考えるのは、的外れではあるまい。美濃屋の主の頭の中では、昔のあれこれが苦味と痛みを伴って、巡っているに違いないのだ。襖の向こうから、人の動く気配と物音が伝わってくる。再度、この襖を開けたとき、部屋は血の痕も死体もなく、元の通りに整っているだろう。

それが吉原だ。

「さるお国の殿さまが、その鈴花をいたく気に入り通っておられました。いずれは身請けして国に連れて帰るとまで仰られたとか。しかし、ご存じの通り全盛の花魁を身請けするには、莫大と申してもよい金がかかります。当時も今も、内情の潤っている国などほとんどございませんでしょう。いかにご城主とはいえ、さして豊かでもない小さな国には、些か無理が過ぎました。その前にも、かなりの散財をなされてましたから、無理の上に無理を重ねる始末となったわけです。ご家中からは、さまざまな諫言があったとも聞いておりましたよ。いや、あちらの事情より何より、当の鈴花が落籍されるのを憂えておりました。『遊女の身を思えば諦めもつくが、あの方の側女として遠国で生きるのは辛い』と嘆いておったのです。美濃屋さんも身請け金を値切られ、鈴花を手放す気にはなれなくなった。まあ、それやこれやで、身請け話は流れかけたのです。それに激怒されたご城主が鈴花を斬殺いたしました。見過ごされる狼藉ではございません。ご城主は捕らえられ、ご切腹。お家は断絶となった。これが、事実ですよ、先生」

　事実。そうだろうか？

　遠国だろうが近隣だろうが、落籍され一国の主の側室として大門から出られる。遊女双六の上がりともいえるではないか。鈴花はそれを拒み、殺された。まるで芝居の筋書きだ。平左衛門の言を鵜呑みにはできない。しかし、全てが騙りでもあるまい。その城主の内には狂気が潜んでいたのかもしれない。それが鈴花に向けられたとも考えられる。

　考えられるだけだ。真相は摑めない。昔、花魁が一人、無残に殺された。殺した武家も切腹、お家は取り潰しとあいなった。その事実だけは本当だろう。そして……。

「天河は家中の者であったようですね。殿の無念を晴らすと言うからには、この吉原を主君の敵として仇を討つ所存、そういうことですか」

「ええ、まさかそんな」

　久五郎がのけ反る。

「もう十年を超える昔のことですよ。今更、仇討ちなんてあり得ますまい」

「さて、どうでしょう。そう思うのは美濃屋さんが町人だからじゃありませんか」

平左衛門が腕を組み、確かになと呟いた。

「生涯の半分を仇討ちに費やしたお武家の話など、たまに耳にしたりもしますからな。仇討ちの相手として追われ、大門の内に逃げ込んでくる者もおりますよ。どうしてだか、吉原に紛れ込めば追手の目をごまかせると思うらしい。まっ、追う者も追われる者も馬鹿だ」

「馬鹿ですか」

「大馬鹿だ。仇討ちなど一生を棒に振る愚挙でしかありますまい。相手を討ち果たしたところで何が変わるものでもない。そこに何年も何十年も掛けるとは、まさに愚か者の極みです。ふふ、亡八の身からしても嗤うしかありませぬな」

惣名主は後ろに控える男の来し方を知っているのか。知っていて嗤っているのか、知らぬまま罵倒しているのか。窺い知れない。

おゑんは、ちらりと甲三郎を見やった。

こちらも情など何一つ読み取れない顔つきで、座していた。安芸の点てた茶を作法に則り、飲み干している。

「だけど、おかしいじゃありませんか」

久五郎が身を乗り出す。

「お武家が仇討ちに十年も二十年も費やすのはわかりますよ。相手の居場所がわからないんだから。けど、吉原が憎いなら捜す手間なんていりゃしません。それに、わたしだって——」

久五郎が自分の胸を叩く。

「わたしだって、美濃屋だってずっと江戸町一丁目から動いちゃおりませんよ。か、仇と狙うなら、うちの見世なりわたしなりを狙うのが筋ってもので……いえ、筋が通っているとはどうしても思えませんがね。鈴花に怨まれるならまだしも、鈴花に執着したあげく、凶刃を振り回した殿さまに怨まれる筋合いなど一つもありませんよ。けど、そんな道理、お武家さまには通用しないんでしょう。お家断絶の怨みつらみをこっちに被せて、仇討ちとやらを成し遂げなけりゃ、武士の一分が立たないと考えてしまうのがお武家の理なんでしょうよ。ならば『仮名手本忠臣蔵』にでもなぞらえて、わたしを討ち果たせばいいじゃないですか」

「おや、美濃屋さん、あんた、高師直の役回りなのかい。千両役者ってとこだね。どんな芝居を見せてくれるんだ」

平左衛門がからかったが、久五郎はにこりともしなかった。

「わたしが言いたいのは、十年より上の年月を掛けなくても仇は討てたってことです。なのに、なんで今更なんですか。どうしてです」

「さて、どうしてだと思われますかな、先生」

平左衛門はおゑんに顔を向け、首を傾げた。

「正直に申し上げますと、わたしも美濃屋さんと同じく戸惑ってはおるのです」

戸惑いの色など一片も浮かべず、惣名主は言った。

「先生なら、答えをお持ちですかな」

「答えになるかどうか心許なくはありますが、あの合子の中身が関わっていると、あたしは考えておりますよ。甲三郎さん」

「へい」

甲三郎が膝行し、おゑんに合子を渡した。おゑんが蓋を取ると、平左衛門も久五郎も首を伸ばし、覗き込んでくる。

「こりゃあなんですかな。黒い糸屑のようにも見えますが……。臭いはしませんねえ」

久五郎が鼻先を動かす。

「ええ、ほぼ無臭です。おそらく、味もないでしょう」

「摘まんでみてもよろしいかな」

平左衛門が差し出した手をおゑんは避け、蓋を閉めた。

「駄目ですよ。素手で触れないでくださいな」

「毒気があるとでも？」

指を握り込み、平左衛門はおゑんを見やった。怯えも狼狽もしていない。眼の中には楽し気な光さえ宿っていた。これから何が起こるのか見定めようとする童のようだ。

ああ、似ているな、と気が付いた。

よく似た輝きを、先刻、甲三郎の双眸にも見た。見通せない成り行きを恐れ、忌むのではなく楽しむ。絡繰り箱を覗くように楽しむ。そういう性質を無邪気と呼ぶ者もいるだろうが、平左衛門や甲三郎が無邪気な気質だとは、どうにも言い難い。ただ、見知らぬ何かに惹かれ、興をそそられる。そのくせ、心内の一点が常に冷めて、酷薄に近い一面さえ持つ。その有り様は、確かに似ているではないか。

この老獪な亡八は、甲三郎にとって吉原こそが真の生き場だと見抜いていたのだろうか。見抜いたうえで、まだ若い武士であった男を大門の内に呼び込んだのか。

おゑんは軽く、唇を噛んだ。

どうでもいいことだ。平左衛門が甲三郎をどう思っていようが、どう使おうとしていようが与り知らぬことだ。吉原では男もまた、女とはまるで違う花を咲かせることができる。

それだけのことに過ぎない。

「正体がまだ確かではありません。迂闊に触らぬ方がいいですよ」

「まだ確かでないとは、つまり、先生にはある程度見当が付いているってことですかな」

平左衛門の黒目が動いた。

もとより、隠す気はない。おゑんは懐から懐紙と竹箸を取り出す。竹箸を使い、合子から摘まみ出したものを懐紙の上に置いた。

「これは越冬虫と呼ばれる虫、いえ、茸です」

甲三郎に告げたのとほぼ同じ話をする。平左衛門も久五郎も無言で耳を傾けていた。久五郎の息は荒く、頻繁に唾を呑み込んだり、頭を振ったりはしたが、一言も口は挟まなかった。

「越冬虫とは、なんとも摩訶不思議なお話ですなあ」

聞き終えて、平左衛門は小さく唸った後に言った。

「信じられませんか」

「他の者の口から出たなら、信じなかったでしょう。些か突飛すぎますからな。しかし他ならぬ先生の言です。何より、こうして奇妙な茸とやらを目の当たりにしておるのです。絵空事と嗤ってお終いにはできませせぬでしょう。それで、さっき美濃屋さんが言った年月のことですが、この越冬虫とやらとどう関わってまいります?」

「おそらくですが、この合子の中身を集めるのに、十年余掛かったんじゃありませんかね」

平左衛門の眉が微かに動いた。

「それだけの年月を掛けて、ここまで集めたと？」

「いえ、多分……多分とかおそらくばかりで、推量の内でしか語れませんがご勘弁ですよ。あたしが考えますに、昨年か一昨年か三年前か、ともかくここ数年のどこかで越冬虫がかなりの量、出来したんじゃないでしょうか」

「ほう、それはまた、どうして？　稀な上にも稀なものが大量に出来する。そのようなことが起こり得るのでしょうか。それこそ、信じ難いですが」

「人の世なら起こり得ないでしょうよ。けれど、山川草木の世界ならあるかもしれませんね。その年の雨の量、風の向き、春夏秋冬の有り様、あるいは、あたしたちなどには思い及ばない理由があって、何かが起こった。何かはわからないけれど、起こったんですよ。ええ、だとしても不思議じゃない。人の知恵や思惑の埒外にあって、好きなように操れる世界じゃありませんからね」

「人知の及ばぬところで何かが起こり、越冬虫が出来した。なるほど、その数がどれくらいかはわかりかねますが、蟬や蜻蛉のように無数に無尽に、というわけじゃないでしょうな」

「ええ、知れたものでしょうね。稀にでも人目に付くほどの数が出来するのなら、もう少し文献なり口伝なりに残っていてもいいはずです。もっとも、吉原で亡くなった殿さまとやらのお国には、越冬虫に関わる秘書があったのかもしれません。遥か昔から、越冬虫が出来しやすい土地柄で、ゆえに、その効能や製出の方法について記されたものがあったとも、考えられます。その秘書を受け継ぐか、記してある事柄について多少なりとも知っている者がいた。いなければ、このようなものは作れませんから」

おゑんは合子にそっと指を添えた。

中身の越冬虫は、烏梅に似て燻し干しにしてある。そこまではわかる。そこまでしかわからない。ただ燻し干しにしただけではないだろう。芋虫と茸という異なる二つのものが一つになっている。その取り扱いが容易だとは思えない。燻すにしても木材を選ぶのかもしれないし、燻し干しの前か後に、なんらかの手立てが入り用なのかもしれない。

「むろん、越冬虫はほとんど幻のようなもの。何十年に一度か二度、人の目に触れるか触れないかといった、珍しさではないでしょうか。数も多くはないし、出来する場所もごくごく限られたものでしょうし。おそらく、この合子の中身ほどか、多くてもあと一つか二つ分を集めるのが精いっぱいだったんじゃないですかね。それでも、相当なものなのでしょうが。まあ、これだけ集まれば薬としての、あるいは毒としての効き目を試すことはできる。そう思います」

おゑんの手の中の合子を平左衛門は、まじまじと見詰めた。

「その試し場として、吉原が選ばれた？」

「はい」

首肯する。平左衛門は眼差しをおゑんに移し、情のこもらない声で問いを重ねた。

「吉原なら余程のことでない限り外に漏れることはない。だから、試し場としてはうってつけだと考えたのでは。さっき先生はそう話されましたな」

「言いました。越冬虫の効き目が確かなものとの証が立てば、かなりの高値で取引されるはずです。冬虫夏草や高麗人参の比ではないでしょう」

「どれくらいの値がつくと、先生は見立てておいでですかな」

「見当が付きません」

正直に答えた。末音は相当の薬効があるのではと考えているようだが、おゑんは疑いを捨てきれない。三人の女たちの亡くなり方は、確かに奇異であり凄まじいものだった。けれど、天河が当て石としたのが、あの三人だけだったはずがない。とすれば、越冬虫入りの菓子を口にしながらなんの変わりもない者がいるのではないか。それが何人なのか、女だけなのか、男も含まれるのか。何より、越冬虫の取り扱い方を天河自身は知っていたのか。死人が口を利いてくれるなら、どこまでも問い質したい。そういう意味でも、天河の死を止められなかったのは、取り返しのつかない落ち度だった。

「薬としても、毒としても値打ちを測れるほどの証が立っていませんよ、惣名主さま」

「さようですか。先生で見立てが付かないなら、どうしようもありませんな。けれど、先生、それだけではありますまい」

平左衛門の目元が引き締まる。とたん、気配が張り詰めた。

「吉原を試し場とした理由は、他にもありますな」

再び頷く。

「ええ。あの売卜者が十余年前の一件と繋がっているのなら、そこには仇討ちの気配が漂います。天河自ら、主君の無念を晴らすのだと言い残しましたしね」

「ちょっ、ちょっと待ってくださいよ。あの一件から、既に十年以上が経っているんですよ。さっきも言いましたがね、いつ出来するかもしれない、その虫だか茸だかを待って、仇討ちに臨むなんて馬鹿げてますよ。だいたいね、先生はさっき山川草木の世界と仰ったじゃないですか。人が操れるもんじゃないってね。十年待つか、百年待つか、人には見当が付かないってことでしょう。それなら、死ぬまで仇が討てないって見込みも十分にあるはずですよ。気が長いなんてものじゃないでしょう」

久五郎が割って入り、まくしたてる。

怯えているのだろう。天河が「殿」と呼んだ城主に鈴花が殺されたのは、この美濃屋だ。結句、御家は断絶となった。家臣たちが吉原を怨むのなら、美濃屋の主は仇の筆頭とみなされてもおかしくない。怯えて当然だ。

「逆だと思いますよ」

口調のわりに生気のない久五郎に目を向け、おゑんは首を横に振った。

「逆？　どういうことです」

「仇を討つために越冬虫を待っていたのではなく、たまたま越冬虫が出来したことで仇討ちを思い立った。そうとしか考えられないんですがねえ。いえ、本当に仇討ちが目途(もくと)であったのかどうかも怪しいと思案してもおります。これは仇討ちに見せかけているだけで、全く別の様相を呈するんじゃないかってね」

「仇討ちが目途ではないとすれば、何を狙ってこんな真似を？　別の様相とはなんです？」

今度は平左衛門が口を挟んだ。こちらの物言いは落ち着いている。

「金でしょうね。越冬虫の売値云々のような当てにならない話ではなく、確かに、しかも、かなりの額の金を手に入れられるとすれば……」

久五郎の眼差しがうろつく。平左衛門は顎を上げ「なるほど」と呟いた。

「強請(ゆす)りか」

息を吐き出し、続ける。

「千両か二千両か、それ以上を狙っているのか。ともかく、女たちの怪しげな死に方を種にして、この吉原を強請る。そういうことですな、先生」

おゑんは茶を飲み干し、唐津焼の茶碗の縁を指で拭った。

「ええ、女たちが次々と奇妙で不気味な死を遂げる。先刻も申し上げましたが、他の場所なら騒ぎにもなり噂にもなり、お奉行所なり、事と次第によっては目付あたりが動き出す見込みもあります。十分にね。けれど、吉原ではそれがない。全てが内々に片づけられてしまう。外に漏れないということは、外から手を出すのが難しいということでもあります。惣名主さまを前にして、知ったような口を利くことでもありませんが、ご寛恕ください」

「いや、寛恕も何も、まさに、先生の仰る通りです。吉原には吉原の則がございます。それは大門の外とは重なるところも、異なるところもございますからな。ただ、吉原は現とは隔てられた幻でなければなりません。幻だからこそ、客は心のままに遊びも、酔いもできるのです。病や死を、明日の暮らしを、金策を、諸々の揉め事を、生きているがゆえの憂さを、ほんの一時、忘れることができる。忘れるために大門を潜る。得体のしれない病が流行って、女たちが次々に倒れていけば、その幻が崩れ落ちてしまう。吉原が吉原として成り立たなくなります。病をこれ以上広げないために大枚をはたかねばならないとしたら、惣名主として用意できる限りの金を差し出すやもしれません」

正直な吐露だった。そして、吉原惣名主が用意できる限りの金子とは、どれほどのものなのか。おゑんの思案では答えに届かない。

「つまり、吉原で越冬虫の毒を試したのは、その効能を調べるためと強請りの下地を作るため、二つの目論見があったわけですな。まあ、強請りの種としてはなかなかの思い付きではありますなあ。感心するものでもありませんが、仇討ちと称して、槍、刀を手に乗り込まれるより、よほど厄介ではあります。乗り込んでくるのなら、こちらもそれなりの手立てができますが、正体不明の毒となると……いや、まったく厄介だ」

　甲三郎は石像のように微動だにせず座っている。元が武士とはいえ、吉原の首代たちを相手にして斬り勝てる者はそうそういまい。槍、刀を手にしての討ち入りなど、吉原には何程の傷にもならないのだ。むしろ、幻の界ならではの余話として広まり、おもしろおかしく人の口にのぼり、使い果たされ、忘れ去られる。

「天河のように元家臣として本気で仇討ちを志す者が、まだいるやもしれません。天河自らが越冬虫を集めたのか、合子の中身を作ったのか、そのあたりを聞き出すことはもう叶いませんが」

「先生、さっき、天河の荷物を調べておいででしたな」

「あら、あさましいところを見られちまいましたね。実は、越冬虫にまつわる書付の一つでもありはしないかと、探っておりました」

「何か出てきましたかな」

　平左衛門が口元だけで笑む。

「いいえ、これといっては。ただ、底に古い任免書きがありました。天河は城主付きの薬餌方であったようです。とっくに無用となった任免書きを後生大事に持ち歩いている。それも忠義の一つ、なんですかねえ。あたしたち町方にはわかりかねるところですが」

　城主付きとなれば、主との繋がりも深くはあったろう。無念の思いを抱いても不思議ではない。それに薬餌方ともなれば、土地の薬種には精通していたはずだ。越冬虫についても知見があったとは考えられないだろうか。考えても詮無いけれど、考えてしまう。

「け、けれど、お門違いだ」

久五郎が引きつった声で叫んだ。

「勝手にあんな騒ぎを起こして、鈴花を死に追いやって、それでそれで、それで仇討ちだなんて、お門違いも甚だしい」

声が裏返る。おゑんも平左衛門も甲三郎も、美濃屋の主を見詰める。その眼差しに気が付いて、久五郎は口をつぐんだ。三人の目から逃れるように、顔を背ける。

「美濃屋さん、あんたね」

平左衛門が物言いを重くする。凄みさえ潜めた声音だ。

「わたしたちに何か隠し事をしていやしないか」

久五郎の頤が震えた。その震えを止めるつもりか、久五郎は下顎を指で摘まむ。

夕七つを告げる鐘が鳴った。

昼見世が引けて暮六つ（午後六時ごろ）の夜見世まで一刻ばかり、吉原は気怠い静かさの内に沈み込む。

「……鈴花は身請けを望んでおりました」

顔を背けたまま、久五郎が言った。平左衛門は懐から煙草入れを取り出し、空の煙管をくわえた。

「騒動の元になった殿さまとかい」

「そうです」

「おまえさんの話では、鈴花は請け出されるのを嫌がっていたって話になっていたが」

「実際は違います。鈴花は殿さまに心惹かれておりました。側室などでなくてもいい、端女でいいから側に仕えたいとまで言うほどで……」

「なのに、身請けを許さなかったのか」

久五郎が俯く。ややあって、ゆっくりと顔を上げた。

「名は申せませんが、江戸でも五指に入る大店のご主人が……もう数年前に亡くなられましたが、そのご主人から鈴花を落籍したいとの話がありまして……」

平左衛門はもちろん、おゑんでさえ、その豪商に心当たりがあった。二年前に流行り病で亡くなったとき、巨万の富があっても豪勢な暮らしを約束されていても、人は死ぬときには死ぬものだと江戸雀が姦しかったのを覚えている。

「なるほど。美濃屋さんとしちゃあ、小国の貧しい殿さまより、江戸随一の豪商に鈴花を渡したかったわけだ」

平左衛門の手の中で、煙管がくるりと回る。

「しかし、そりゃあ褒められはしなくても、謗られるものでもないだろう。告げられた身請けの額が違ったのだろう？」

「まるで違いました」

「ふむ、どれくらい？」

「およそ、二倍」

大見世の花魁の身請け金は千両を下らない。そこに惣仕舞の祝儀、贈物の費えなどが重なり、莫大な金額となる。千両、万両が一夜で動き、消える。それも吉原だ。

空の煙管をもう一度回し、平左衛門がくすりと笑う。

「美濃屋さん、おまえさん間違っちゃあいないよ。むしろ、商人としてはしごくまっとうだ。わたしでも迷うと思うがね」

花魁であろうと局女郎(つぼねじょろう)であろうと、遊女は全て品物だ。品ならば一文でも高く売るのが商い。とすれば、平左衛門の言うように、美濃屋久五郎は何も違(たが)えてはいない。品が人で、器や米などとは異なり心を持つ。それを心に留めるかどうか、留めながら商いの益を第一とするかどうかは人それぞれ、商人としての生き方に繫がる。平左衛門は迷うとは言ったが、同じ断を下すとは明言しなかった。

それにしてもと、おゑんはそっと吐息を漏らす。

小国とはいえ一国の城主より江戸の大商人の方が、遥かに力を持つ。商いが武を凌ぎ上回っていく。そういう世がとっくに訪れていたのだ。

「殿さまには、ご主人と同じ額の身請け金を求めました。とうてい無理だと言われ……それで、鈴花との縁はなかったことにしていただくしかありませんでした」

「それで、納得されたのか。いや、納得されなかったから、ああいうことになったわけか」

久五郎が目を伏せた。

「……こういう言い方はどうかと思いますが、殿さまは少し……ええ、ほんの少しですが常軌を逸したところがおありになったようで、吉原も含め、この世のことごとくが滅んでしまえばいいと、そんな風なことを時折、口にしておられました……」

久五郎の語尾が掠れ、消えていく。

鈴花という花魁は、滅びの気配を纏った男だからこそ、いやおうなく惹かれたのだろうか。

束の間、死者へと飛んだ思案はすぐに、現の世に戻ってきた。

「昔のことはさておき、先のこととなると、これで事が収まるはずがありませんね」

おゑんの一言に、平左衛門は頷きを返した。

「まさに。全てを天河一人でやったとは思えませんからな。仲間がいたでしょうし、何より誰が天河を吉原に呼び入れ、売卜者として動き回らせたか。そこを調べ上げねばなりませんな。なかなかに骨の折れる仕事になるでしょうが」

「手掛かりはあるのではありませんか。ねえ、甲三郎さん、どうです？」

身を捩り、甲三郎に顔を向ける。向けられた相手はなんの情も読み取れない眼で、おゑんを見返してきた。おゑんは立ち上がり、襖を開ける。階下から微かな賑わいが響いてきたが、廊下に人の姿はなかった。

後ろ手に閉じた襖を背に、若い首代を見下ろす。

「少なくとも、あたしを襲った男たちの一人を知っているでしょう」

「襲われた？　先生がですか？　いつのことです」

平左衛門は眉間に皺を刻み、久五郎は身を乗り出す。元の座に戻り、おゑんはざっとあらましを告げた。聞き終えて、平左衛門が珍しく唸った。

「そんなことがあったとは……。なぜ、もっと早く報せてくださいませんでした」

「申し訳ありません。言い訳になりますが、その後、いろいろとござんしてね。正直、頭から抜け落ちておりました」

「賊に襲われたことを忘れていた？　先生らしい豪儀な仰り様ですな。しかし、甲三郎が男の一人を知っていると、なぜ、言い切れます」

「見逃したからですよ」

　身体を回し、全身で甲三郎と向き合う。

「男の一人は、あたしの投げつけた薬で目をやられました。丸一日は腫れて、ぼんやりとしか物が見えなかったはずです。そういう男を甲三郎さんが捕らえられないわけがない。捕らえて、素性なり正体なりを明らかにできたはずです。やろうと思えば造作もないこと。けれど、そうはしなかった。男をおめおめと逃がしてしまった。あれはわざとですね。わざと、見逃した。とすれば、その理由がなんなのか知りたいじゃありませんか」

「だとよ。どうなんだ、甲三郎」

　平左衛門が懐に煙管を仕舞い込み、息を吐き出したのと甲三郎が笑い出したのは、ほぼ同時だった。

「まったく、つくづく怖え(こえ)お人ですね、先生は。敵に回さなくてよかったと心底、安堵してまさぁ。ええ、仰る通りです。あっしは賊の一人を見逃しやした」

「なぜ、そんな真似をした」

　平左衛門が声を低める。

「見覚えのある顔だったからでやす」

　甲三郎も低く答えた。

「見知ったやつじゃありやせん。しかし、どこかで目にした男でやした。そのどこかに、すぐに思い至って……それで、逃げるがままにしておきやした」

「捕らえてはいけないと、とっさに判じたのか」

「へい。捕らえちまうと、ちょっと厄介かもしれないと思いやした。もう少し探りを入れて、確かめてから動いた方がいいと独り決めをした次第です」

「それが許されると思ったのか」

平左衛門の声音がさらに低くなる。

「おまえは吉原の者だ。吉原に関わることを好きに裁量していいわけがなかろう。まして、先生が襲われたという大事をこれまで黙っていたとなると、わたしとしては知らぬ顔はできないぞ」

「へい。心得ておりやす。どのような仕置きも甘んじて」

「ちょいと、待ってくださいよ」

おゑんは甲三郎を遮り、軽く舌を鳴らした。

「お二人とも、今は許すだの許さないだの、仕置きがどうだの、そんな話をしているときじゃございませんよ。甲三郎さんが独り決めしたその理由こそが肝要なんじゃありませんか。甲三郎さん、ささっと掻い摘まんで話してくださいな。惣名主さまも、仕置き云々を決めるのは、話を聞いてからだって遅くはないでしょう」

「仰る通りですな」

平左衛門が苦笑いをする。

「甲三郎、おまえ、その逃がした男の名や素性がわかるんだな」

「詳しくは知りやせん。地回り崩れの悪党ってぐれえのもんです。ただ、京町一丁目の路地裏で、男が別の男と何やら話し込んでいたのを目にしやした。ちょいと妙な取り合わせだったので気を引かれ、

「ふむ。悪党より、悪党と話し込んでいた相手の方が気になった、か。誰だ、そいつは」

甲三郎が一人の男の名を囁いた。

驚きと共に、すとんと腑に落ちる心持ちがした。

「なるほど、それなら辻褄が合いますね。あたしがなぜ、襲われたのかの種明かしになります。ええ、収まるところに収まる話ですよ」

おゑんは笑んでみせたが、男たちは誰も笑わない。三人三様の硬い顔つきで押し黙っていた。久五郎など表情が固まり、目が据わり、人というより人の形をした置物のように見える。

「さて、これからどうするか。いかがですかな、先生」

まずは平左衛門が口を開いた。

「そうですね。天河は亡くなり、越冬虫のことがほぼばれたのですから、今までのようなわけにはいかないはずです。奇っ怪な死人はもう出ないのじゃないでしょうか」

「吉原を強請る企みは、頓挫したと考えて差し支えありませんな」

「ええ。そちらの方は、ね。けれど、本当に吉原を怨んでいるとしたら、仇討ちを本気で考えているとしたら、このままでは済まない。別のやり方で、吉原を痛めつけようとします。必ずね。気を緩められませんよ」

「別のやり方とやらに、見当が付きますかな」

「そうですね。あたしが男で仇討ちの一心に凝り固まっていたとしたら、どういう手を使うか……」

平左衛門の目が眇められ、おゑんを一瞥する。しかし、呼んだのは首代の名だった。

「甲三郎」

「へい」

「男たちをすぐに集めろ。中から、とりわけ腕の立つ者を五、六人選りすぐり、おまえが直に指図して動けるようにしておけ」

「へい」

「残りの男たちは見廻りに回せ。二六時中、見張りの目を緩めるな。ただし、飽くまで隠密にだ。客を装うもよし、物売りに化けるもよし、ともかく誰にも気取られぬよう用心させろ」

「心得やした」

腰を上げた甲三郎に、おゑんは声を掛ける。これまでとは打って変わって明朗な声音だ。

「甲三郎さん、よかったですね。惣名主さまはおまえさんを仕置きする気はないようですよ」

「先生、わたしはそんなことは一言も申し上げておりませんが」

「これから命懸けで一働きしようかという者に咎だの罪だのを問うと？　惣名主さまともあろうお方がそんな不粋な真似をされるなんて、あたしは信じませんけどね」

平左衛門は寸の間、口元を歪めた。

「まったく、先生には敵いませんなあ。こちらの弱みをさらりと衝いてくる。油断も隙もあったものじゃない。甲三郎ではないが、何があっても敵に回したくないお方ですよ」

歪めた口を笑みに変え、平左衛門も腰を上げる。

「それでは、我々も一旦、引き揚げるとしましょうか。間もなく夜見世が始まりますからな。で、美濃屋さん」

「あ、は、はい」

「あんたには、ちょいと重い役を担ってもらわなきゃならない。頼みましたよ」

「……承知しております。元はと言えば、わたしの不徳の致すところですので。でも……この先、どうなるのか、どうしたらいいのか……」

久五郎が肩を落とす。

「見世を守ることですよ。わたしら商人が為すべきことは、それに尽きます。花魁、美味い茶をご馳走になった。礼を言うよ」

「あい」

平左衛門が、続いて久五郎が部屋を出て行く。

「先生、最後にもう一つだけお尋ねしてえんですが」

二人の亡八を見送り、甲三郎がおゑんを振り返る。

「なんなりと」

「天河はなぜ、花魁に菓子を渡さなかったんでしょうかね」

「黄粉棒のことですか」

「そうでやす。あの菓子の中に越冬虫を練り込んであったとすれば、花魁に食べさせるのが筋……いや、筋ってのは違うな。花魁は吉原遊女の頂に立つ、いわば吉原の顔じゃねえですか。菓子を食べ、三人の女たちのように奇っ怪で無残な最期を迎えれば、天河にとっては願ってもない成り行きだと思えやす。なのに、あいつは花魁が望んでも渡そうとしなかった。襖の後ろにあっしたちが潜んでいると気が付いた風もなく、黄粉棒そのものは、ちゃんと塗箱の中に入っていたにも拘わらずです。かといって、匕首を手にしたとき花魁に向けた殺気は、本物でやした。殺気を抱えながら、菓子を渡そうとしなかった。どうしてなのか、ちょいと気になりやすね」

おゑんは小首を傾げた。

「人の気持ちなんてのは当人にしかわかりません。その当人がもうしゃべれないのだから、本当のところはわかりかねますが……。あたしが思うに、天河も男だったたってことじゃないですかねえ」

今度は甲三郎が首を傾げた。

「越冬虫の毒について、天河は誰より知っていた。女たちの最期の姿がどんなものか、むろんわかっていたでしょう。天河としては、目の前に座る花魁をそういう目に遭わせたくなかった。だから、黄粉棒を渡そうとしなかった。渡せなかった。そんなところじゃないですか。見事な一輪を踏みにじり醜く散らすのは、あまりに忍びない、とね」

さくらのような少女にさえ毒入りの菓子を与えたくせに、艶やかな美貌を誇る花魁にはそれを躊躇う。天河の愚かさを嗤う気にも呆れる気にもなれない。どこか似通った愚かな過ちを、おゑんもまた犯してきた。

人は正しくも、賢くも生きられない。ただ、己を正しいと信じ込まないこと、信じ込んだがゆえの愚かさから抜け出すことは、できるかもしれない。

さて、この男はどうだろうか。

甲三郎と合わせていた目を逸らす。

「お小夜さん、今日は本当にお疲れでしたね。病み上がりだってのに無理をさせちまいました。寮ではゆっくり養生してくださいな」

「先生、あたし、お役に立ちましたか」

お小夜が屈託のない笑みを浮かべる。

「ええ、とても。お小夜さん、いいえ、安芸太夫じゃなければ果たせなかった役でした」

「なら、よかった。先生、あたし、明日から寮に参ります。来てくださいますよね」

「ええ、もちろん。美濃屋さんからも是非にと頼まれておりますからね。こちらの手が空いたら、様子を見に伺いますよ」

お小夜の声が子どものように弾んだ。

「まあ、嬉しい。お出でになる前に文をくださいな。あたし、待っておりますから」

甲三郎はお小夜からおゑんに眼差しを移す。それから、一礼すると去っていった。

お小夜が隣室に繋がる襖を開ける。天河が息絶えた場所だ。そこに血の臭いはなく、活けられた梅の一枝が甘く香るだけだった。

十七

昼過ぎから吹き始めた風は宵を過ぎても止まず、かといって強くもならず、風音だけを猛らせている。

大引けも過ぎた夜半、江戸町一丁目の妓楼美濃屋の裏手に影が三つ、闇から湧いて出たように現れた。手燭の仄明かりの中で三人の男が囁き合う。

「風の向きは上々だ。これなら、瞬く間に燃え広がる」

「西河岸や羅生門河岸の方も、抜かりはないな」

「ああ、心配はいらねえ。三方から火の手が上がりゃあ、さすがの吉原も丸焼けさ」

「上手く行ったあかつきには、約束通りの金はいただけるんだろうな。こっちは火罪覚悟の危ねえ橋を渡ってんだ」

「蔵の鍵はここにあるんだ。火事のどさくさに紛れ、千両箱を運び出せばいいだけのこと。さ、手っ取り早く始めよう。油の樽を持ってこい」

「よし」

男の一人が明かりの中から消える。ややあって、喚き声が響いた。

「や、野郎、何しやがる」

人の倒れる重い音が続いた。

「なんだ、どうした」

叫ぶ男に向かって、龕灯の明かりが向けられる。

「そこまでにしといてもらおうか。火遊びは終わりだ」

龕灯を手に甲三郎が一歩、前に出た。

「西河岸や羅生門河岸のやつらも、既に捕らえた。本当に終わりなんだよ」

二つ、三つ、明かりが増えていく。

「観念しな、番頭さん」

美濃屋の番頭、重助が低く唸った。

男の一人が匕首を抜く。

「ちくしょう、こうなったら皆殺しにしてやる」

匕首を構えたけれど、それ以上、動けなかった。甲三郎の後ろには数人の男たちが控えていた。姿は確とは見定められなくとも、首代たちの放つ気配に怯み、身体より気持ちが先に萎えていくのだ。

男は匕首を地面に落とし、その場にへたり込んだ。

「重助」

闇の内側から、久五郎が進み出る。

「おまえ、どうして……どうして……」

「ああ、なるほど。旦那さまはずっと、わたしを見張っておられたのですか。それは気が付きませんでした。迂闊でしたよ」

にやり。重助が笑う。

「しかし、どうして、わたしに目星を付けました。自分では上手く立ち回っていたつもりだったんですがねえ」

甲三郎が顎をしゃくる。

「京町一丁目の路地裏で、おまえが破落戸紛いの男と話をしているのを見ちまったのさ。ほら、そこにへたり込んでいる男だよ。先生を襲った輩でもあるよな。それに、もう一つ、おまえは、どうしようもないしくじりをやっちまった」

「しくじり……」

「まだ気が付かねえのか。先生、教えてやったらどうです」

甲三郎の後ろから、おゑんは心持ち足を前に出した。

「あたしを襲わせたことですよ。あれは、あたしからさくらの戻し物を奪うためでしたね。その中から越冬虫を見つけられでもしたら拙いと考えた。実際、見つけたのですがね。でもね、あたしがそんなものを持ち帰っていると知っているのは、美濃屋の内の、ごくごく限られた人だけなんですよ。あたしが駕籠に乗った時点では、惣名主でさえ知らなかったはずです。その限られた人の中に、重助さん、おまえさんも入ってました。甲三郎さんの話を聞いたとき、なるほど、美濃屋の番頭さんなら全てが繋がると思いましたね。天河を吉原に引き入れるのだって難しくはなかったでしょうしね」

久五郎が右手を扇ぐように振った。

「重助。ど、どうして、こんなことを。本気で蔵の金を狙っていたのか」

「馬鹿な。金などいりませんよ。わたしは、仇を討ちたかっただけだ」

「仇討ちだと？　馬鹿な、馬鹿な。おまえは、もう二十年近くうちで奉公してきたじゃないか。お武家じゃない、町人だ。な、なのに殿さまの仇討ちと、どう関わり合うんだ」

重助が鼻を鳴らす。表情が大きく歪んだ。

「殿さま？　そんなものは関わりない。おれは、鈴花の無念を晴らしたかったんだ」

「鈴花の？　え、え、おまえと鈴花は、じ、情を交わしていたのか」

充血した目で主人を見据え、重助がゆっくりとかぶりを振る。

「情を通じてなどいない。おれは惚れていた。惚れて、惚れて、鈴花の年季が明けたそのときには夫婦（めおと）になれないものかと、本気で……本気で思案していた。鈴花は何も知らなかったろうよ。けれど、おれは惚れていたんだ。女はこの世に鈴花ただ一人と決めていた。なのに、おまえは、おまえは」

蠟燭の炎が揺れ、重助の面に影が揺らめく。

「おまえは金に目が眩んで、鈴花をどこかの商人に渡そうとした。鈴花はそのために死んだんだ。あんな死に方をしてしまったんだ」

「鈴花は遊女だ。落籍話があれば、より良い身請け金の方を受けるのは当たり前だ。それに殿さまに身請けされれば、吉原とはまた違う籠の中に囲い込まれることになる。どちらに落籍されても、おまえとは縁のない女になるのに変わりはなかろう」

久五郎の口調が次第に落ち着いてくる。この数日、自分の見世の番頭を誰にも気取られぬように見張らねばならなかった。気持ちの上で骨の折れる仕事だったろう。それでも、共に妓楼の商いを回してきた相手の言葉を受け止め、返すだけの底力を残していた。

「それでもよかったんだ。生きていてくれさえすれば、よかった。鈴花はおまえたちに追い詰められて死ぬより他の道がなくなった。おれは、その怨みを少しでも、少しでも……晴らしてやりたくて……」

反対に重助の声は震え、乱れてくる。

「晴らしてくれと、鈴花さんが望みましたかねえ」

おゑんの言葉に、重助が闇中から睨んできた。

「鈴花さんは殿さまとの相対死を選んだ。それは間違いだったかもしれないが、少なくとも巷で噂になったように、無理やり冥土の道行きにされたわけじゃない。おまえさんは、むろん、そのことを知っていましたよね。美濃屋の奉公人なんだから。鈴花さんは誰も怨んでいなかったと知っていたはずです。おまえさんは、ただ、信じたかっただけさ。鈴花さんが未練や怨みを残して、彼岸に渡ったとね。そう信じれば、いつか怨みを晴らしてやるからと女を想い続けることもできる。他の男との死を選んだって事実から、目を背けもできる。そうじゃないんですか、番頭さん」

重助がぎりぎりと奥歯を噛み締めた。

「……うるさい。うるさい。闇医者風情に何がわかる」

「何もわかりませんよ。ただ、おまえさんが晴らしたかったのは、鈴花さんの怨みじゃなく自分の歪んだ情念に過ぎなかったと、それぐらいはわかります」

重助の面相がさらに歪んだ。久五郎が後退(あとずさ)る。

「うるさい、黙れ。おまえたちは、みんな鬼だ。人でなしだ」

叫びながら、地面に転がった匕首を摑む。切っ先を喉に突き立てようと持ち替えた瞬間、甲三郎が黒鞘のまま刀を振り下ろした。

「うわっ」。匕首が再び地面に転がる。手首を押さえて重助も転がった。

「そう容易く死んでもらっちゃ困るんだ。天河みてえに、あの世に逃げ込ませたりはさせねえ」

甲三郎が大きく息を吐いた。

「重助、おまえ、十年も怨みを隠して帳場に座っていたのか。重助……」

久五郎が膝をつき、やはり大きな吐息を漏らした。

*

箕輪の寮はうららかな春の光に包まれていた。

松の緑に菜の花の色が鮮やかに映えて、美しい。

二階の窓近くに立てば、大川が光を弾き、緩やかに流れていく様が一望できた。

「天河と重助は顔馴染みだったそうです。天河が城主の側近として、美濃屋に出入りしていたときから見知っていたんだとか」

と、おゑんが言った。美濃屋の裏で起こった出来事を詳しく、しかし、要領よく伝えてくれた後、そう付け加えたのだ。捕らえられた重助は憑き物が落ちた如く、あっさりと全てを白状したのだとも。

「まあ、あたしは何も気づきませんでした」

高位の武家が鈴花の許に通っていたのは知っている。お小夜は、鈴花付きの禿として、何度かもてなしをした。その側近であるなら顔を合わせていたのではないか。

「まあ無理もないことでしょう。もう十年も昔の、しかも、武士の形(なり)から売卜者に変わっているのです。わからなくて当たり前ですよ。重助も天河から声を掛けられて、やっと思い至ったってことでしたよ」

「声を掛けられて、仇討ちを持ち掛けられたのですか」

「いえ、それこそ越冬虫を使って吉原から大金を引き出せないかという相談だったようです。吉原を苦しめることが、鈴花の供養になるだとか仇討ちになるだとか、勝手な理屈をつけて、強請りの片棒を重助に担がせようとしたのでしょう。十年も浪人をしていれば、暮らしも行き詰まっていたでしょうからね。そう、本気で仇討ちを考えたのは重助の方で、武士であった天河は吉原の内にいる者と結びついて越冬虫を使い、一生安泰に暮らせるだけの金を手に入れたいと、それが本音だったみたいです。貧窮の暮らしにほとほと疲れ果てて、ともかく金が欲しかったのでしょう。町人である重助が仇討ちの企てにのめり込み、武士であった天河が金を求めた。なんとも皮肉な話じゃありませんか。でもねえ」

おゑんの垂髪が窓からの風になびく。庭ではさくらとつるじ、二人の禿が遊んでいた。その声が風と一緒に運ばれてくる。

「越冬虫さえ出来しなければ、天河が江戸に出てこなければ、仲間に引きずり込もうと声を掛けなければ、重助は怨みを怨みとして呑み込んで、仇討ちまでは考えはしなかった。美濃屋の番頭として一生を全うしていたと……あれこれ思わずにはいられませんね。越冬虫だって、もっと別の使い方、毒ではなく薬としての使い方があったのではとね。まあ、考えても詮無いことですけどね」

おゑんがため息を吐く。珍しく切なげな息の音だ。

「先生、お見せしたいものがあるんです」

お小夜は懐から袱紗包みを取り出し、おゑんの前で開いた。

「ま……」

おゑんが目を見張り、息を呑む。

印籠だった。黒い地に金色の三つ盛雁金の紋が浮き出ている。

「お小夜さん、これは」

「あの夜、鈴花姐さまと殿さまが相対死した夜、あたし、屛風の陰で一部始終を見ていたんです。『おまえだけでも、あたしの最期を見届けて』と姐さまに望まれたので。殿さまは、この印籠の中から黒い丸薬を取り出して、姐さまに飲ませました。深い眠りに落ちて、どんな痛みも感じなくなる薬だそうです。殿さまのお国でしか作れない秘薬だと仰せでした。『おまえを苦しめるのは忍びない。

せめて安らかにあの世に送ってやる』とも仰っておられました。姐さまは薬を飲み、すぐに眠りに落ちて……殿さまはそれを確かめて、姐さまの喉を……その後、自ら、お腹を召されたのです。殿さまは生きることに倦んでいらっしゃいました。武士の世には、もう先がない。どんなに足掻いても、吉原の花魁一人、身請けできないのだからと……。姐さまも殿さまも哀れだったと思います。あたしは血の海に転がった印籠を拾い上げました。どうしてそんなことをしたのかわかりません。子ども心に二人の形見が欲しかったのでしょうか。それで今までずっと持っておりました。先生？」

おゑんは印籠の中身、丸薬を一粒、手のひらに載せ、魅入られたように凝視していた。いや本当に魅入られている。指先がそれとわかるほど震えていた。

「お小夜さん、この薬、あたしに預けちゃくれませんか。一粒だけでもいいから」

「差し上げます」

おゑんが顔を上げ、お小夜と眼差しを絡ませた。

「先生が望むなら、どんなものでも差し上げます」

立ち上がり、窓辺に寄る。

やや傾いた日が大川の水面を煌めかせている。

目を閉じれば、瞼裏に紅蓮の炎が見えた。

男たちは本気で吉原に火を放つつもりだったのだろうか。

炎が見える。吉原が炎に包まれ、燃え上がる。

火花が散り、風が吹き荒れ、火の穂が蠢き、渦巻く。

けれど、吉原は変わらない。

炎の中を花魁道中が行き、遊客が群れ、清掻の音が響く。

「お小夜さん」

おゑんの温もりが背に伝わってきた。それだけのことに、泣きそうになる。

先生、吉原が炎上すれば、それで何かが変わると、男は本気で思っているのでしょうか。

問うてみたい気がする。問うほどのことではないと、そんな気もする。

窓を閉め、頬を伝う涙を拭いた。

「先生」

おゑんの胸に顔を埋(うず)める。薬草の香りが仄かに漂った。

この人は約束を破らない。何があっても果たしてくれる。

目を閉じる。もう、炎は見えない。

幸せだと、お小夜は心内で呟いた。


二階の窓が閉じられる。

つるじは、丸い障子窓を見上げていた。閉まる寸前に、花魁は微笑んだ。今まで目にしたことのないほど、美しい笑みだった。背筋がぞくりと震えた。

「おつるちゃん、どうしたの。ちゃんと追いかけてきてよ」

さくらが植え込みの向こうで手を振っている。

「あ、うん。すぐに行くよ」

つるじは植え込みに向かって駆け出した。が、すぐに足を止め、もう一度、窓を見やる。

どこまでも静かに、淡く、障子は輝いていた。

つるじと窓の間を名も知らぬ鳥が一羽、真っすぐに過っていった。

本書は、「婦人公論」に二〇二一年一月二十六日号から
二〇二二年十一月号まで連載された「残陽の宿　闇医者
おゑん秘録帖」を改題し、加筆、修正したものです。

装画　村田涼平
装幀　アルビレオ

あさのあつこ

1954年岡山県生まれ。青山学院大学文学部卒業。小学校講師を経て、91年に作家デビュー。『バッテリー』で野間児童文芸賞、『バッテリーⅡ』で日本児童文学者協会賞、『バッテリーⅠ～Ⅵ』で小学館児童出版文化賞を受賞。2011年、『たまゆら』で島清恋愛文学賞を受賞。著書に『アスリーツ』『ハリネズミは月を見上げる』など、時代小説シリーズ作品に「闇医者おゑん秘録帖」「弥勒」「おいち不思議がたり」「燦」などがある。

闇医者おゑん秘録帖（やみいしゃおゑんひろくちょう）
残陽の廓（ざんようのさと）

2023年３月10日　初版発行

著　者　あさのあつこ
発行者　安部順一
発行所　中央公論新社
〒100-8152　東京都千代田区大手町1-7-1
電話　販売 03-5299-1730　編集 03-5299-1740
URL https://www.chuko.co.jp/

ＤＴＰ　嵐下英治
印　刷　共同印刷
製　本　大口製本印刷

Printed in Japan　ISBN978-4-12-005635-2 C0093

花は散っても

坂井希久子

夫に見切りを付け、家を出て着物のネットショップを営む美佐。あるとき実家の蔵で、祖母のものにしては小さい着物と、謎の美少女が写る写真を見つけるが――。

単行本

身もこがれつつ
小倉山の百人一首

周防 柳

「百人一首」にはなぜあの百首が選ばれたのか？　同じく藤原定家選の「百人秀歌」と数首異なる理由とは？　鎌倉時代前期末の史実を背景に、その謎を解き明かす。

単行本